EL REY ATOLONDRADO Y OTROS CUENTOS ESTRAFALARIOS

Terry Jones

EL REY ATOLONDRADO Y OTROS CUENTOS ESTRAFALARIOS

Ilustraciones de
Michael Foreman

Traducción de Carlos Mayor

EDITORIAL JUVENTUD, S.A.

Título original: FAIRY TALES AND FANTASTIC STORIES
Publicación original en 2003 de Chrysalis Children's Books,
una división de Chrysalis Books Group Plc, Gran Bretaña.
Fairy Tales se publicó en cartoné el año 1981
y *Fantastic Stories* se publicó en cartoné en el año 1992.

© Chrysalis Children's Books
© del texto: Terry Jones, 1997
© de las ilustraciones: Michael Foreman, 1997

© de la edición castellana: EDITORIAL JUVENTUD, S. A. 2005
Provença, 101 - 08029 Barcelona
info@editorialjuventud.es
www.editorialjuventud.es

Traducción castellana: Carlos Mayor
Diseño y Maquetación: Mercedes Romero
Primera edición, 2005
Depósito legal: B. 46.634-2005
ISBN 84-261-3493-9
Núm. de edición de E. J.: 10.645
Printed in Spain
Ediprint, c/ Llobregat 36, Ripollet (Barcelona)

ÍNDICE

El monigote del trigo

U N BUEN DÍA, estaba un granjero segando el trigo cuando le pareció oír un llanto lejano. Siguió siega que te segarás, pero los sollozos fueron cobrando más y más fuerza hasta que, cuando le quedaba ya sólo una gavilla de trigo que segar, le dio la impresión de que el llanto salía de su interior. Ni corto ni perezoso, miró dentro y, sí, se encontró con una criatura hecha de tallos de trigo que se deshacía en lágrimas.

—Pero ¿qué te pasa? —preguntó el granjero.

—Seguro que te da igual —contestó la criatura levantando la mirada, y siguió llorando.

El granjero era un buen hombre, así que insistió:

—Dime qué te pasa y a lo mejor puedo ayudarte.

—A los granjeros os trae sin cuidado lo que nos pase a los monigotes del trigo —replicó la criatura.

A todo esto, el granjero no había visto en la vida un monigote del trigo, así que preguntó:

—¿Por qué lo dices?

—Vivimos en el trigo de los campos —explicó el monigote, levantando la vista—, no molestamos y no hacemos daño a nadie, y sin embargo todos los años aparecéis los granjeros con vuestras afiladas guadañas y segáis el trigo y nos dejáis sin casa.

—Tenemos que segar el trigo para hacer harina para preparar el pan que comemos —contestó el granjero—. Y, aunque no lo cortáramos, el trigo se marchitaría en otoño y los monigotes os quedaríais sin casa de todos modos.

Pero el monigote del trigo se echó a llorar otra vez y contestó:

—Claro, como somos pequeñitos y estamos hechos de paja, os creéis que podéis tratarnos de cualquier manera y dejarnos sin ningún sitio donde vivir durante el frío invierno.

—Voy a buscarte una casita —aseguró el granjero, que recogió al monigote y se lo llevó al granero—. ¡Mira! Puedes vivir aquí, pasarás el invierno calentito y muy a gusto.

—Tú vives en una señora casa de piedra —contestó la criatura—, pero, claro, como los monigotes del trigo somos pequeñitos y estamos hechos de paja, te parece que no nos merecemos vivir en una casa de verdad.

—No, hombre —respondió el granjero, y cogió al monigote y se lo llevó a su casa, donde lo colocó en el alféizar de la ventana de la cocina—. Ya está, puedes vivir ahí.

Pero el monigote puso mala cara y se quejó:

—Claro, como somos pequeñitos y estamos hechos de paja, te crees que no tenemos categoría para sentarnos contigo y con tu mujer.

—No, hombre —repitió el granjero, y de nuevo cogió al monigote del trigo, acercó una silla y lo sentó entre su mujer y él, al calor del fuego de la chimenea, pero la criatura seguía sin estar contenta.

—¿Y ahora qué pasa? —preguntó el granjero.

—Pues que, claro, como somos pequeñitos y estamos hechos de paja, me has puesto en una silla dura, mientras tu mujer y tú os sentáis en unas bien mullidas.

—No, hombre —repuso el granjero, y lo colocó en una silla mullida, pero el monigote seguía poniendo mala cara—. ¿Aún no estás a gusto?

—Pues no —respondió el monigote—. Claro, como soy pequeñito y estoy hecho de paja, me has colocado aquí, mientras tu mujer y tú os ponéis cerquita del fuego y estáis bien calentitos.

—No, hombre, puedes sentarte donde quieras —repuso el granjero.

Así, lo agarró y lo colocó junto a la chimenea. Justo entonces saltó una chispa de las llamas que fue a dar contra el monigote del trigo. Y, claro, como estaba hecho de paja, empezó a arder; y, como era pequeñito, se consumió antes de que el granjero o su mujer pudieran hacer nada para salvarlo.

El rey atolondrado

EL REY RIGOBERTO XII había gobernado sabiamente y con justicia durante muchos años, pero ya estaba muy mayor. Aunque sus súbditos seguían apreciándole mucho, ninguno podía negar que el monarca tenía sus achaques y había empezado a hacer muchas tonterías. Un día, por ejemplo, el rey Rigoberto salió del palacio y se fue de paseo con un perro atado a cada pierna. En otra ocasión, se quitó toda la ropa y se sentó en la fuente de la plaza mayor a cantar canciones populares y a gritar «¡Rábanos!» a voz en grito.

Sin embargo, a nadie le gustaba hablar de lo atolondrado que se había vuelto su rey. Nadie se atrevía a quejarse ni siquiera cuando hacía cosas como colgarse de la torre de la catedral vestido de chirivía y ponerse a lanzar diccionarios de turco a la gente que se congregaba abajo. En privado los ciudadanos chasqueaban la lengua y decían: «Pobre Rigoberto, qué viejecito está, ¿y ahora con qué nos va a salir?», pero en público todo el mundo se comportaba como si el rey fuera tan sabio y tan serio como siempre.

Acontecía que el rey Rigoberto tenía una hija a la que, en un momento de bobería algo más marcada de lo habitual, había bautizado como princesa Escamas, aunque todo el mundo la llamaba Bonito. Por una de esas casualidades tan prácticas del destino, la princesa se había enamorado del hijo de rey vecino, Humberto, poseedor de enormes riquezas y mucho poder. Así, un día se anunció que el rey Humberto tenía intención de realizar una visita de estado al rey Rigoberto para concertar el matrimonio.

—¡Qué mala pata! —exclamó el primer ministro—. ¿Qué vamos a hacer? La última vez que el rey Rigoberto tuvo visita, le echó natillas por la cabeza y se encerró en el armario escobero.

—Ojalá hubiera alguien capaz de hacer que se comportara con sensatez —deseó el canciller de palacio—, aunque sólo fuera durante la estancia del rey Humberto.

De ese modo, hicieron saber mediante aviso público que se ofrecían mil monedas de oro a quien brindara ayuda. Entonces empezaron a llegar médicos de todos los confines del reino a facilitar sus servicios, pero no sirvió de nada. Una eminencia apareció con una loción con la que el rey Rigoberto debía darse friegas en la cabeza antes de acostarse, pero el monarca se la bebió toda la primera noche y se puso muy malo. Luego otro médico eminente ofreció unos polvos que debían curar la enfermedad provocada por el primero, pero el soberano acercó una cerilla y los polvos estallaron y se quedó sin cejas. A continuación un tercer médico aportó una pomada que debía hacer crecer las cejas desaparecidas, pero el rey se la puso en los dientes, que se le pusieron verdes como manzanas de un día para otro.

Ninguno de los médicos logró suavizar el atolondramiento del rey Rigoberto, que acabó cayendo enfermo de tanta loción y tanta poción, de tanta pomada y tantos polvos.

A todo esto, llegó el día de la visita de estado. El monarca se columpiaba de las lámparas del salón del trono mientras iba dando a la gente con una merluza.

Todo el mundo estaba muy nervioso. El primer ministro se había mordido tanto las uñas que ya no le quedaba nada que morder y el canciller se había comido hasta el cargo, pero nadie tenía ni idea de qué hacer. Y entonces se puso en pie la princesa Escamas.

—Como parece que nadie encuentra una solución, dejadme probar a mí —pidió.

—¡No digáis tonterías, Bonito! —exclamó el primer ministro—. Cincuenta de los más eminentes médicos del reino han fracasado en su intento de curar al monarca, ¿qué vais a conseguir vos?

–Es posible que no logre curar al rey –respondió la princesa–, pero, si os enseño a convertir un huevo en oro macizo, ¿me haréis caso?

–Princesa, si de verdad nos enseñáis a convertir un huevo en oro macizo –intervino el canciller–, desde luego haremos lo que nos pidáis.

–¡Pues qué vergüenza! –replicó ella–. Debéis cumplir mis órdenes ahora mismo. No puedo convertir un huevo en oro macizo del mismo modo que no podéis vosotros, pero, por mucho que pudiera, eso no demostraría mi capacidad para curar a mi padre.

Ante esas palabras, el canciller y el primer ministro se miraron, porque no se les ocurría nada y no tenían más ofertas de ayuda, así que aceptaron cumplir las órdenes de la princesa.

Al cabo de poco tiempo llegó el rey Humberto y su visita se anunció a bombo y platillo. La gente le aclamó entusiasmada y buscó con la vista a su hijo, que no aparecía por ninguna parte. El monarca iba vestido de oro, cabalgaba a lomos de un caballo blanco y llevaba en la cabeza la corona más ornamentada que se había visto. El canciller de palacio y el primer ministro fueron a recibirle a las puertas de la ciudad y cabalgaron con él por la calle mayor.

De repente, cuando estaban a punto de entrar en palacio, surgió una anciana de entre la multitud y se tiró ante el caballo del rey Humberto.

–¡Ay, rey Humberto! –chilló–. ¡Qué malas noticias! ¡Un ejército de cincuenta mil soldados ha irrumpido en vuestro país!

–Eso es imposible –replicó el soberano.

Pero justo en este instante apareció a caballo un mensajero vestido con la librea de la corte del rey Humberto gritando:

–¡Es cierto, majestad! ¡Más bien son un millón! ¡En la vida había visto tantos soldados!

El rey Humberto se quedó blanco como el papel y se cayó del caballo, desmayado.

Se lo llevaron al salón del trono, donde estaba el rey Rigoberto haciendo el pino y sosteniendo una caja de arenques ahumados con los pies en difícil equilibrio. Por fin, el rey Humberto recuperó la conciencia y se encontró con las miradas de su hijo y la princesa.

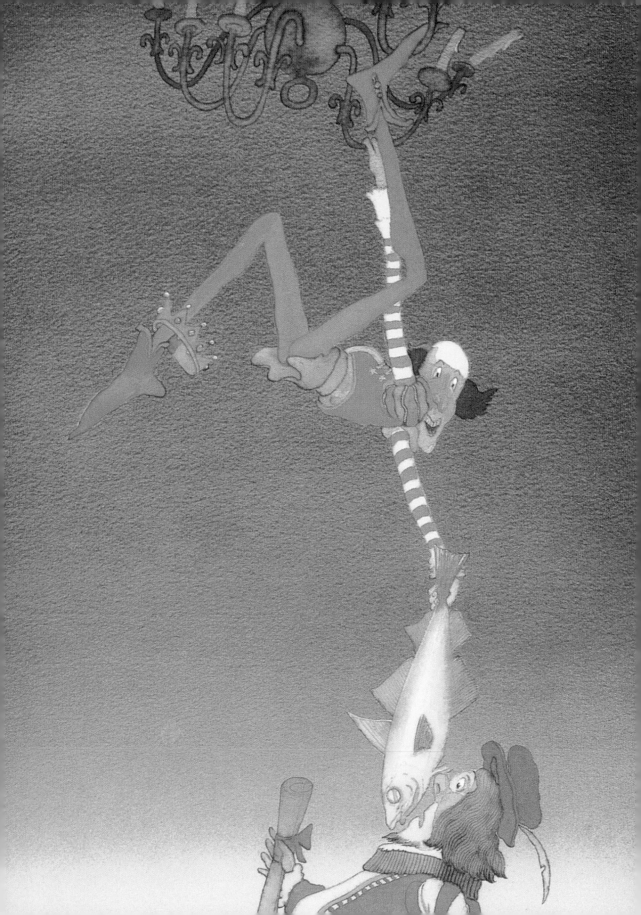

–Mucho me temo que ahora no tenemos donde caernos muertos, hija mía –le dijo a la princesa–. Un ejército de cincuenta millones de soldados ha invadido nuestro país. ¿Creéis que vuestro señor padre nos dejará quedarnos a vivir aquí?

–Naturalmente –repuso la princesa–, pero no os molestéis si el pobre se muestra un poco atolondrado de vez en cuando.

–Por supuesto que no –aseguró el rey Humberto–, todos somos un poco atolondrados de vez en cuando.

–Es cierto –intervino el príncipe–. Por ejemplo, la anciana que te ha detenido a las puertas de palacio no era otra que la princesa, y no la has reconocido.

–Pues la verdad es que no –reconoció el rey.

–Y el mensajero no era otro que vuestro propio hijo –añadió la princesa–, y sin embargo no os habéis dado cuenta.

–Pues la verdad es que no.

–Es más –prosiguió la princesa–, ni siquiera os habéis parado a pensar cómo podríais derrotar a un ejército de un millón de soldados.

–No tengo por qué pensarlo –explicó el rey Humberto–. ¿Cómo iba a poder enfrentarme a un ejército de tales dimensiones?

–Pues, para empezar, echándoles agua hirviendo por encima –propuso la princesa–, ya que se trata de un ejército de hormigas soldado.

Al escuchar esas palabras el rey Humberto se rió de lo atolondrado que había sido y aceptó que la princesa se casara con el príncipe sin tardanza, y ni siquiera le importó que en ese momento el rey Rigoberto le echara limonada por los pantalones y le llenara la corona de helado.

El asombroso caballo pastel

HABÍA UNA VEZ UN HOMBRE QUE hizo un pastel con forma de caballo. Aquella noche pasó una estrella fugaz por encima de su casa y por casualidad cayó una chispa encima del caballo pastel, que se quedó quieto durante unos momentos, pero luego resopló. Y después relinchó, se levantó con gran esfuerzo, agitó la crin de azúcar glasé y se quedó allí a la luz de la luna, observando el mundo que lo rodeaba.

El hombre, que estaba durmiendo en la cama, oyó ruido y miró por la ventana, y cuál sería su sorpresa al descubrir al caballo pastel corriendo por el jardín, saltando y resoplando, como si fuera un caballo salvaje de verdad.

—¡Eh! ¡Caballo pastel! —gritó el hombre—. ¿Qué haces?

—¿A que soy un caballo estupendo? —dijo el caballo pastel—. Sube si quieres.

—Pero si no tienes ni herraduras ni silla de montar, ¡y además estás hecho de pastel!

El caballo pastel soltó un bufido, corcoveó y dio una coz al aire. Se puso a galopar por el jardín, saltó la valla con elegancia y desapareció en la oscuridad de la noche.

A la mañana siguiente, el caballo pastel llegó al pueblo más cercano y se fue directo al herrero.

—Herrero —le pidió—, hazme unas buenas herraduras, que tengo los cascos hechos de pastel.

Pero el herrero quiso saber:

—¿Y cómo me vas a pagar?

—Si me haces las herraduras —contestó el caballo pastel—, te pagaré con mi amistad.

–¡Yo no necesito amigos como tú! –replicó el herrero, moviendo la cabeza de un lado a otro.

Y así el caballo pastel se fue al galope hasta el guarnicionero y le dijo:

–¡Guarnicionero, tú que te dedicas a hacer sillas de montar, hazme una del mejor cuero, una que vaya bien con mi crin de azúcar glasé!

Pero el guarnicionero quiso saber:

–Si te hago una silla, ¿cómo me vas a pagar?

–Con mi amistad –contestó el caballo pastel.

–¡Yo no necesito amigos como tú! –contestó el guarnicionero, negando con la cabeza.

El caballo pastel resopló y dio saltos y coces al aire preguntándose:

–¿Por qué nadie quiere ser amigo mío? ¡Pues me voy con los caballos salvajes!

Y salió al galope del pueblo en dirección a los páramos por los que vagaban los caballos salvajes.

Sin embargo, cuando los vio le parecieron tan grandes y tan salvajes que le dio miedo que lo pisotearan y lo dejaran hecho migas sin reparar siquiera en su presencia.

Justo en ese momento se encontró con un ratoncillo que refunfuñaba desde debajo de una piedra.

–¿Y a ti qué te pasa? –preguntó el caballo pastel.

–Ay –contestó el ratón–, pues que me he escapado de casa, en el pueblo, y aquí no hay nada que comer. Y ahora me muero de hambre y no tengo fuerzas para volver.

Al caballo pastel le dio mucha pena el ratoncillo, así que le dijo:

–¡Venga, hombre! Puedes darme un mordisquito, si quieres, que estoy hecho de pastel.

–Pues te lo agradezco mucho –contestó el ratón, y se comió un trocito de la cola del caballo pastel, y también un poquito de la crin de azúcar glasé–. Ya me encuentro mucho mejor.

–Si tuviera silla de montar y herraduras –se lamentó el caballo pastel–, te llevaría encantado al pueblo.

–Ya te las hago yo –se ofreció el ratón, e hizo cuatro herraduritas de cáscaras de bellota y una silla de montar de caparazones de escarabajo. Luego se subió a lomos del caballo pastel y así volvió al pueblo.

Y allí fueron grandes amigos durante el resto de sus vidas.

El tarambana

Esto era una niña pequeña que estaba en la cama una noche cuando oyó que alguien llamaba a la ventana. Se asustó bastante, pero aun así se acercó y abrió con la esperanza de que el ruido fuera provocado por el viento. Sin embargo, ¿con qué se encontró al mirar por la ventana? Pues con una criatura pequeña, negra como el carbón y con los ojos muy amarillos que estaba sentada encima de un gato que volaba por los aires.

–Hola –saludó la criatura–. ¿Te apetece dar un vuelecito?

–¡Sí, por favor! –pidió la niña, y salió por la ventana, se sentó a lomos del gato y se marcharon volando.

–¡Agárrate bien! –recomendó la criatura.

–¿Adónde vamos? –preguntó la niña.

–¡Ni idea!

–Oye, ¿y tú quién eres?

–No tengo nombre –contestó la criatura–, ¡soy un tarambana y, como todo el mundo sabe, los tarambanas nos pasamos las noches volando por ahí!

Y se alejaron por los aires, volando muy alto por encima de las montañas.

La niña se volvió y miró la brillante luna y las estrellas, y le dio la impresión de que le guiñaban un ojo y se reían para sus adentros. Luego miró el mundo negruzco que tenía a sus pies y de repente volvió a tener miedo y preguntó:

–¿Cómo vamos a encontrar el camino de vuelta?

–¡Bah, no te preocupes por eso! –gritó el tarambana–. ¿Qué mas da?

Entonces se apoyó en los bigotes del gato y bajaron en picado hacia la oscura tierra.

–¡Pero tendré que volver a casa! –insistió la niña–. ¡Mis padres se preocuparán si no me ven!

–¡Ah! ¡Tra-la-rá! –canturreó el tarambana, y tiró de los bigotes gatunos y remontaron el vuelo. Subieron y subieron otra vez hacia las estrellas, que cantaban todas a coro:

> Tu-tu-ru-rí,
> tu-tu-ru-rá.
> ¡Ser estrella
> es fenomenal!

Además, como tenían manos, las estrellas se pusieron a aplaudir todas a una. Entonces, de repente, la Luna abrió la boca y cantó con voz grave y retumbante:

> Vivo en el cielo
> y soy muy feliz
> ¡siempre que escucho
> ese tu-tu-ru-rí!

El gato abrió la boca en aquel momento y cantó: «¡Allá vaaaaaaa!».

Y rizaron el rizo y dieron mil vueltas al son de las estrellas.

Pero la niña se echó a llorar y pidió:

–¡Ay, por favor, quiero irme a mi casa!

–¡No, no, qué va! –gritó el tarambana, y tiró del gato para subir casi en vertical todo lo deprisa que se podía. Las estrellas les pasaban a toda prisa por los lados como dardos plateados.

–¡Por favor! –chillaba la niña–. Llevadme a mi casa.

–¡Aguafiestas! –bramó el tarambana, que hizo frenar al gato de golpe para luego ladearlo: bajaron en picado con tanto impulso que se dejaron atrás el estómago, en lo alto de las estrellas. Aterrizaron en una colina donde no se oía el vuelo de una mosca–. ¡Ya está!

–Pero si esto no es mi casa –se quejó la niña, mirando a su alrededor el campo oscuro y desierto.

–¡Ah! Pues por ahí estará, en algún sitio. Supongo.

–¡Nos hemos alejado kilómetros y kilómetros de casa! –lloró la niña, pero ya era demasiado tarde. El tarambana había vuelto a tirar de los bigotes del gato y salieron volando por el cielo nocturno. La niña vio durante unos instantes una silueta negra recortada contra el horizonte y luego desaparecieron.

Y allí se quedó, tiritando y mirando a su alrededor, pensando si habría animales salvajes.

–¿Hacia dónde debería ir? –se preguntó en voz alta.

–Prueba por el sendero que atraviesa el bosque –propuso una piedra que estaba a sus pies, y así la niña echó a andar por el caminito que se adentraba en el oscuro bosque.

En cuando se metió debajo de los árboles, las hojas taparon la luz de la luna, las ramas se le enredaron en el pelo y las raíces trataron de ponerle la zancadilla. Le dio la impresión de que los árboles se reían de ella en voz baja y se decían:

–¡Así aprenderá a no irse por ahí con un tarambana!

De repente, la niña sintió que una mano helada la agarraba por el cuello, pero no era más que una telaraña mojada de rocío. Después oyó que la araña, muy atareada con las reparaciones de su tela, murmuraba entre dientes:

—¡Ay, ay, ay, ay! ¡Se ha ido con un tarambana! ¡Ay, ay, ay, ay!

Al mirar hacia el interior del bosque, le pareció ver ojos que la observaban y que se hacían guiños y escuchó unas vocecillas que casi no se oían, pero susurraban bajo las anchas hojas:

—¡Qué niña tan torpe! ¡Mira que irse por ahí con un tarambana! ¡Podía ir con más cuidado! ¡Ay, ay, ay, ay!

Al final estaba ya tan abatida y tan acomplejada que se sentó en el suelo, al lado de una charca de aguas tranquilas, y se puso a llorar.

—Bueno, bueno. A ver qué pasa aquí —intervino una voz tierna.

La niña levantó los ojos y miró a su alrededor, pero no veía a nadie.

—¿Quién anda ahí? —preguntó.

—Mira en la charca —propuso la voz, y la niña hizo caso y vio el reflejo de la luna, que se sonreía desde el agua—. No te pongas así.

—Pero es que he sido muy irresponsable, y ahora estoy más sola que la una, me he perdido y no sé volver a casa.

—Ya verás como vuelves —aseguró el reflejo de la luna—. Súbete a una hoja de nenúfar y sígueme.

En esto que la niña se colocó con mucho cuidado encima de una hoja de nenúfar y el reflejo de la luna empezó a avanzar poco a poco por la charca, y después se metió en un arroyo, y la niña lo siguió, haciendo avanzar la hoja de nenúfar con las manos dentro del agua.

Poquito a poco y sin hacer ruido, recorrieron el bosque y salieron a un campo siguiendo el lecho del arroyo, hasta que llegaron a una colina que la niña reconoció y por fin divisó su casa. Echó a correr con todas sus fuerzas, se metió por la ventana de su habitación y se acurrucó en su camita.

Entonces la luna le sonrió por la ventana y ella se quedó dormida pensando en lo tonta que había sido al irse con el primer tarambana que había pasado por allí, aunque, sin embargo, en el fondo, muy en el fondo, tenía la esperanza pequeñita de que una día se oyera otra vez a alguien llamar a la ventana y fuera otro tarambana que le propusiera dar un paseo en su gato volador. Pero eso nunca sucedió.

Las tres gotas de lluvia

UNA GOTA DE LLUVIA QUE caía de una nube le dijo un buen día a la gota que tenía al lado:

–¡Soy la gota más gorda de todo el cielo, la mejor!

–La verdad es que no estás nada mal –reconoció la segunda gota–, pero, vamos, en cuanto a la forma te doy mil vueltas. Y, para mí, lo que cuenta es la forma; o sea, que la mejor gota de todo el cielo soy yo.

–Este tema hay que aclararlo de una vez por todas –replicó la primera gota de lluvia, que se puso a pedirle a una tercera que decidiera entre las dos.

–¡Hay que ver qué tontadas decís las dos! –exclamó esa tercera gota–. Sí, tú eres muy grande y, sí, desde luego tú tienes una forma preciosa, pero, como todo el mundo sabe, lo que de verdad cuenta es la pureza, y yo soy más pura que vosotras. O sea, que la mejor gota de todo el cielo soy yo.

Entonces, antes de que las otras dos gotas pudieran decir esta boca es mía, las tres se estrellaron contra el suelo y se disolvieron en un charco muy enfangado.

La mariposa cantarina

Había una vez una mariposa sentada en una hoja con cara de pocos amigos.

–¿Qué te pasa? –preguntó una rana muy simpática.

–Ay, pues que nadie me valora –contestó la mariposa, y abrió las preciosas alas de rojo y azul y volvió a recogerlas.

–Pero ¿qué dices? –exclamó la rana–. Si yo te he visto pasar volando y me he dicho: «Desde luego, qué bonita es esa mariposa!». ¡Y todas mis amigas comentan también lo guapa que eres! ¡Nos pareces despampanante!

–Ah, ya –repuso la mariposa, y volvió a extender las alas–. ¿A quién le importa el aspecto externo? Lo que nadie valora es mi forma de cantar.

–Pues yo no te he oído nunca, pero con lo guapa que eres seguro que no cantas nada mal.

–Ése es el problema, precisamente: la gente dice que no me oye cuando canto. Supongo que mi voz es tan refinada y tan aguda que hay que tener los oídos muy sensibles para captarla.

–¡Pero seguro que de todos modos es preciosa! –repuso la rana.

–Pues sí, la verdad. ¿Quieres que te cante algo?

–Bueno... No creo que mis oídos sean lo bastante sensibles para captarlo, pero voy a intentarlo.

Así pues, la mariposa extendió las alas y abrió la boca. La rana se quedó embobada: nunca había estado tan cerca de aquellas preciosas alas.

La mariposa se puso a cantar y cantar, pero la rana no dejaba de mirarle las alas, estaba totalmente embelesada, y eso que no oía en absoluto su voz. Al cabo de un buen rato, la mariposa se detuvo y recogió las alas.

–¡Qué maravilla! –exclamó la rana, pensando en las alas.

–Ay, gracias –contestó la mariposa, encantada de haber encontrado por fin a alguien que apreciara su voz.

A partir de entonces, la rana fue todos los días a escuchar el canto de la mariposa, aunque en realidad se dedicaba a mirar absorta aquellas alas tan bellas. Y cada día la mariposa se esforzaba más y más en impresionar a la rana, aunque ésta no oía ni una sola nota.

Sin embargo, un buen día una palomilla que tenía celos de la fama que estaba consiguiendo la mariposa se la llevó a un lado y le dijo:

–Mariposa, la verdad es que cantas de fábula.

–Gracias –contestó la mariposa.

–Con un poquito más de práctica –prosiguió la astuta palomilla–, podrías ser igual de famosa como cantante que el ruiseñor.

–¿Tú crees? –preguntó la mariposa, inmensamente feliz ante tantos halagos.

–Desde luego –replicó la palomilla–, incluso puede que ya cantes mejor que el ruiseñor; lo que pasa es que cuesta concentrarse en tu música, porque tus alas son muy llamativas y distraen.

–¿Ah, sí?

–Pues sí. ¿Te has fijado en que el ruiseñor es más listo que tú y lleva sólo unas plumas marrones de lo más corriente para que la gente pueda concentrase en su canto?

–¡Tienes razón! –exclamó la mariposa–. ¡Qué tonta he sido, mira que no darme cuenta antes!

Y de inmediato buscó tierra para restregársela contra las alas hasta que se le quedaron grises y se borraron casi del todo los colores.

Al día siguiente, la rana se presentó al concierto como de costumbre, pero cuando la mariposa desplegó las alas gritó:

–¡Ay, mariposa! ¿Qué les has hecho a tus preciosas alas?

La pobre mariposa se lo explicó y añadió:

–Ahora ya verás como te concentras mucho mejor en mi música.

La pobre rana lo intentó, pero no sirvió de nada, porque no llegaba a oír el canto. Así pues, se cansó enseguida y se metió de un brinco en el estanque. Y desde aquel día la mariposa ya no encontró nunca a nadie dispuesto a escucharla cantar.

Juan de la gran zancada

Un buen día, un niño que se llamaba Juan iba de camino al colegio cuando oyó unos golpecitos procedentes del interior de un tronco viejo. Se agachó y pegó la oreja al tronco. Pues sí, parecía que había algo dentro. De repente, oyó una voz que pedía ayuda:

–¡Auxilio! ¡Socorro!

–¿Quién anda ahí? –preguntó Juan.

–Soy el duendecillo de la gran zancada –contestó la voz–, ayúdame. Estaba durmiendo dentro de este tronco hueco, pero ha rodado y me he quedado atrapado dentro.

–Si eres un duende, ¿por qué no haces magia para salir de ahí?

Hubo una breve pausa. Luego Juan oyó un leve suspiro y la voz respondió:

–Ojalá pudiera, pero es que soy un duende muy chiquito y sólo sé hacer un hechizo.

Así pues, Juan giró el tronco y, en efecto, de su interior salió de un saltito una criatura minúscula, del tamaño del dedo gordo de su pie, que le hizo una reverencia.

–Gracias –dijo el duendecillo–. Me gustaría devolverte el favor.

–Bueno –reflexionó Juan–, ya que eres un duendecillo, ¿por qué no me concedes tres deseos?

El duendecillo bajó la cabeza y replicó:

–Es que no sé hacer trucos así. Resulta que soy un duende pequeñito y sólo tengo un hechizo.

–¿Y cuál es? –quiso saber Juan.

–Puedo concederte una zancada que te lleve adonde quieras ir.

—¿Podría llegar de una sola zancada hasta ese árbol de allí?

—Huy, y mucho más lejos —explicó el duende.

—¿Podría volver a casa de una sola zancada?

—Y llegar más lejos, si quieres.

—¿Quieres decir que de una zancada podría plantarme, no sé, en Londres? —preguntó Juan con un grito ahogado.

—Podrías cruzar el océano de una zancada si quisieras, o incluso llegar hasta la Luna. ¿Te interesa?

—¡Sí, por favor! —exclamó Juan.

Así pues, el duendecillo de la gran zancada formuló el hechizo y Juan sintió una especie de cosquilleo que le bajó por las piernas.

—Sobre todo, piensa con calma adónde quieres ir —le advirtió el duende.

—Sí, sí —contestó Juan. Luego meditó durante un momento y preguntó—: Si sólo puedo dar una gran zancada, ¿cómo vuelvo luego?

El duendecillo de la gran zancada se puso un poco colorado, volvió a agachar la cabeza y contestó:

—Es lo malo que tiene este hechizo. Qué rabia ser un duende tan chiquito.

Dicho eso, se alejó volando, y Juan se fue al colegio.

Durante todo el día apenas prestó atención a lo que decía la maestra. Estaba muy ocupado pensando en un sitio al que llegar de una enorme zancada.

«Me gustaría ir a África —pensó—, pero ¿cómo volvería? Me gustaría ir al Polo Norte, pero me quedaría tirado allí...»

Por mucho que lo intentaba, no se le ocurría ningún sitio en el que le apeteciera quedarse.

Aquella noche no pudo dormir y siguió dándole vueltas al asunto, pero a la mañana siguiente se levantó de la cama de un salto y dijo:

—¡Ya sé adónde ir!

Salió de casa y anunció en voz alta:

—Me gustaría dar la zancada hasta donde vive el rey de los duendes.

En cuanto terminó de decirlo sintió un cosquilleo que le corría por las piernas, dio un paso y salió volando por los aires. Subió y subió, por encima de los árboles, cada vez más alto, y cuando miró hacia atrás su casa parecía una casita de muñecas y estaba muy, muy lejos, aunque se distinguía a su madre, que le hacía gestos para que bajara, desesperada. Juan se despidió con la mano, porque notaba que la zancada le alejaba más y más, y pasó por encima de colinas, valles y bosques. Al poco rato cruzó el océano a tal velocidad que le pitaron los oídos por el viento. Y siguió y siguió, hasta que en la distancia vislumbró una tierra de altas montañas que resplandecían como si estuvieran hechas de cristal tallado. Y entonces se dio cuenta de que estaba bajando de las nubes... y seguía bajando... hasta aterrizar en un verde valle al pie de las montañas de cristal. Allí cerca, en lo alto de una colina, había un castillo blanco con torres y torreones que llegaban hasta los cielos. De allí procedía una extraña música digna de duendes. Juan comprendió que debía de ser el castillo en el que vivía el rey que andaba buscando.

Había un sendero que subía por la ladera hasta el castillo y echó a andar por él. Apenas había dado un par de pasos cuando apareció delante de él una nube de humo. Cuando se disipó, Juan se encontró ante sí un enorme dragón que echaba fuego por la nariz y le miraba fijamente.

–¿Adónde te parece que vas? –preguntó el dragón.

–Pues a ver al rey de los duendes.

–Que te crees tú eso –replicó el dragón, y soltó por la nariz una buena llamarada que prendió fuego a un árbol–. Vete por donde has venido.

–No puedo –explicó Juan–. He venido gracias a una enorme zancada mágica y no me quedan más.

–En ese caso, voy a tener que achicharrarte.

Pero Juan era demasiado rápido para aquella criatura. De un brinco se le subió a la espalda, y el dragón, sorprendido, empezó a dar vueltas tan deprisa que se quemó la cola. Juan lo dejó allí, revolcándose por la hierba para tratar de apagar las llamas.

Entonces echó a correr como alma que lleva el diablo hasta llegar a la puerta del castillo e hizo sonar la gran campana. La puerta se abrió de inmediato y apareció un ogro con la cara cubierta de pelo que le echó un vistazo y dijo:

–Mejor que te vuelvas por donde has venido o te corto en pedacitos y se los echo al perro.

–Por favor –suplicó Juan–, no puedo volver. He venido gracias a una zancada mágica y no me quedan más. Vengo a ver al rey de los duendes.

–Pues el rey de los duendes está muy ocupado –contestó el ogro, y desenvainó una espada seis veces más larga que el pobre Juan. La levantó por encima de la cabeza y ya estaba a punto de atacarle con ella cuando Juan pegó un salto y le metió la barba al ogro por la nariz. El monstruo estornudó con todas sus fuerzas y al encorvarse bajó la espada y se cortó una pierna.

Juan se metió dentro a toda prisa y cerró la puerta. El castillo estaba muy oscuro, pero a lo lejos se oía todavía la música digna de duendes de antes, así que fue avanzando por corredores y pasadizos, pendiente en todo momento de la aparición de otro monstruo. Pasó por delante de tenebrosos agujeros de las paredes por los que le llegaban espeluznantes gruñidos y el tintineo de cadenas, y notó un desagradable olor a azufre y a animales escamosos. A veces se encontraba con profundos abismos abiertos en el suelo del castillo y, al mirar, veía aguas borboteantes miles de metros más abajo; la única forma de salvar esos agujeros era cruzar por estrechos puentes de ladrillos no más anchos que sus pies, pero Juan siguió avanzando hacia la música digna de duendes y al cabo de un buen rato distinguió una luz al final del pasadizo.

Alcanzó la puerta y entró en el gran salón del rey de los duendes. Había luces por todas partes y las paredes eran de espejo, por lo que su mirada se encontraba con mil reflejos y no era capaz de ver las verdaderas dimensiones del salón. Los duendes estaban todos en plena danza, pero se detuvieron nada más verle. Cesó la música. Al fondo estaba sentado el rey de los duendes en persona. Era muy corpulento, tenía unos enormes ojos saltones y llevaba una barba temible y un pendiente.

—¿Quién ha llegado? —gritó—. ¿Quién se atreve a interrumpir nuestra celebración?

Juan se asustó mucho, ya que notaba el poder de la magia que flotaba en el aire y todos aquellos ojos de duende, grandes y fríos, clavados en él.

—Buenas —saludó—, he venido a presentar una queja, si no le importa.

—¡Una queja! —rugió el rey de los duendes, que se puso primero azul y luego verde de rabia—. ¡Nadie se atreve a quejarse ante el rey de los duendes!

—Bueno —contestó Juan con todo el valor que pudo reunir y tratando de no hacer caso de todos aquellos ojos refulgentes—, es que me parece injusto haber dejado al duendecillo de la gran zancada con un solo hechizo. Y, encima, tampoco es que sea un hechizo muy bueno.

—¡Pero es que el duendecillo de la gran zancada es un duende muy chiquito! —bramó el rey de los duendes, que se puso en pie y quedó muy por encima de todos los demás. Acto seguido levantó las manos y se hizo un silencio sepulcral.

Juan se asustó aún más, pero aguantó como un jabato y respondió:

—Debería darle vergüenza. Por mucho que sea usted el duende más grandullón, no tiene por qué tratar mal a los chiquitos.

Entonces el rey de los duendes se puso primero verde, luego morado y después negro de rabia. En aquel mismo instante una vocecilla procedente del codo de Juan chilló:

—¡Tiene razón!

Juan bajó la vista y vio al duendecillo de la gran zancada a su lado.

Entonces otra voz gritó desde el otro extremo del salón:

–¡Es verdad! ¿Por qué tienen que ser peores los duendes chiquitos que los grandullones?

–Eso. ¿Por qué? –insistió de repente otro duende.

Al poco todos los duendes gritaban lo mismo:

–Sí, ¿por qué?

El rey de los duendes sacó pecho y, con cara de muy malas pulgas, bramó:

–¡Pues porque soy más poderoso que ninguno de vosotros!

Dicho eso levantó las manos para lanzar un hechizo cuando los duendes gritaron:

–¡Pero no eres más poderoso que todos nosotros juntos!

¿Y sabéis qué pasó entonces? Pues que en un abrir y cerrar de ojos desaparecieron todos y el rey de los duendes, que ya estaba a medio hechizo y no podía parar, lo lanzó contra uno de sus reflejos en un espejo. Empezó a temblar y primero se le cayó la barba y después se encogió y se quedó reducido a menos de la mitad de su tamaño antes de caer de cuatro patas y convertirse en un jabalí y ponerse a dar vueltas por el salón de los espejos.

En aquel momento reaparecieron los demás duendes, que le echaron del castillo, eligieron rey al duendecillo chiquito y concedieron a Juan otra zancada mágica para que regresara a su casa.

Y eso fue precisamente lo que hizo.

El armarito de cristal

Existió una vez un armarito hecho totalmente de cristal para que se viera todo su interior y todo lo que había detrás. Pues bien, aunque siempre daba la impresión de que el armarito estaba vacío, de dentro se podía sacar lo que se quisiera. Si uno quería beber algo, por ejemplo, bastaba con abrir el armarito y sacarlo. Si quería unos zapatos nuevos, sólo tenía que sacarlos del armarito de cristal. Incluso si lo que interesaba era una bolsa de oro, al abrir el armarito se podía sacar una. Lo único que había que recordar era que, siempre que se sacara algo del armarito de cristal, había que meter otra cosa, aunque nadie sabía muy bien por qué. Por supuesto, algo tan valioso como el armarito de cristal era propiedad de un rey rico y poderoso.

Un buen día, el rey tuvo que partir en un largo viaje y, durante su ausencia, unos ladrones entraron en palacio y robaron el armarito.

—¡Ya podemos tener todo lo que queramos! —exclamaron.

—¡Yo quiero una bolsa de oro enorme! —dijo uno, y abrió el armarito y, en efecto, la sacó.

—Pues yo quiero dos bolsas de oro enormes —decidió el segundo ladrón, así que abrió el armarito y de su interior sacó dos buenas bolsas de oro.

Entonces el jefe de los ladrones anunció:

—¡Yo quiero tres bolsones de oro como no se han visto jamás!

Y dicho y hecho: abrió el armarito y extrajo tres grandes bolsas de oro como no se habían visto jamás.

—¡Hurra! —dijeron—. ¡Podemos conseguir todo el oro que nos apetezca!

Y, así, los tres ladrones se pasaron la noche en vela sacando bolsas de oro del armarito de cristal. Sin embargo, ninguno de los tres metió nada dentro.

Por la mañana, el jefe de los ladrones aseguró:

—Pronto seremos los tres hombres más ricos del mundo, pero ahora vámonos a dormir y ya sacaremos más oro esta noche.

Se fueron a la cama los tres, pero el primer ladrón no lograba conciliar el sueño y no dejaba de pensar lo siguiente: «Si me acerco una sola vez más al armarito de cristal, seré aún más rico que ahora». Así pues, se levantó, fue hasta el armarito y sacó una bolsa de oro más antes de volver a la cama.

Resultó que el segundo ladrón tampoco podía pegar ojo y no dejaba de pensar lo siguiente: «Si me acerco al armarito de cristal y saco dos bolsas de oro más, seré aún más rico que los otros dos». Así pues, se levantó, fue hasta el armarito y sacó dos bolsas de oro más antes de volver a la cama.

Por su parte, el jefe de los ladrones tampoco conseguía dormir y no dejaba de pensar lo siguiente: «Si me acerco al armarito de cristal y saco tres bolsas de oro más, seré más rico que nadie». Así pues, se levantó, fue hasta el armarito y sacó tres bolsas de oro más antes de volver a la cama.

Entonces el primer ladrón se dijo: «Pero ¿qué hago aquí tumbado tratando de dormir cuando podría estar haciéndome más rico?». Así pues, se levantó y se puso a sacar más y más bolsas de oro del armarito.

El segundo ladrón le oyó y se dijo: «Pero ¿qué hago aquí tumbado tratando de dormir cuando él está haciéndose más rico que yo?». Así pues, se levantó y se puso a hacer lo mismo que su compañero.

Entonces los oyó el jefe, que se dijo: «No puedo quedarme aquí, tratando de dormir, cuando esos dos están haciéndose más ricos que yo». Así pues, se levantó y al cabo de un momento ya estaban los tres trabajando sin descanso, sacando más y más bolsas de oro del armarito.

Durante todo el día y la noche siguientes, ninguno de los tres se atrevió a detenerse por miedo a que uno de sus compañeros se hiciera más rico, y así siguieron también otro día y otra noche más. No lo dejaron ni para descansar, ni para comer, ni siquiera para beber algo. Seguían sacando bolsas de oro cada vez más rápido, sin parar, hasta que, por fin, empezaron a marearse por la falta de sueño, comida y bebida, pero ni aun así se atrevieron a detenerse.

Durante toda aquella semana y también durante la siguiente, y luego durante todo aquel mes y durante todo el invierno, siguieron sacando bolsas, hasta que el jefe de los ladrones no pudo más, agarró un martillo e hizo añicos el armarito de cristal. En ese momento los tres soltaron un tremendo grito y cayeron muertos encima de la enorme montaña de oro que habían amasado.

Algún tiempo después, el rey regresó a palacio y sus criados se arrodillaron a sus pies al ruego de:

—¡Perdonadnos, majestad, pues tres malvados ladrones robaron el armarito de cristal!

El monarca ordenó a sus criados que lo buscaran por todos los rincones del reino. Cuando encontraron los restos del armarito y a los tres ladrones muertos llenaron sesenta grandes carros con todo el oro y se lo llevaron al rey. Cuando éste se enteró de que el armarito de cristal estaba hecho mil pedazos y de que los tres ladrones habían muerto, chasqueó la lengua y comentó:

—Si esos pillos hubieran metido algo en el armario cada vez que sacaban una bolsa de oro, ahora estarían vivos.

Entonces ordenó a sus criados que recogieran todos los pedacitos del armarito de cristal y que los fundieran para hacer un globo terráqueo en el que salieran todos los países del mundo, ya que serviría para el propio rey y para la gente en general de recordatorio de que la Tierra es tan frágil como aquel armarito de cristal.

Carolina
la insegura

HABÍA UNA VEZ UNA NIÑA QUE SE llamaba Carolina y que se encontró un botín viejo en el interior de un árbol hueco. Era un botín muy extraño con la puntera estrecha y muy pequeñito, del tamaño del meñique de Carolina.

«¿De quién será?», se preguntó. Se lo metió en el bolsillo del vestido y siguió su camino. No había avanzado mucho cuando oyó un ruido más o menos así:

tirititá

tirititá

tirititá

Miró detrás de un gran roble y vio a un pequeño trasgo, que es como un duende, pero más travieso. La criatura daba saltitos a la pata coja.

–Perdona, ¿este botín es tuyo? –le preguntó la niña.

El trasgo siguió dando saltos, pero de alegría.

–¡Por fin! –chilló–. Sin los botines no puedo volver a Trasguilandia.

Así pues, Carolina le devolvió el botín al trasgo, que se lo puso y empezó a bailar en torno al árbol, cantando:

¡Para ir a Trasguilandia, yo siempre lo repito,
hay un camino corto y otro largo, más bonito!

Luego se detuvo y le dijo a Carolina:

–Si te vienes conmigo a Trasguilandia, el rey de los trasgos te dará una recompensa.

–Bueno, sí que podría ir –respondió ella–, pero ¿cómo?

El trasgo se limitó a dar más brincos a la pata coja y canturrear:

¡Para ir a Trasguilandia, yo siempre lo repito,
hay un camino corto y otro largo, más bonito!

–Pero ¿cómo puedo estar segura de si vale la pena ir por el camino bonito o si tardaremos demasiado? –quiso saber Carolina.

El trasgo saltó por los aires, dio tres volteretas antes de aterrizar sobre el dedo gordo de un pie e insistió:

¡Para ir a Trasguilandia, yo siempre lo repito,
hay un camino corto y otro largo, más bonito!

–¿Cómo puedo estar segura de si vale la pena ir por el camino corto? –preguntó Carolina.

El trasgo dio otro respingo, aterrizó de cabeza y dio vueltas y más vueltas como una peonza antes de que se lo tragara la tierra. Reapareció justo detrás de Carolina y chilló:

¡Para ir a Trasguilandia, yo siempre lo repito,
hay un camino corto y otro largo, más bonito!

–¿Y cómo puedo estar segura de si me va a gustar, vayamos por un camino o por otro? –siguió preguntando Carolina.

El trasgo dio un salto mortal, aterrizó sobre un dedo de la mano y luego se impulsó con él con tal fuerza que volvió a saltar por los aires y subió y subió hasta que empezó a desplomarse. Aterrizó en un diente de león y gritó:

¡Trasguilandia está lejos y también está cerca;
mas quizá no te convenga, te veo muy terca!

Dicho eso, un golpe de viento esparció el diente de león por los cuatro confines del mundo, llevándose también con él al trasgo.

Y, así, la pobre Carolina se quedó sin ir a Trasguilandia, ni por el camino corto ni por el largo, más bonito.

La ciudad de madera

ÉRASE UNA VEZ UN REY POBRE. Llevaba una capa raída y tenía el trono lleno de parches. El motivo de su pobreza era que regalaba todo su dinero a quien lo necesitaba, ya que estimaba a sus súbditos como si todos y cada uno de ellos fueran hijos suyos.

Un buen día, en ausencia del monarca, llegó a la ciudad un mago que reunió a todo el pueblo en la plaza mayor y pidió:

—¡Proclamadme rey y tendréis todo el oro y la plata que podáis desear!

Los ciudadanos lo hablaron entre ellos y anunciaron:

—Nuestro rey es pobre, ya que ha regalado todo su dinero, y, aunque es verdad que no hay mendigos en este reino, también es cierto que ninguno de nosotros es muy rico y que no es probable que lo seamos mientras reine el soberano actual.

Así pues, finalmente accedieron a coronar al mago.

—¿Y obedeceréis mis leyes, decida lo que decida? —gritó éste.

—Si podemos disponer de todo el oro y la plata que queramos —replicaron—, puedes aprobar las leyes que te vengan en gana.

Tras escuchar eso, el mago subió a la torre más alta de la ciudad, agarró una paloma viva, la desplumó y fue dejando caer una a una las plumas desde lo alto, recitando:

Oro y plata a raudales vuestros serán
y trozos de madera mi ley obedecerán.

Aquella pobre paloma tenía tantas plumas como habitantes había en la ciudad. Cuando hubo terminado el mago, todos y cada uno de ellos se habían convertido en madera.

Cuando regresó el rey, se encontró las puertas de la ciudad cerradas a cal y canto y ni un alma que pudiera abrirlas, por lo que envió a su criado a descubrir qué sucedía. A su regreso, el sirviente anunció que no encontraba al guardián encargado de las puertas, sólo había visto a un maniquí de madera vestido con su uniforme y colocado en su sitio.

Al cabo de un rato, no obstante, se abrieron las puertas y entró el soberano en la ciudad, donde no se encontró con una multitud de simpatizantes, sino con gente de madera clavada en el sitio que había ocupado cuando el mago había lanzado el hechizo: había un zapatero de madera sentado trabajando en unos zapatos nuevos, a la puerta de la taberna se encontraba un posadero de madera que vertía cerveza de una jarra en el vaso de un viejecito de madera, mujeres de madera colgaban mantas de las ventanas o paseaban a sus hijos de madera y en la pescadería había un pescadero de madera junto a una pieza de mármol cubierta de pescado descompuesto. Cuando el rey entró en palacio descubrió que hasta su mujer y sus hijos se habían vuelto de madera. Desesperado, se sentó en el suelo y se echó a llorar.

En aquel momento apareció el mago, que le propuso:

—¿Te convertirás en mi esclavo si devuelvo la vida a tu pueblo?

—Nada sería excesivo a cambio de recuperarlos. Me convertiré en tu esclavo.

El mago se puso manos a la obra. Encargó gran cantidad de madera de la mejor calidad y, sirviéndose de herramientas muy delicadas, con tornillos de oro y clavos de plata, hizo un corazoncito de madera que latía y bombeaba sangre para cada uno de los ciudadanos, se lo colocó en el pecho y lo accionó.

Uno a uno, todos los ciudadanos abrieron los ojos de madera y miraron con frialdad a su alrededor mientras sus corazones de madera iban latien-

do: tunca, tunca, tunca. Todos los ciudadanos movieron una pierna y un brazo de madera y luego, uno a uno, fueron siguiendo con sus actividades, aunque con rigidez y torpeza, ya que aún eran de madera.

Luego el mago se presentó ante el rey y anunció:

—¡Ahora eres mi esclavo!

—¡Pero si mi pueblo sigue siendo de madera! En realidad no les has devuelto la vida.

—¡Les basta para trabajar para mí! —gritó el malvado mago, que acto seguido ordenó a su ejército de madera que echara al rey de la ciudad y cerrara las puertas.

El rey vagó por el mundo, mendigando para comer y buscando a alguien que pudiera devolver a sus súbditos a la vida, pero no encontró a nadie. Abatido, aceptó trabajo de pastor y se dedicó a cuidar un rebaño de ovejas en una colina desde la que se veía la ciudad y donde a menudo detenía a los viajeros que pasaban y les preguntaba cómo iban las cosas dentro de las murallas.

—Pues bien —le decían—, los ciudadanos hacen unos relojes estupendos y una ropa maravillosa con metales preciosos, ¡y todo eso lo venden más barato que en ningún otro lugar de la Tierra!

Una noche, no obstante, el rey decidió ir a verlo por sí mismo, de modo que bajó sigilosamente hasta las murallas, se coló por una ventana secreta y se acercó a la plaza mayor, donde le aguardaba una extraordinaria sorpresa: aunque eran las tantas de la madrugada, todos y cada uno de los ciudadanos de madera trabajaba como a plena luz del día. Sin embargo, ni uno de ellos decía una palabra y el único ruido que se oía era el tunca, tunca, tunca de sus corazones de madera, que latían en el interior de sus pechos de madera.

El rey fue de uno a otro preguntando:

—¿No me recordáis? Soy vuestro rey.

Pero todos le observaban con la mirada vacía y enseguida regresaban a sus ocupaciones.

Al cabo de un rato, el monarca vio a su propia hija acercarse por la calle cargando un montón de leña para el fuego del mago. La agarró de los brazos, la levantó por los aires y le dijo:

—¡Hija mía! ¿No me recuerdas? ¿No te acuerdas de que eres una princesa?

—No recuerdo nada —dijo la joven—, pero tengo oro y plata en la bolsa.

Así pues, el rey se subió de un salto a una caja, en mitad de la plaza mayor, y gritó:

—¡Estáis todos hechizados por el mago! ¡Ayudadme a atraparle para liberaros del maleficio!

No obstante, todo miraron hacia otro lado diciendo:

—Pero si tenemos todo el oro y plata que podemos desear. ¿Por qué íbamos a hacer nada?

Justo en ese momento apareció el mago en persona en la escalera de palacio, ataviado con una magnífica capa de oro y plata y con una antorcha en la mano.

—¡Ajá! —gritó—. Te creías que ibas a echar por la borda todo mi trabajo, ¿eh? Muy bien...

Entonces levantó las manos para lanzar un conjuro contra el rey, pero, antes de que pudiera pronunciar una sola palabra, el monarca agarró la leña que cargaba su hija y se la lanzó al mago. En un instante, la llama de la antorcha que llevaba prendió la leña y los troncos ardientes le cayeron encima formando un círculo de fuego que le devoró vivo. A medida que el fuego se intensificaba, el hechizo empezó a desvanecerse.

La hija del rey y todos los demás se estremecieron y el tunca, tunca, tunca de sus corazones de madera se transformó en un latido de verdad al tiempo que el resto de su cuerpo volvía a ser de carne y hueso. Cuando miraron hacia el mago, se encontraron con que en su lugar había un montón derretido de oro y plata retorcidos. El rey lo colocó en un pedestal en la plaza mayor y debajo escribió las siguientes palabras: «Quien necesite oro y plata puede cogerlo de aquí».

Sin embargo, ¿sabéis qué?, ni uno solo de los ciudadanos cogió un solo trozo de aquel montón durante el resto de sus vidas.

¿Seguirá allí?

El barco de huesos

En aquellos días en los que los barcos de vela cruzaban los océanos empujados por los vientos, había una nave a la que todos los marineros tenían terror. La llamaban el barco de huesos y sus velas eran de un blanco cadavérico, su mascarón de proa consistía en un cráneo y a lo largo de todo su casco estaban grabados los nombres de marineros ahogados. Se decía que el propio casco estaba hecho de sus huesos.

Ésta es la historia del único hombre que subió al barco de huesos y vivió para contarlo. Se llamaba Stoker, Bill Stoker, y surcaba los mares a bordo del *Mayfly*, que zarpó de Portsmouth el 1 de junio de 1784...

No llevaban más de una semana de navegación cuando los alcanzó una tormenta, una terrible tormenta. Las olas alcanzaban seis veces la altura del palo mayor y la fuerza del mar lanzaba el pequeño barco de un lado para otro como si fuera un corcho entre la espuma. Tan pronto subía por la cresta de una enérgica ola como se precipitaba contra su seno. Luego las aguas ocultaban el sol y todo se quedaba en silencio hasta que otra ola iba a estrellarse contra la proa.

Y así se desarrolló la tormenta, con toda su furia, durante cuatro días y cuatro noches, de modo que al llegar aquella cuarta noche los marineros ya prácticamente se daban por muertos. Las velas estaban hechas jirones, el timón se había roto y la mitad de la tripulación estaba enferma y se había tumbado en las hamacas o trataba de no chocar contra uno y otro lado del camarote debido al zarandeo provocado por la fuerza del mar.

El viejo Bill Stoker estaba tumbado en su litera, pensando que iba a ser su última noche en este mundo, cuando oyó un grito procedente de cubierta y un marinero bajó corriendo al camarote, blanco como el papel.

–¡Es el barco de huesos! –gritó–. ¡Estamos perdidos, compañeros!

Bill Stoker, que no era de los que se dejan convencer fácilmente, contestó:

–Lo del barco de huesos es una patraña.

Y dicho eso se levantó de un salto de la litera y subió a cubierta.

Hacía una noche espantosa. La lluvia le azotaba la cara y el viento fustigaba el mar hasta formar montañas. El viejo Bill Stoker miró hacia la tormenta y, en efecto, en lo alto de las aguas encrespadas distinguió el barco más blanco que había visto en la vida, con unas velas que casi relucían a pesar de la oscuridad.

–Si eso es el barco de huesos –gritó Bill Stoker–, me como una patata cruda.

Justo en ese momento, una potente ola se estrelló contra la cubierta y, antes de que el bueno de Bill Stoker comprendiera qué había pasado, el agua le levantó y se lo llevó consigo por los aires. Miró desde lo alto y vio su barco treinta metros más abajo. De repente la fuerza de aquella ola le lanzó por los cielos y fue a aterrizar de narices contra otra y se hundió de inmediato. Apenas había sacado la cabeza a la superficie, respirando entrecortadamente, cuando otra ola monstruosa se lo llevó de golpe hacia lo alto. Entonces miró otra vez hacia abajo y vio el barco blanco durante un instante antes de volver a precipitarse hacia el agua a toda velocidad. Y se hizo un silencio sepulcral y todo se detuvo.

Cuando por fin abrió los ojos y miró a su alrededor se encontraba en la cubierta del barco de huesos. A su alrededor se extendían la negra noche y la furia de la tormenta, pero el barco estaba bastante quieto, prácticamente inmóvil, como si no hubiera el más mínimo viento. No se oía nada de nada.

Bill Stoker extendió la mano y pasó los dedos por la cubierta. Era lisa como el marfil y, aunque la lluvia y las olas vapuleaban el barco, la superficie de la cubierta estaba muy, muy seca. Entonces Bill miró a su alrededor y se dio cuenta de que se encontraba prácticamente solo, aunque vio a un viejo marinero que estaba levando el ancla. Así pues, se puso en pie y gritó:

–¡Buenas, marinero!

Sin embargo, el anciano no se volvió y siguió levando el ancla, de modo que Bill Stoker cruzó la cubierta y le dijo:

–¡Buenas, compañero! ¿Qué tal aguantamos?

El viejo marinero se volvió y resultó que no tenía cara, por lo menos una cara normal y corriente... sólo cráneo. Y las manos eran las de un esqueleto. Se abrieron sus mandíbulas y una voz cascada saludó:

–¡Bienvenido al barco de huesos, Bill!

Y extendió una mano huesuda para estrechar la de Bill Stoker, pero éste se apartó, dio media vuelta y salió corriendo con todas sus fuerzas y se metió bajo cubierta. Oyó que el esqueleto iba tras él, así que cerró la escotilla y bajó los escalones de tres en tres.

En el interior del barco olía a algo raro, como a cementerio. Bill Stoker, que se había agarrado al pasamanos para bajar, se dio cuenta de que todo estaba hecho de huesos, blancos y amarillos, desgastados y nuevecitos. Como seguía oyendo los pasos del esqueleto, que todavía le perseguía, se metió en la bodega. Allí dentro estaba todo tan oscuro que no se veía nada, pero de repente se escuchó un gritó:

–¡Pero si es Bill Stoker! ¿Qué hay, Bill? ¡Bienvenido al barco de huesos!

Los ojos de Bill se acostumbraron a la oscuridad y empezó a ver unas siluetas que se levantaban de la cama y se le acercaban. ¡Pues vaya! No se detuvo a ver quiénes eran, sino que volvió sobre sus talones y subió la escalerilla como alma que lleva el diablo. Allí arriba se topó con el esqueleto marinero, que le sonreía con todos los dientes.

El viejo Bill Stoker no era de los que se dejan asustar fácilmente, así que acabó de subir los escalones, sacó el alfanje y arremetió contra la criatura, pero el esqueleto marinero se apartó y agarró a Bill de la camisa cuando éste pasó por su lado. Sin embargo, como la camisa era vieja se rasgó antes de que el extraño pudiera coger a Bill del cuello con aquellos dedos huesudos. En un santiamén, Bill se incorporó y echó a correr hacia la cabina del puente de mando. Una vez dentro, cerró la puerta con llave... pero se oyó el ruido seco de los pasos que se acercaban cada vez más. Y entonces vio la espantosa mueca sonriente de la calavera, que se asomaba por la ventana.

Bill no era de los que arrojan la toalla fácilmente, claro, así que se dijo: «No son más que montañas de huesos todos ellos, a algo le tendrán miedo». Y en ese momento tuvo una idea.

–¡Ya sé cómo acabar con ese esqueleto andante! –gritó, y se echó al suelo a cuatro patas y se puso a ladrar como un perro. De repente la calavera puso una especie de cara de disgusto. El bueno de Bill abrió la puerta de golpe y salió de un brinco, ladrando como un poseso. ¿Y qué paso entonces? Pues que la horrenda criatura se dio media vuelta y salió pitando. En ese instante Bill aprovechó la oportunidad y saltó por la borda. De inmediato notó que las olas se lo llevaban y le lanzaban por los aires otra vez...

Bueno, no sé muy bien qué pasó a continuación, y tampoco creo que lo sepa el viejo Bill, pero lo cierto es que acabó otra vez en su barco, rodeado de todos sus compañeros, que le señalaban. Entonces miró hacia la negrura de la noche y vio el barco de huesos, que se alejaba a toda prisa con viento fresco.

Al poco rato la tormenta empezó a amainar y llegaron a aguas más tranquilas. Bill Stoker les contó su historia a sus compañeros de tripulación, que le escucharon boquiabiertos, pero resultó que nadie se la creyó. Eso, sin embargo, le dio igual al bueno de Bill Stoker, que aquella noche bajó a la bodega y ¿sabéis que hizo? Pues agarró una patata cruda y le dio un buen mordisco.

El espejo
de Pedro el simplón

PEDRO EL SIMPLÓN iba un buen día a trabajar en el campo cuando se topó con una anciana sentada junto al camino.

—Buenos días, anciana –saludó–. ¿Por qué está usted tan triste?

—Es que he perdido el anillo –explicó ella– y no hay otro igual en todo el mundo.

—Ya la ayudo yo a encontrarlo –se ofreció Pedro el simplón, que de inmediato se echó al suelo a buscar el anillo de la anciana.

Rebuscó durante un buen rato hasta que por fin dio con él debajo de una hoja.

—Gracias, ese anillo tiene mucho más valor del que crees –dijo la anciana, que se lo puso enseguida. Luego sacó un espejo del delantal y se lo dio a Pedro con estas palabras–: Toma esto como recompensa.

Resultaba que Pedro el simplón no había visto nunca un espejo, así que, cuando bajó la vista y vio el reflejo del cielo en sus mano, preguntó:

—¿Me has regalado el cielo?

—No –contestó la anciana, y le explicó de qué se trataba.

—¿Y para qué quiero un espejo? –quiso saber Pedro.

—Es que no es un espejo cualquiera –replicó ella–, es mágico. Todo el que se mire en él se verá no como es, sino como le ven los demás. Y eso es un gran don, sabes, poder vernos como nos ven los demás.

Pedro el simplón se llevó el espejo a la altura de la cara y se miró en él. Primero se miró de un lado y luego del otro. Puso el espejo de costado y horizontal y al revés y por fin negó con la cabeza y comentó:

–Bueno, pues será un espejo mágico, pero no le veo la gracia, porque no sale mi reflejo.

La anciana se sonrió y le contestó:

–El espejo no te mentirá nunca. Te mostrará tu verdadero reflejo tal y como te ven los demás.

Dicho eso se tocó el anillo y el roble que estaba a su espalda se dobló, la levantó por los aires entre sus ramas y se la llevó consigo.

Pedro el simplón se quedó un largo rato allí plantado, con la boca abierta, y luego volvió a mirarse en el espejo, pero seguía sin ver su reflejo por mucho que acercara la nariz hasta tocarlo.

En aquel momento pasó por allí un granjero que iba camino del mercado.

–Perdone –le dijo Pedro el simplón–, ¿por casualidad ha visto mi reflejo? Es que no lo veo en este espejo.

–Ah –contestó el granjero–, lo he visto hará una media hora, iba corriendo hacia allí.

–Gracias, a ver si lo atrapo –contestó Pedro, y salió corriendo en la dirección indicada.

El granjero se echó a reír y se dijo: «Este Pedro es un ganso, el pobre», y siguió su camino.

Pedro el simplón siguió corriendo y corriendo hasta encontrarse al herrero.

–¿Adónde vas con tanta prisa, Pedro?

–Estoy tratando de atrapar mi reflejo –explicó el aludido–. El granjero Juan me ha dicho que lo había visto corriendo en esta dirección. ¿Lo has visto?

El herrero, que era buen hombre, hizo un gesto de incredulidad y contestó:

–Mira, el granjero Juan te ha contado un cuento. Los reflejos no pueden huir. Mira en el espejo y lo verás, hombre.

Así pues, Pedro miró en el espejo mágico y ¿sabéis qué vio? Pues un ganso, con el pico amarillo y los ojos negros, que lo miraba fijamente.

–¿Qué? ¿Ves tu reflejo? –preguntó el herrero.

–Lo único que veo es un ganso, pero yo no soy un ganso. ¡Os lo demostraré a todos! ¡Voy a hacer fortuna y entonces me veréis como soy en realidad!

De ese modo, Pedro se marchó a hacer fortuna. Al poco llegó a un lugar agreste de las montañas donde se encontró con un leñador y su familia, que llevaban todas sus pertenencias a la espalda.

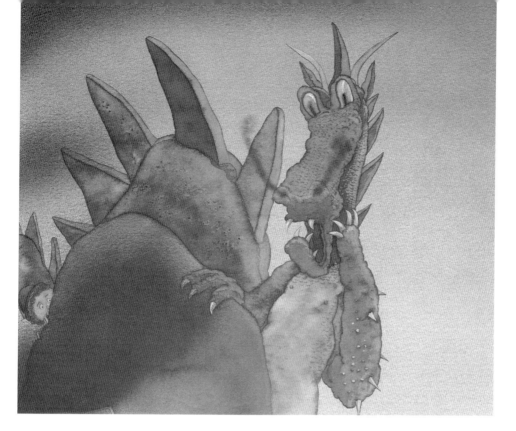

–¿Adónde vais? –les preguntó.

–Nos vamos de estas tierras –repuso el granjero– porque hay un dragón. Tiene cincuenta veces el tamaño de un hombre y puede devorarte de un bocado. Se ha llevado a la hija del rey y se la va a zampar esta noche para cenar.

Dicho eso se alejaron a toda prisa.

Pedro siguió adelante, pero las montañas eran cada vez más empinadas y le costaba más avanzar. De repente oyó un ruido que le pareció una rueda de molino. Miró detrás de una piedra y se encontró con el dragón que, en efecto, era cincuenta veces mayor que él. Estaba dando vueltas a una piedra con las garras delanteras para afilarse los dientes.

–¡Ay, no! ¿Eres el dragón? –preguntó Pedro.

El monstruo dejó de afilarse los dientes y le miró con unos enormes ojos feroces.

–¡Pues sí! –contestó.

–Entonces voy a tener que matarte.

–¿No me digas? –replicó el dragón, al que se le pusieron rectas las púas de la espalda y empezaron a salirle grandes lenguas de fuego por la nariz–. ¿Y cómo pensabas matarme?

–Ah, bueno, no pensaba matarte con mis propias manos, lo que pasa es que detrás de esa piedra tengo a la criatura más terrible del mundo, que tiene cincuenta veces tu tamaño ¡y podría devorarte de un bocado!

–¡Imposible! –rugió el dragón, y se metió de un salto detrás de la roca.

Resultó que Pedro, que en realidad no era tan simplón, había escondido allí el espejo, de modo que el dragón se dio de bruces con él y por vez primera se vio tal y como aparecía ante los demás: como una criatura cincuenta veces mayor y capaz de devorarse de un bocado. En aquel mismo instante el monstruo dio media vuelta y echó a correr por las montañas con todas sus fuerzas para no ser visto nunca jamás.

Luego Pedro entró en su cueva, encontró a la hija del rey y se la llevó a palacio. El monarca le hizo entrega de joyas y buenas ropas y todo el mundo le aclamó como a un héroe, de modo que, cuando Pedro se miró en el espejo, ¿sabéis qué vio? Pues se vio convertido en un fiero león, que era lo que le consideraba todo el mundo, y sin embargo se dijo: «¡Yo no soy un león! ¡Soy Pedro!».

En aquel preciso instante pasó por allí la princesa y Pedro le mostró el espejo y le preguntó qué veía en él.

–Veo a la chica más guapa del mundo –afirmó la joven–, y yo no lo soy.

–Pero así es como te veo yo –aseguró Pedro, y le contó toda la historia del espejo, cómo lo había conseguido y cómo había engañado al dragón–. Ya lo ves, ni soy simplón un ganso ni soy valiente como un león. Sólo soy Pedro, sin más.

Cuando la princesa escuchó la historia empezó a apreciar a Pedro por su franqueza y su sencillez y al poco tiempo empezó a quererle, y el rey aceptó que se casaran, aunque Pedro fuera hijo de un labrador pobre.

–Pero, cariño –intervino la reina–, la gente se reirá de nosotros porque no es un príncipe de verdad.

–¡Pamplinas! –replicó el rey–. ¡Le convertiremos en el príncipe más refinado del mundo.

Sin embargo, la reina tenía razón, porque el día de la boda Pedro se vistió con los mejores ropajes, con ribetes de oro y pieles y, en cambio, cuando se miró en el espejo mágico ¿sabéis cómo se vio? Pues en lugar de como a un espléndido príncipe se vio con sus viejos harapos; era Pedro, sin más, y no le importaba en absoluto. Se sonrió y dijo para sus adentros: «¡Por fin! ¡Ya todo el mundo me ve como de verdad soy!».

La intrépida Irene

E N ESTO QUE UNA NIÑA fue sorprendida por una tormenta. El cielo empezó a oscurecerse y el viento a soplar, y de repente un rayo cruzó el firmamento y un trueno ensordecedor retumbó a su alrededor. La pobre Irene temblaba de miedo y se arrepentía de no estar en casa con su madre. Entonces se puso a llover. ¡Menudo chaparrón! Se abrieron los cielos y cayeron chuzos de punta: las gotas eran grandes como puños.

A lo lejos, Irene distinguió una cabañita, así que echó a correr hasta allí. Se encontró la puerta abierta y se metió dentro. Estaba negro como la boca del lobo. En cuanto cerró la puerta una voz grave bramó:

—¡Grrrrr! ¿Quién eres tú?

Irene miró a su alrededor, pero como estaba tan oscuro no vio a nadie.

—P... p... por favor... Me llamo I... I... Irene. ¿Quién es usted?

—¡Grrrrr! Soy un Monstruo Espantoso... ¡Toma ya! —contestó la voz.

Irene miró a su alrededor, pero la oscuridad era tal que no vio a nadie.

Justo entonces un relámpago iluminó el interior de la cabaña durante un breve instante e Irene vio una enorme silueta negra acurrucada en el otro extremo de la habitación.

—¡Ohhhhh! —exclamó.

—¿Qué pasa? —gruñó el Monstruo Espantoso—. Te doy miedo, ¿verdad?

—Pues sí. Es usted negro como el carbón y grande como una casa, y está cubierto de pelo.

—Y mi rugido es aterrador —añadió la criatura—. ¡AAAAAAAARRRRRRRGH!

La pobre Irene se desplomó de espaldas del susto. Entonces cayó un trueno sobre sus cabezas y otro relámpago iluminó a la criatura. Irene vio

que tenía unas tremendas garras negras, unos ojos encendidos y unos enormes dientes amarillentos.

–Pongo la piel de gallina, ¿eh? –vociferó el Monstruo Espantoso.

–¡Pues s... s... sí! –gimió Irene.

–¡Y además tengo la fuerza de doscientos bueyes!

Entonces, gracias a otro relámpago, Irene vio cómo la criatura se erguía apoyándose en las patas traseras y arrancaba el techo de la cabaña de cuajo.

–No... ¡Por favor! –rogó ella mientras la lluvia empezaba a mojarla y se escuchaba otro trueno.

–¡Me como a las niñas pequeñas para cenar! –bramó el Monstruo Espantoso, que se agachó y acercó un ojo encendido hasta la pobre Irene antes de añadir–: ¿Qué me dices a eso?

«Bueno –se dijo Irene–, no sirve de nada asustarse. Si se me quiere merendar, lo conseguirá.» Y así, decidida, agarró su mochila y le atizó al Monstruo Espantoso en la nariz. ¿Y sabéis qué sucedió entonces? Pues que la criatura no la cogió con sus enormes garras ni la trituró con sus grandes dientes amarillentos. ¿Sabéis qué hizo? Primero se puso verde y después negro y después rosa intenso, y entonces le salieron unas cuantas flores en lo alto de la cocorota.

–¡Pero bueno! –exclamó Irene–. ¡Si tú no eres un Monstruo Espantoso ni eres nada!

–¿Ah, no?

–¡Qué va! –insistió Irene.

De improviso apareció una preciosa cinta atada con un lazo en torno a la cintura de la criatura. Irene la agarró y tiró de ella, de modo que el monstruo se abrió por la mitad y se vio que dentro había un conejito con cara de estar muy asustado que gritaba:

–¡No, por favor! ¡No me cocines en una cazuela!

–Por esta vez no te voy a cocinar en una cazuela –aseguró la intrépida Irene–, pero a partir de ahora que no te vea yo por ahí tratando de asustar a los niños.

–No... Lo prometo –afirmó el conejo, y salió a toda prisa de la cabaña.

Justo en aquel momento se despejó el cielo y salió el sol. La intrépida Irene se marchó a su casa y no se topó con ningún otro monstruo por el camino.

El tigre de mar

É RASE QUE SE ERA UN TIGRE que contaba unas mentiras tremendas. Por mucho que lo intentaba, no lograba decir la verdad.

Una vez, el mono le preguntó al tigre adónde iba y éste contestó que estaba de camino a la luna, donde tenía una reserva de queso tigresco con el que se le ponían los ojos más resplandecientes que el sol y así podía ver a oscuras. En realidad, se iba detrás de un arbusto a echar una cabezadita.

En otra ocasión, la serpiente invitó al tigre a comer, pero éste le aseguró que no podía asistir porque un hombre le había escuchado cantar en la selva y le había pedido que fuera a la gran ciudad aquella misma tarde para cantar en la ópera.

–¡Ah! –exclamó la serpiente–. Antes de irte, ¿por qué no me cantas algo?

–Huy, no –contestó el tigre–. Si canto antes de desayunar, se me hincha la cola y se me convierte en una salchicha, y luego me persiguen todo el día las moscas salchichescas.

Un buen día se reunieron todos los animales de la selva y decidieron curar al tigre de las ganas de contar tales sartas de mentiras, así que enviaron al mono a ver al mago que vivía en las montañas nevadas. El mono trepó durante siete días y siete noches y fue subiendo y subiendo hasta que por fin alcanzó la cueva en la que vivía el mago, en medio de las nieves.

A la entrada de la cueva, le llamó:

–¿Anciano mago, estáis ahí?

–Entra, mono, te esperaba –contestó una voz lejana.

Así pues, el mono entró en la cueva, donde se encontró al mago muy ocupado con la preparación de hechizos diversos y le contó que los animales de la selva querían curar al tigre de las ganas de contar tales sartas de mentiras.

–Muy bien –contestó el mago–. Toma esta poción y échasela al tigre por los oídos mientras duerme.

–Pero ¿para qué sirve, mago? –quiso saber el mono.

El mago se sonrió y repuso:

–Tú no te preocupes, que una vez le hayas administrado esta poción todo lo que diga el tigre será cierto y muy cierto.

De este modo, el mono cogió la poción y regresó a la jungla, donde les contó a los demás animales lo que había que hacer.

Aquel día, mientras el tigre daba su acostumbrada cabezadita detrás del arbusto, todos los demás animales se reunieron en círculo en torno a él y el mono trepó con mucho cuidado por su corpachón y, poquito a poco, le echó un chorrito de poción primero en una oreja y luego en la otra. Después echó a correr hacia los demás animales y todos gritaron a una:

–¡Tigre! ¡Tigre! ¡Despierta, tigre!

Al cabo de un ratito, el tigre abrió un ojo y luego otro. Se sorprendió un poco al ver a todos los demás animales de la selva a su alrededor.

–¿Estabas dormido? –preguntó el león.

–Qué va –respondió el tigre–, sólo me he echado un rato a organizar mi próxima expedición al fondo del mar.

Cuando escucharon eso, todos los demás animales hicieron gestos de incredulidad y dijeron:

–La poción del mago no ha funcionado. ¡El tigre sigue soltando las mismas trolas de siempre!

Con cara de sorpresa, el tigre se puso en pie de un brinco y empezó a dar saltos por la selva.

–¡Pero si es verdad! –decía, sorprendido de sí mismo.

–¿Qué haces, tigre? –le preguntaban.

–¡Voy a ir volando! –gritó él y, en efecto, estiró las patas y remontó el vuelo por encima de los árboles y recorrió la selva por los cielos.

Como todo el mundo sabe, a los tigres les sientan fatal las alturas, por lo que el pobre gritaba:

–¡Socorro! ¡Estoy volando de verdad! ¡Bajadme de aquí!

Pero sin poder evitarlo siguió volando y volando hasta que la selva quedó muy atrás y llegó surcando los cielos hasta las montañas nevadas donde vivía el mago, que levantó la vista hasta el tigre volador y se sonrió diciendo:

–Ja, ja, viejo tigre, a partir de ahora vas a decir siempre la verdad, pues todo lo que digas se hará realidad, aunque hasta ese momento fuera imposible.

El tigre siguió volando y volando y empezó a hacer más y más frío allá arriba. Y, claro, como todo el mundo sabe, a los tigres el frío les sienta aún peor que las alturas.

Al cabo de un rato se encontró sobrevolando el mar y, de repente, cayó en seco como una piedra hasta ir a dar con sus huesos contra la superficie del agua en mitad de la nada. Por supuesto, como todo el mundo sabe, a los tigres el agua les sienta aún peor que las alturas y que el frío.

–¡Aaaahh! –exclamó el tigre, que no pudo evitar hundirse hasta llegar al fondo del mar, donde todos los peces se le acercaron para contemplar el espectáculo, por lo que tuvo que espantarlos con la cola.

Entonces levantó la vista y vio la parte de abajo de las olas a lo lejos, así que nadó y nadó para alcanzar la superficie y, cuando ya casi estaba sin aliento, lo consiguió. Luego pataleó y chapoteó y trató de llegar hasta la orilla.

Justo en aquel momento pasó un barco de pescadores que se quedaron boquiabiertos al ver a un tigre nadando en medio del mar. Entonces uno de ellos se echó a reír y señaló al tigre diciendo:

–¡Mirad, un tigre de mar!

Todos se rieron y señalaron al tigre. Por supuesto, como todo el mundo sabe, a los tigres las burlas les sientan aún peor que las alturas, que el frío y que el agua.

El pobre tigre chapoteó con todas sus fuerzas, pero la orilla estaba muy lejos, de modo que al final los pescadores le echaron las redes por encima y lo subieron al barco.

–¡Bueno, bueno! –se burlaban–. ¡Ahora podemos sacar una fortuna si conseguimos que este tigre de mar actúe en el circo!

Claro, eso al tigre le puso de muy mal humor, porque, como todo el mundo sabe, a los tigres actuar en el circo les sienta aún peor que las alturas, que el frío, que el agua y que las burlas. Así pues, en cuanto atracaron rasgó la red y saltó del barco para volver corriendo al bosque con todas sus fuerzas.

Y desde aquel día jamás de los jamases volvió a decir mentiras.

Los fantasmas del viento

C UANDO EL VIENTO ruge contra una casa y rasga las nubes, se nos llenan los oídos de ruido. Las chimeneas se estremecen, las puertas se cierran de golpe y las ventanas traquetean, pero entre golpe y golpe de viento, cuando se calma durante un instante, a veces se oyen, muy lejanos, los pasos de los fantasmas que van detrás de él. He aquí la historia de uno de esos fantasmas del viento.

Había una vez dos amigos que emprendieron viaje en busca de fortuna. El primer día, llegaron a un ancho río que no sabían cómo cruzar, de modo que caminaron por la orilla hasta alcanzar una choza en ruinas donde una anciana estaba confeccionando un collar de huesos.

–¿Cómo podemos cruzar este río, anciana? –preguntaron.

Sin dejar de ensartar los huesos en el hilo como si se tratara de cuentas, la anciana les contestó:

–Hay dos formas de cruzarlo. Una os saldrá gratis y por la otra tendréis que pagar.

–¿Cómo puede ser? –preguntaron los dos amigos.

–Bueno, la primera forma es cruzar a nado. Eso es gratis. La otra es tomar la barca que zarpa desde aquí a medianoche, pero para eso tendréis que pagar, ya que una vez subáis a bordo tendréis que darle al barquero lo que os pida.

–No me apetece mojarme –aseguró el primer amigo, que se llamaba Lucas–. Voy a ir en barca.

–¡Quién sabe lo que pedirá el barquero! –exclamó David–. Yo prefiero nadar.

Así pues, ambos amigos acordaron encontrarse al día siguiente al otro lado. A continuación David hizo un hatillo con la camisa y metió dentro todas sus pertenencias. Se lo colocó encima de la cabeza y cruzó a nado. El río era ancho y la corriente le empujó un buen trecho río abajo, pero con paciencia llegó a la otra orilla. Una vez allí encendió un fuego y se dispuso a esperar la llegada de su amigo Lucas.

–¿Y bien? –preguntó David al verle aparecer–. ¿Qué te ha pedido el barquero?

–Ah... Quería la luna –contestó Lucas.

–¿Y qué le has dado?

–Ah... Pues he sacado la taza, la he metido en el río y se la he dado llena de agua, para que cuando la mire vea el reflejo de la luna.

Los dos amigos siguieron, pues, su camino, y durante la segunda jornada fueron a dar con un profundo cañón. Allí vieron a un anciano sentado a la entrada de una cueva.

–¿Cómo podemos salvar el cañón? –le preguntaron.

–Hay dos formas –explicó éste–. Con una se tarda un minuto y con la otra, un mes.

–¿Cómo puede ser? –preguntaron los dos amigos.

–Bueno, una forma es recorrer a pie todo el borde del cañón, y así se tarda un mes –explicó el anciano–. La otra es pedirle al águila que vive en esta montaña que os lleve a la espalda, pero en ese caso deberéis responder a lo que os pregunte durante el vuelo; si no, os soltará en mitad del abismo.

–¡Yo no voy a arriesgarme a eso! –afirmó David–. Prefiero recorrer a pie el borde, aunque se tarde un mes.

–Yo respondo a cualquier cosa que me pregunten –dijo Lucas–. Voy a ir a lomos del águila.

Así pues, los amigos decidieron reunirse al cabo de un mes. David anduvo y anduvo durante muchos días y por fin alcanzó el punto del otro lado del cañón en el que habían acordado encontrarse. Allí le esperaba, en efecto, su amigo Lucas.

–¿Cuál fue la pregunta del águila? –quiso saber David.

–Quería saber dónde podía encontrar el sol del verano en pleno invierno.

–¿Y qué le dijiste?

–Ah... Pues le aconsejé que buscara una brizna de hierba, ya que como se sabe todas las plantas almacenan el sol del verano en las hojas.

Los dos amigos continuaron su camino, pues, hasta llegar a la costa de un mar. Allí dieron con un viejo marinero y le preguntaron cómo podían cruzar el mar.

–Hay dos formas –expuso el viejo marinero–. Con una se corre peligro y con la otra, no.

–¿Cómo puede ser? –preguntaron.

–Una forma es cruzar en barco, pero se corren muchos peligros, ya que el mar es profundo y hay tormentas, grandes olas y monstruos marinos. La otra es acudir al hechicero del mar y pedirle que os cruce con su magia, lo cual no es nada peligroso, pero debo haceros una advertencia: primero tendréis que hacer lo que desee el hechicero del mar, o si no jamás lograréis cruzar.

–Yo voy a ir en barco –afirmó David–, pues prefiero afrontar los peligros del mar a ponerme en manos del hechicero.

–Yo puedo hacer cualquier cosa que me pida el hechicero –dijo, a su vez, Lucas–. Cruzaré gracias a la magia.

Así pues, acudió a ver al hechicero y juró hacer lo que éste le pidiera.

–Sólo quiero una cosa –explicó el mago–, y no será muy difícil para quien puede atrapar la luna y sabe dónde encontrar el sol del verano en pleno invierno.

–¿Qué es lo que debo hacer?

–Tienes que apresar el viento –pidió el hechicero, y en aquel preciso instante se levantó una brisa por la costa y Lucas salió tras ella.

Mientras, David se construyó un barco. Desplegó la vela y el viento le llevó hacia su destino. A veces, el viento daba paso a una tormenta y a veces soplaba en dirección contraria, y además tuvo que enfrentarse a la lluvia, al frío y a los monstruos marinos, pero con paciencia llegó al otro lado. Una vez allí levantó un molino de viento cuyas aspas empezaron a girar y girar y se convirtió en molinero. No se hizo nunca rico, pero tampoco fue pobre, y (según mis noticias) vivió bastante feliz.

Lucas, sin embargo, no llegó nunca a atrapar el viento, y todavía hoy sigue persiguiéndolo. Entre las ráfagas de una tormenta se oyen a veces, muy lejanos, sus pasos. No puede parar y no logra apresarlo, pues se ha convertido en un fantasma del viento. Y, sin embargo (según mis noticias), también él es bastante feliz... a su manera.

Los narizotas

É RASE UNA VEZ UNA ISLA en mitad de los mares en la que todo el mundo tenía la nariz demasiado grande. El jefe de la isla se subió a un barco y se dirigió al lugar donde vivía el hombre más sabio del mundo.

–¿Y bien? ¿Qué problema tienes? –preguntó el hombre más sabio del mundo.

–Bueno –empezó el jefe de la isla–, todo mi pueblo es infeliz porque tiene la nariz demasiado grande. No podemos ponernos los jerséis por el cuello, porque tenemos la nariz demasiado grande. No podemos beber con tranquilidad, porque chocamos contra el otro lado. No podemos darnos besos, porque nos molestan las narices. Y lo peor de todo es que ni siquiera nos gustamos por culpa de estas narizotas tan feas. ¿Puedes ayudarnos y reducirnos las narices?

–A ver, no puedo reduciros la narices, eso sólo puede conseguirlo el brujo que vive junto al lago en llamas. Y ni siquiera él podría conseguirlo con todo tu pueblo, pero vuelve dentro de tres días y a lo mejor puedo ayudarte.

Así pues, el jefe de la isla se quedó en aquella tierra durante dos días y dos noches y, mientras estaba allí, acudió al brujo que vivía junto al lago en llamas, que lanzó un hechizo que le dejó la nariz muy pequeñita. Al tercer día, el jefe regresó a ver al hombre más sabio del mundo y le preguntó:

–¿Y bien? ¿Has encontrado respuesta?

El hombre más sabio del mundo se lo quedó mirando asombrado.

–¿De verdad eres tú? –preguntó por fin.

–Sí, pues claro que soy yo –contestó el jefe.

–Pero ¿qué te ha pasado en la nariz?

El jefe le contó que había ido a ver al brujo y el hombre más sabio del mundo agitó la barba canosa y contestó:

–Buscas una solución para ti y otra para tu pueblo, y eso no está bien.

–Bueno, para eso ya es demasiado tarde –replicó el jefe–, ¿qué solución tienes para mi pueblo?

–En primer lugar, debes ir al volcán situado al otro lado de esta tierra, sacar la ceniza de su boca y frotártela por el pelo, las manos y todo el cuerpo. Luego ponte esta túnica y regresa con tu pueblo y diles que eres Chan Tanda.

Con cara de sorpresa, el jefe contestó:

–Pero si Chan Tanda eres tú, el hombre más sabio del mundo. ¿Cómo voy a hacerme pasar por ti?

–Así debe ser –aseguró Chan Tanda–. Confía en mí, me lo agradecerás.

De este modo, el jefe aceptó la túnica y Chan Tanda le informó de lo que debía decir a su pueblo. Luego se fue hasta el volcán y subió hasta lo más alto, por donde salían humo y llamas del suelo, y se restregó la ceniza por el pelo, las manos y todo el cuerpo hasta quedar de un color gris polvoriento, como el propio Chan Tanda. A continuación se puso la túnica y regresó en el barco a reunirse con su pueblo.

–¿Dónde está nuestro jefe? –preguntaron todos al verle llegar.

–Vuestro jefe dice que no regresará a esta isla hasta que su pueblo se haya vuelto más razonable –contestó, según lo indicado.

–¿Qué quiere decir con eso? –gritaron todos–. ¡Puede que seamos unos narizotas, pero no tenemos un pelo de tontos! ¡Dile que regrese!

–Dice que no volverá hasta que hayáis cambiado algunas de vuestras costumbres absurdas.

–¿Qué costumbres absurdas? ¿A qué se refiere?

–Pues, en primer lugar –empezó el jefe–, dice que debéis dejar de jugar al parchís bajo la lluvia.

–Pero es que nos gusta jugar al parchís bajo la lluvia –clamaron.

–En segundo lugar, debéis dejar de utilizar hueveras para tomar el té.

–¡Pero es que nos gusta beber el té en hueveras! –clamaron.

–Y, en tercer lugar, debéis ladear la cabeza cuando vayáis a daros un beso.

–¡Pero si siempre lo hemos intentado con la cabeza recta! –clamaron.

–Si no lo hacéis, vuestro jefe no regresará jamás –afirmó el jefe de la isla.

En esto que se reunieron y decidieron hacer lo que se les pedía para que regresara su cabecilla. Así, en poco tiempo, se dieron cuenta de que cuando no jugaban al parchís bajo la lluvia no se les encogían los jerséis y podían ponérselos por el cuello sin que les molestaran las narices. Y cuando dejaron de tomar el té en hueveras descubrieron que ya no chocaban contra el otro lado. Además, cuando ladeaban la cabeza lograban darse besos sin problemas. En poco tiempo empezaron incluso a gustarse y pronto todos vivieron bastante felices y comprendieron que nunca les había pasado nada a sus narices.

Sin embargo, el jefe de la isla tuvo que acudir de nuevo al hombre más sabio del mundo y pedirle que convenciera al brujo que vivía junto al lago en llamas para que le devolviera su nariz de siempre antes de atreverse a volver a casa y dar la cara ante su pueblo.

Un pez de mundo

Hace mucho tiempo un arenque decidió dar la vuelta al mundo. «Estoy cansado del mar del Norte —se dijo—. Quiero descubrir qué más hay lejos de aquí.»

Así pues, se fue hacia el sur, hacia lo más profundo del Atlántico. Nadó y nadó y se alejó mucho de los mares que conocía, cruzó las aguas cálidas del ecuador y llegó hasta el Atlántico Sur, y a lo largo de todo el camino vio muchos peces extraños y maravillosos que no conocía. En una ocasión casi se lo comió un tiburón, en otra casi lo electrocuta una anguila eléctrica y en una tercera casi le pica una raya venenosa, pero él siguió nadando y nadando hasta bordear la punta de África y adentrarse en el océano Índico. Pasó junto a peces vela, peces sierra, peces espada, peces martillo, peces globo, peces zorro y peces luna, y se quedó asombrado al ver tantas formas, tantos tamaños y tantos colores.

Nadando que nadarás llegó al mar de Java, donde vio peces que salían del agua de un salto, otros que vivían en el fondo del mar y otros que andaban con las aletas. Nadando que nadarás alcanzó el mar del Coral, donde las conchas de millones y millones de criaturas diminutas se habían transformado en piedra y formaban estructuras enormes como montañas. Y nadando que nadarás se adentró en el ancho Pacífico. Pasó por encima de las zonas más profundas del océano, donde el agua estaba tan lejos de la superficie que se volvía negra como el carbón y los peces llevaban linternas en la cabeza y algunos incluso tenían luces en la cola. Cruzó, pues, gran parte del Pacífico y por fin viró hacia el norte y se dirigió hacia el frío mar de Siberia, donde se cruzó con blancos icebergs de enormes dimensiones como si fueran gigantescos transatlánticos.

Siguió nadando y nadando hasta meterse en el gélido océano Ártico, donde el agua está siempre cubierta de hielo. Avanzó y avanzó, dejó atrás Groenlandia e Islandia y por fin regresó a su casa, en el mar del Norte.

Todos sus amigos y sus familiares se congregaron y lo recibieron con mucho jaleo. Organizaron un gran festín y le agasajaron con los mejores alimentos que encontraron, pero el arenque se limitó a bostezar y a decir:

–He dado la vuelta al mundo. He visto todo lo que había por ver y he comido más platos exóticos y maravillosos de los que podáis llegar a imaginaros. –Y se negó a probar bocado.

Luego sus amigos y familiares le rogaron que volviera a casa y viviera con ellos, pero de nuevo se negó.

–He estado en todos los rincones de los siete mares y esa piedra sin gracia alguna se me ha quedado pequeña, la verdad –dijo. Y se fue a vivir solo.

Después, cuando llegó la temporada de cría, se negó a participar en el desove, argumentando lo siguiente:

–He nadado por el mundo entero y ahora que sé cuántos peces hay por todos los mares ya no me interesan nada los arenques.

Al final, uno de los arenques de más edad nadó hacia él y le dijo:

–Escúchame. Si no participas en el desove con nosotros, algunos huevos no se fecundarán y no se convertirán en sanas crías de arenque. Si no vives con tu familia, los harás sufrir. Y si no comes te morirás.

–Me da igual –replicó el arenque–. He estado en todos los rincones del mundo, he visto todo lo que hay que ver y ya sé todo lo que hay que saber.

El pez veterano negó con la cabeza.

–Nadie ha visto todo lo que hay que ver y nadie sabe todo lo que hay que saber –afirmó.

–Mira –insistió el arenque–, he nadado por el mar del Norte, el océano Atlántico, el Índico, el mar de Java, el del Coral, el gran océano Pacífico, el mar de Siberia y el gélido Ártico. A ver, ¿qué más me queda por ver o por saber?

–No lo sé, pero puede haber algo.

Resultó que precisamente entonces pasó por allí un barco pesquero y todos los arenques quedaron atrapados en una red y acabaron en el mercado aquel mismo día. Un hombre compró el arenque y se lo comió para cenar, sin enterarse nunca de que había dado la vuelta al mundo entero, había visto todo lo que había que ver y sabía todo lo que había que saber.

Tim O'Leary

HACE CIENTOS DE AÑOS, UN DUENDE se sentó un buen día a la orilla de un río y metió los dedos de los pies en el agua. Hacia el atardecer pasó por allí un granjero que regresaba a casa desde sus campos. Al ver al duendecillo se restregó los ojos y volvió a mirar.

–Pero ¿tú qué eres exactamente? –preguntó.

–Soy Tim O'Leary –contestó el duende.

–¿Y eso cómo puede ser? Tim O'Leary es mi mejor amigo y no se te parece en nada.

–¡Ay! –suspiró el duende–. He encontrado una cueva que ocultaba el gran tesoro de una bruja y estaba pensando cómo llevármelo todo de allí cuando me he cortado los pies con unas piedras mágicas y me he convertido en duende. Bueno, ya lo ves.

–Pero ¿qué haces con los pies metidos en el río?

–Estoy tratando de limpiarme la magia de los pies, pero no hay manera.

–Ay, madre mía, Tim –contestó el granjero–, ¿qué podemos hacer?

–La única forma de conseguir que vuelva a ser Tim O'Leary es robar el tesoro de la bruja y echarlo todo, hasta el último fragmento, al fondo del mar más profundo.

–¡Pues voy a hacerlo! –exclamó el granjero.

–¡Pero cuidado, no vayas a cortarte los pies con las piedras mágicas!

–Tranquilo, llevo las botas más gruesas que tengo –aseguró el granjero, y se marchó en busca de la cueva.

Era ya casi de noche cuando dio con ella. Encendió una antorcha y se adentró en ella. Primero se encontró un largo túnel en el que el suelo, las paredes y el techo eran de piedras afiladas, así que avanzó despacito y con mucho cuidado y logró llegar al otro extremo sin cortarse.

Una vez allí vio tres grandes puertas. Una era de madera, la otra de hierro y la tercera, de piedra. Mientras se planteaba cuál debía probar, le pareció oír que una rana croaba a su espalda. Dio media vuelta y se la encontró sentada en una roca.

–¿Quieres saber qué hay detrás de las puertas? –preguntó la rana.

–Sí –contestó el granjero.

–Muy bien, voy a decírtelo, pero primero tienes que prometerme que me darás una joya del tesoro de la bruja.

–Es que no puedo. Resulta que tengo que tirarlo todo, hasta el último fragmento, al fondo del mar, para que el duende pueda volver a ser Tim O'Leary.

–¡Venga ya! –exclamó la rana–. No te creas a ese duende. Si ése es Tim O'Leary, yo soy la reina de los mares. Ése lo que quiere es echarle el guante al tesoro de la bruja.

–Pero ¿entonces por qué no viene a buscarlo él mismo?

–Pues porque es un duende acuático –explicó la rana–. Tiene muchos poderes, sí, pero no puede dejar de estar en contacto con el agua. Por eso mete los deditos de los pies en el río.

El granjero no sabía muy bien qué creer, pero se dijo: «He venido a salvar a Tim O'Leary y eso es lo que voy a hacer».

–Venga –insistió la rana–, puedes darme una joya del tesoro de la bruja y quedarte todo lo demás para ti.

–¡No! –contestó el granjero–. Tengo que salvar a Tim O'Leary.

–¡Insensato! –chilló la rana, temblando de rabia. Luego empezó a crecer y crecer, se puso marrón y luego negra y de repente se había convertido en un viejo geniecillo que gritaba–: ¡Insensato! ¡Jamás conseguirás el tesoro de la bruja! Está tras una de las puertas, pero tras otra hay un monstruo que te hará pedazos y tras la tercera, un agujero que te arrastrará hasta su interior. ¡Ahora no sabrás cuál es cuál y yo no pienso decírtelo!

Y dicho eso desapareció en una nube de humo que, aunque parezca increíble, olía a zumo de ortiga.

El granjero se quedó muy asustado, claro, pero estaba decidido a ayudar a Tim O'Leary, así que se cubrió de la cabeza a los pies de barro y agarró un palo tan largo como las tres grandes puertas. A continuación abrió la primera, la de madera. Se escuchó de inmediato un zumbido, vio un tremendo agujero negro y notó que le arrastraba hacia él. Las piedras de la cueva empezaron a pasar volando a su lado para desaparecer en el interior de aquel terrible agujero, pero el granjero se aferró con todas sus fuerzas al palo y, como era más ancho que la puertas, se quedó atascado en el umbral. Desde allí hizo mil esfuerzos y por fin logró cerrar la puerta con un sonoro portazo, cesó el viento succionador y la cueva quedó de nuevo en calma.

–¡Por poco! –exclamó–. A ver cuál de las otras dos puertas esconde el tesoro y cuál al monstruo que me hará pedazos.

Tras meditarlo mucho se decidió por la de hierro. La abrió con mucho, mucho cuidado esperando que un monstruo pavoroso se le echara encima en cualquier momento, pero no pasó nada. Miró en el interior y descubrió un salón de techos altos iluminado por velas en cuyo centro había un gran cofre de hierro con un candado de oro.

El granjero miró por todo el salón y vio que de una de las paredes colgaba una gran llave dorada, así que la cogió y, entusiasmado, abrió el cofre del tesoro. En ese momento se oyó un rugido espantoso y de dentro del cofre salió de un salto un monstruo horrendo de garras enormes y ojos saltones que estiró los brazos para agarrarle. Por suerte, como se había cubierto de barro, las garras resbalaron y pudo salir corriendo hacia la puerta. La alcanzó justo a tiempo y la cerró de golpe en el momento en que el monstruo daba otro salto, de modo que se estrelló contra la plancha de hierro, que resonó, acompañada de los rugidos de la espantosa criatura.

Por fin el granjero abrió la última de las tres puertas, la de piedra, y al otro lado encontró el tesoro de la bruja. El pobre hombre nunca había visto tantas gemas, tanto oro y tanta plata.

«Sería un delito –se dijo– echar todo esto al fondo del mar, pero si es la única forma de salvar a Tim O'Leary no tengo elección.»

Así pues, lo metió todo en un gran saco, lo cargó hasta el río, lo subió a una barca y zarpó rumbo al mar.

No había avanzado mucho, la verdad, cuando empezó a oír un canto procedente de la popa de la barca, donde vio al duende sentado en la borda, con un dedo del pie metido en el agua. De esa guisa navegaron hacia mar abierto, hasta que de repente el duende anunció:

–¡Ya hemos llegado!

El granjero agarró el saco del tesoro, lo miró por última vez y comentó:

–Jamás volveré a ver tantas riquezas juntas, pero si es la única forma de que vuelvas a ser Tim O'Leary, ¡allá va! –Y dicho eso vació por la borda su contenido, todas las preciosas gemas, la plata y el oro.

–¡Muchísimas gracias! –chilló el duende–. ¡No soy ni he sido Tim O'Leary!

Y con eso se echó al agua y desapareció entre las olas con el tesoro.

Cuando el granjero regresó a casa, se topó con Tim O'Leary sentado en un murete.

–Ay –le dijo–, por tu culpa he perdido el tesoro más valioso que he visto en la vida.

Le contó toda la historia y Tim O'Leary le pasó el brazo por los hombros.

–Déjales el tesoro a los duendes –le contestó–. Me has demostrado ser un amigo de verdad y lo mismo voy a ser yo contigo, y eso vale más que todo el oro, la plata y las gemas del mundo.

La bruja y el gato del arco iris

PASEABA UNA NIÑA por la orilla de un río un caluroso día de verano cuando, por una de esas casualidades, llegó hasta una casita. Tenía su puerta y sus ventanas, su chimenea y su jardincito, que llegaba hasta el río, pero era muy, muy chiquita. La niña llegaba a tocar el tejado si se ponía de puntillas y para mirar por las ventanas tenía que doblar el cuello.

«¿Habrá alguien dentro?», se preguntó, y llamó a la puerta con los nudillos, pero no hubo respuesta. Probó a abrirla y no le costó ningún esfuerzo.

–¿Hay alguien? –llamó–. ¿Hay alguien en casa?

Seguía sin haber respuesta. Por supuesto, la niña sabía que no debía entrar en una casa extraña si no la habían invitado, pero era todo tan curioso y tan pequeñito que no pudo contenerse: tenía que echar un vistazo. Por lo tanto, dobló el cuello y se metió en la casita.

En el interior todo estaba perfecto, aunque de la mitad del tamaño normal de las cosas. No tenía que ponerse de puntillas para mirar qué había encima de las mesas ni que subirse a una silla para llegar hasta el fregadero de la cocina o para mirar por las ventanas, y además los pomos de las puertas estaban a una altura ideal para ella. Había un salón con una chimenea y un espejo encima, pero se veía perfectamente en él, lo mismo que su madre en casa, sin tener que subirse a ningún mueble. Sin embargo, al ver su reflejo se fijó en un detalle curioso: era ella, pero convertida en toda una mujer.

Al principio se imaginó que sería una ilusión óptica. Miró a su alrededor todo lo demás que había en la habitación, pero cuando volvió a posar los ojos en el espejo se encontró otra vez, sin lugar a dudas, no con una niña pequeña, sino con una mujer hecha y derecha. Parpadeó y miró otra vez.

No cabía duda: era su reflejo, con el mismo vestido exacto que llevaba, y cuando se tocó la nariz también el reflejo hizo el mismo gesto, y cuando se tocó la oreja tres cuartos de lo mismo... De repente comprendió que estaba viéndose de mayor.

No sé cuánto tiempo se quedaría allí plantada, mirando aquel espejo, pero de repente oyó que se abría el cerrojo de la puerta y los pasos de alguien que entraba despacio en la casa... tip... tap... tip... tap... De repente recordó que se había colado sin permiso y se escondió a toda prisa detrás de un armarito, muy asustada.

Los pasos fueron hasta la cocina... tip... tap... tip... tap... y después salieron y se dirigieron lentamente al salón... tip... tap... tip... tap. Se acercaban más y más y el corazoncito de la niña latía cada vez más rápido, hasta que por fin los pasos se detuvieron, cambiaron de dirección y subieron por la escalera al primer piso. La niña aprovechó la oportunidad para correr hasta la puerta, pero estaba cerrada con llave. Salió disparada hacia la puerta de atrás, pero también estaba cerrada y no se veía la llave por ningún lado. Trató de abrir las ventanas, pero iban muy duras y no lo logró, así que volvió corriendo a su escondite, detrás del armarito, y se quedó allí.

Permaneció acurrucada un buen rato, sin tener ni idea de qué podía hacer, hasta que oyó los pasos, que bajaban por la escalera... tip... tap... tip... tap, pero esa vez se dirigieron hacia el salón y se acercaron más y más hasta que por fin entraron. La niña se asomó desde detrás del armarito ¿y sabéis que vio? Pues a una bruja vieja y pequeñita, con gorro y capa verdes, que llevaba en el hombro un gato de todos los colores del arco iris.

La niña no sabía qué hacer, así que se quedó quieta, pero la bruja vieja y pequeñita se detuvo y miró a su alrededor diciendo:

–¿Quién se ha mirado en mi espejo? ¡Huelo a niña!

Aunque trataba de no moverse, la pobre niñita se puso a temblar de miedo. Oyó a la bruja vieja y pequeñita que se acercaba al armario y de repente la vio a su lado, mirándola con aquellos penetrantes ojos verdes.

–¿Quién eres tú? –preguntó la bruja vieja–. ¿Qué haces en mi casa?

–Perdón. Me llamo Rosita y no quería molestarla en absoluto –se excusó la niña.

–¿No querías molestarme? –repitió a gritos la bruja vieja–. ¡No querías molestarme! ¡Te has mirado en mi espejo!

—Perdón. ¿He hecho mal?

—¡Pues claro que has hecho mal! —chilló la bruja—. ¡Ahora voy a tener que retenerte aquí para siempre!

—No, por favor, déjeme marchar —suplicó Rosita— y no volveré a molestarla nunca jamás.

—¡No! ¡Te has mirado en mi espejo! ¡Ya no puedes irte! ¡Te quedarás aquí y serás mi sirvienta!

La pobre Rosita lloró y suplicó a la bruja verde y pequeñita, pero no consiguió nada. La bruja se la llevó al desván de la casita y la encerró en aquel cuartucho sin ventanas ni muebles, oscuro y lleno de telarañas. La pobre niña se sentó en el suelo polvoriento y se echó a llorar, ya que no sabía qué iba a ser de ella.

De repente, notó que la rozaba algo blando y casi se le salió el corazón por la boca, pero cuando miró, con ojos ya acostumbrados a la oscuridad, vio que era el gato de todos los colores del arco iris, que se le restregaba contra las piernas.

–Hola –saludó el gato del arco iris–. Puedes hacerme tres preguntas.

Rosita se quedó tan sorprendida al oír hablar al gato que, sin detenerse a pensar, exclamó:

–Pero ¿cómo puede ser que hables?

El gato del arco iris bostezó y replicó:

–Me parece bastante evidente, la verdad: la bruja me ha hecho un hechizo. Te quedan dos preguntas. Yo en tu lugar me pensaría la siguiente con un poco más de calma.

Rosita pensó con calma la siguiente pregunta y por fin dijo:

–¿Por qué no le gusta a la bruja que me mire en su espejo?

–Vas mejorando –aseguró el gato, desperezándose–. No le gusta que te mires en su espejo porque es la bruja del futuro y en ese espejo ve lo que va a suceder. Es la única persona que puede saber esas cosas y ahora que te has enterado no te dejará marchar nunca. Te queda una pregunta.

Rosita pensó con mucha calma qué podía preguntarle a continuación al gato del arco iris, pero por muchas vueltas que le daba no se decidía. «Si le pregunto cómo escapar –meditó–, la bruja podría atraparme otra vez. Si le pregunto cómo volver a casa, la bruja podría encontrarme allí...»

–¿Y bien? ¿Ya has pensado la última pregunta? –preguntó el gato del arco iris al cabo de un rato.

–Aún no.

–Muy bien. Esperaré.

En aquel preciso instante se abrió la puerta de golpe y entró la bruja con paso firme. Lanzó un montón de ropa vieja hacia donde estaba Rosita y le dijo:

–Aquí tienes un uniforme de sirvienta. Debes ponértelo, o te convertiré en un perro loco.

La pobre Rosita tiritaba de miedo, pero se desvistió y se puso el uniforme. Era gris y soso, y vestida así se deprimía.

–Ahora –añadió la bruja– tienes que empezar a servirme.

Entonces obligó a la pobre Rosita a fregar los suelos de la mañana a la noche durante todo aquel día y el día siguiente, y, cuando la niña le suplicó que le dejara hacer algún otro trabajo, la bruja del futuro movió la cabeza de lado a lado y contestó:

–¡No! Tienes que clavar los ojos en el suelo, así evitaremos que vuelvas a mirarte en mi espejo.

La pobre Rosita se dedicaba a fregar los suelos de la bruja con un cepillo día sí y día también, y por la noche estaba tan agotada que se iba a la cama sin despegar los ojos del suelo una sola vez. Día tras día, semana tras semana, la bruja la obligaba a fregar y fregar, hasta que a la pobre niña empezaron a dolerle la espalda y las manos. Ni una sola vez levantó la vista del suelo y trabajó tanto que se olvidó de todo lo demás hasta que un día, mientras la bruja estaba en el bosque recogiendo sapos, Rosita notó de repente que el gato del arco iris se le restregaba contra la pierna.

–¡Hola, gato del aro iris! –exclamó–. ¡Pero si me había olvidado de ti!

–¿Y bien? ¿Ya has pensado la última pregunta? –preguntó el gato.

Rosita dejó de fregar un momento y respondió:

–Mañana te haré esa última pregunta.

–Muy bien. Esperaré.

Rosita no pegó ojo en toda la noche, aunque estaba agotada de tanto fregar, porque no hacía más que dar vueltas y más vueltas a la mejor pregunta para plantearle al gato y no se decidía.

A la mañana siguiente le costó muchísimo levantarse para fregar. No dejaba de bostezar y de marearse.

–¿Y ahora qué pasa? –chilló la bruja del futuro–. ¿Qué haces? Dedícate a fregar, jovencita, o te convertiré en repollo y te herviré para hacer sopa!

Entonces la bruja se fue otra vez al bosque a cazar murciélagos. Rosita estaba fregando el peldaño de la puerta de la casita y mirándola alejarse cuando se fijó en un pajarillo al que se le había quedado una pata cogida en una de las trampas que tenía la bruja en el jardín. Aunque sabía que su captora se enfadaría mucho, no soportaba ver al pájaro sufrir, así que dejó el cepillo y liberó al animal antes de ponerse a fregar otra vez.

Al cabo de un momento notó que algo le tocaba la pierna. Era otra vez el gato de todos los colores del arco iris.

–¿Y bien? ¿Ya has pensado la última pregunta? –preguntó el animal.

–Del todo no.

–Ya no puedo esperar más.

Justo entonces se acercó volando el pájaro, se posó en el hombro de Rosita y le dijo:

–Yo puedo decirte qué preguntar.

Y se lo susurró al oído antes de alzar el vuelo y alejarse.

–Muy bien –intervino el gato del arco iris–, ¿cuál es la pregunta?

Rosita miró al gato y respiró hondo antes de preguntar lo que le había aconsejado el pajarillo:

–Dime, gato del arco iris, ¿por qué no puedo elegir mi futuro?

Al escuchar aquellas palabras, el gato del arco iris levantó la vista y se sonrió, y todos sus colores empezaron a cambiar, a resplandecer y a girar.

–¡Claro que puedes! –gritó–. La bruja del futuro no tiene ningún poder sin su espejo: rómpelo y serás libre.

Justo entonces Rosita levantó la vista y vio que la bruja regresaba del bosque y se dirigía hacia ella. Sin una palabra más, dio media vuelta, entró corriendo en la casita, descolgó el espejo y lo arrojó contra el suelo, de modo que se rompió en mil pedazos. Se hizo un silencio sepulcral y tras él se escuchó un chillido espantoso: en el umbral estaba la bruja del futuro, que la miraba, pero parecía mil años más vieja. Rosita se armó de valor, pero, antes de llegar a decir nada, vio que la bruja se tambaleaba y se desplomaba. En ese momento, la niña oyó un crujido y se volvió: las paredes de la casa empezaban a desmoronarse. Así pues, echó a correr y no se detuvo hasta alcanzar la verja del jardín. Una vez allí dio media vuelta a tiempo de ver cómo la casita se desplomaba entre una nube de polvo de la que salió un gato negro normal y corriente que se le acercó y se le restregó contra las piernas.

–¿Eres tú, gato del arco iris? –preguntó Rosita, pero el animal no contestó y se limitó a alejarse tranquilamente en dirección al bosque.

Rosita se quitó el uniforme, se puso su propia ropa y volvió a casa corriendo con todas sus fuerzas.

El manzano de los monstruos

HABÍA UNA VEZ UN MANZANO en un bosque que no quedaba muy lejos de aquí. Era un árbol muy especial. Tenía las hojas rojas y el tronco verde, y de él crecían unas manzanas de un azul muy intenso que nadie comía nunca, porque cualquiera sabía que, en ese caso, se encontraría con un monstruo antes de que acabara el día.

Una mañana iba un niño de paseo por el bosque con su madre cuando pasaron junto al manzano de los monstruos.

–Ay, ¿puedo comerme una de esas manzanas? –preguntó el chaval.

–No –contestó su madre–, ya sabes que no, porque, en ese caso, te encontrarías con un monstruo antes de que acabara el día.

El niño no dijo nada, pero se quedó pensando: «¡Qué bobada!» y decidió en aquel mismo instante que las probaría.

De ese modo, aquella misma noche, cuando sus padres estaban ya metidos en la cama, agarró la mochila y salió a hurtadillas de casa, cruzó el jardín y recorrió la aldea. La luna lo tenía todo de azul y plata y las casas quedaban oscuras y siniestras, de modo que empezó a asustarse un poquitín por estar solo.

Al poco rato alcanzó el final de la aldea y miró el precioso sendero que llevaba hasta el bosque donde estaba el manzano de los monstruos, lo cual le dio aún más miedo.

«Pero si yo no creo en monstruos», se dijo, y echó a andar por el sendero.

No tardó mucho en llegar al inicio del bosque. Los árboles eran muchísimo más altos que él, el bosque estaba oscuro y repleto de ruidos extraños y no le gustaba nada, pero se dijo: «No me dan miedo los monstruos». Entonces se armó de valor y se adentró en el oscuro bosque.

No había avanzado demasiado cuando oyó un ruido aterrador y vio unos ojos amarillos que le miraban desde las tinieblas mientras una voz decía:

–Los monstruos del bosque se van a poner las botas contigo. Ñam.

Le entró tanto miedo que le chocaban las rodillas, pero siguió andando. No había avanzado mucho más cuando se oyó un chillido espantoso y algo salió volando de un árbol y le tiró del pelo gritando:

–¡Los monstruos tienen mucha hambre! ¡Los monstruos tienen mucha hambre!

Tenía ya tantísimo miedo que empezaron a castañetearle los dientes, pero no por eso dejó de seguir su camino hacia el manzano de los monstruos. Sin embargo, justo cuando pasaba ante un viejo roble hueco se le plantó delante de un salto una criatura horrible de largas uñas y ojos penetrantes a la que le salía fuego de las orejas.

–¡Te van a romper los huesos! –gritaba–. ¡Se van a beber tu sangre! ¡Da media vuelta ahora mismo!

El niño sintió tal pavor que se le pusieron los pelos de punta y casi giró sobre sus talones para salir corriendo y volver a la cama, aunque aguantó el tipo. La criatura emitió un alarido horroroso y se le tiró encima, pero el niño pegó un brinco, se agarró a una rama y saltó por encima de la cabeza de la criatura antes de salir corriendo como alma que lleva el diablo. Llegó por fin al manzano de los monstruos, arrancó todas las manzanas azules que fue capaz de meter en la mochila y regresó a casa corriendo con todas sus fuerzas. Cuando llegó se metió en la cama de un salto, se escondió debajo de las sábanas, se comió a oscuras una de las manzanas azules del manzano de los monstruos y luego se quedó dormido.

Aquella noche, en sueños, se encontró con más monstruos de los que uno podría imaginarse en todo un año y cuando despertó a la mañana siguiente le contó a su madre la historia del manzano de los monstruos y de la terrible excursión de la noche anterior. La madre se enfadó mucho y agarró la mochila y la abrió para echar todas aquellas manzanas tan azules al fuego, pero cuando miró en su interior no las vio, sólo había manzanas normales y corrientes. Luego, aquella misma mañana, cuando los habitantes de la aldea fueron al bosque a talar el manzano de los monstruos, ¿sabéis qué pasó? Pues que no lo encontraron. Y hasta hoy nadie ha vuelto a verlo jamás.

La caja  de rapé

É RASE UNA VEZ UN CASTILLO TENEBROSO situado a la orilla de un lago negruzco y sin fondo. Contaba la gente que en tiempos había estado lleno de luz y de risas, pero que se había quedado vacío porque nadie se atrevía a vivir dentro, ya que se decía que en el lago negruzco había algo horripilante.

Un día, sin embargo, llegó una bruja malvada al castillo tenebroso y miró las aguas profundas y oscuras del lago sin fondo. Agarró un sapo que estaba sentado a la orilla y le hizo un hechizo.

–Muy bien, sapo –dijo–, quiero que bajes nadando hasta el fondo del lago y me traigas lo que encuentres.

Así pues, el sapo desapareció bajo el agua y pasó un día entero sumergido. Transcurrido ese tiempo, no obstante, surgió en la superficie la cabeza del sapo, que dijo:

–¡Bruja! He bajado y bajado más y más y no se oye ningún ruido, no se ve ninguna luz y no he encontrado el supuesto fondo de este lago.

–¡Tiene que tener fondo, sapo! –gritó la bruja–. ¡Vuelve a intentarlo!

Esa vez el sapo desapareció bajo las aguas oscuras y profundas y no se supo nada de él durante dos días enteros. Cuando por fin volvió a la superficie anunció:

–¡Bruja! He bajado y bajado más y más hasta donde no se oye ningún ruido y no se ve ninguna luz y al final sí que he tocado fondo, pero no se veía nada y no he podido quedarme, porque es todo negruzco y frío como una tumba.

–¡Qué sapo tan holgazán! –exclamó la bruja–. Ten una linterna. ¡Baja otra vez y mira bien!

Así pues, el sapo aceptó la linterna y desapareció bajo las lúgubres aguas de nuevo, esta vez durante tres días enteros. Cuando ya caía la tarde del cuarto, la vieja bruja seguía sentada a la orilla del lago negruzco. Por fin reapareció el sapo, que dijo:

–¡Bruja! He bajado y bajado más y más hasta donde no se oye ningún ruido y no se ve ninguna luz y al final he llegado al fondo negruzco y frío como una tumba donde no ha cantado jamás ningún pájaro. He rebuscado por ese suelo inmundo a la escasa luz de esta linterna y por fin he encontrado esto...

Con esas palabras abrió la pata y dejó ver una caja de rapé.

–¡Dame eso de inmediato! –chilló la bruja.

Pero el sapo aferró la caja y replicó:

–¿Cuál es mi recompensa?

–¡Dame la caja de rapé –contestó la bruja– y te convertiré en príncipe!

–Muy bien –accedió el sapo, y se la entregó.

En ese mismo instante, la bruja estalló en una perversa carcajada.

–¡Criatura impertinente! –gritó–. Te habías creído que iba a convertirte en príncipe, ¿no? ¡Muy bien! ¡Ahora verás!

Con esa amenaza agitó las manos y el sapo se convirtió realmente en príncipe, pero el príncipe más feo y más jorobado que pueda uno imaginarse, con una pierna más corta que la otra y verrugas en la cara.

–¡Ajá! ¡Disfruta de tu recompensa! –chilló la bruja, y se marchó para desaparecer en el interior del castillo tenebroso, aferrando la caja de rapé.

Por supuesto, la bruja estaba informada de que hacía muchos, muchos años había quedado recluido dentro de la caja un demonio que tiempo atrás había sembrado el terror entre todos los habitantes de aquella comarca. Por lo tanto, la agarró bien fuerte y susurró:

–Demonio de la caja, ¿estás ahí?

–¡Ay, sí! –contestó una vocecilla–. Abre la caja, por favor. No sabes la de tiempo que llevo aquí dentro.

Pero la bruja la aferró aún más fuerte, diciendo:

–Si te libero, tienes que prometer que serás mi esclavo y hacer lo que te ordene durante un año y un día, para que me haga rica y gobierne toda esta comarca. Luego serás libre de ir adonde quieras.

–¡Por supuesto! –chilló la vocecilla, de modo que la bruja abrió la caja de rapé y de inmediato se oyó un rugido aterrador, una ráfaga de aire ardiente la

lanzó de espaldas contra un muro y el salón se llenó de humo mientras de la cajita salía de un brinco el demonio con un grito espeluznante–: ¡Por fin!

–¡No te olvides de que eres mi esclavo durante un año y un día! –aulló la bruja.

–¡Yo no soy esclavo de nadie! –gritó el demonio. Luego le puso la mano en la nuca, con lo que la bruja quedó convertida en una piedra de molino, y la echó al fondo del lago negruzco y frío.

Mientras, el príncipe sapo, que había trepado hasta la ventana del castillo tenebroso y había visto todo lo que había sucedido entre la bruja y el demonio de la caja de rapé, se decía: «He sacado a ese demonio del fondo del lago sin fondo y allí debo devolverlo». Y saltó al interior del gran salón.

–¿Quién se atreve a entrar en mi castillo? –bramó el demonio.

–¡Demonio! –dijo el príncipe sapo–. ¿Vas a robar a la gente de la comarca?

–¡Por descontado!

–¿Y vas a matar a sus perros y a secuestrar a sus hijos? –insistió el príncipe sapo.

–¡Por descontado!

–¿Y vas a dejarlos en la más absoluta pobreza y aterrorizados?

–¡Por descontado!

–Pues déjame ayudarte –propuso el príncipe sapo–, puesto que, como ves, soy rematadamente feo, lo que ha provocado que nadie me quiera y que desee vengarme y hacer todo el daño posible.

–¡Muy bien!

–Pero, antes, tengo qué saber hasta dónde llega tu poder.

–Puedo demostrártelo sin problemas –afirmó el demonio, y con sólo hacer un gesto con la mano apareció en el aire una bola de fuego que dio una vuelta alrededor de los dos y luego salió volando por la ventana.

–Hum –fue la respuesta del príncipe sapo–. ¿Sabes hacer alguna otra cosa?

–Acompáñame –pidió el demonio, y se llevó al príncipe sapo al tejado del castillo–. Observa atentamente.

El demonio extendió las alas y alzó el vuelo. Subió tan y tan alto que hizo un agujero en el cielo y una luz extraña descendió sobre la Tierra. Acto seguido el demonio arrancó un pino, enhebró una enredadera por sus raíces y cosió el cielo para cerrarlo.

–Bueno –comentó el príncipe sapo–, no está mal, pero mucho, mucho poder tampoco es que hayas demostrado, ¿no?

–Ah, ¿y cómo te apetecería que lo demostrara? –bramó el demonio, que estaba, quizá con razón, bastante ofendido.

El príncipe sapo se agachó, cogió una mota de polvo del suelo y dijo:

–A ver, si una criatura tan grande y tan fuerte como tú pudiera meterse dentro de esta mota de polvo sí que me parecería una demostración de poder.

–¡Es cosa de niños! –exclamó el demonio, que se empequeñeció poquito a poco hasta quedar aún más chiquito que una mota de polvo. Y en aquel instante, antes de que pudiera volver a crecer, el príncipe lo recogió, lo metió otra vez en la caja de rapé y cerró la tapa bien cerrada antes de echar la caja al lago negruzco.

En adelante, el príncipe sapo vivió en el castillo y gobernó la comarca con bondad y con justicia, y, aunque era jorobado, sus súbditos le querían y la luz y las risas regresaron al castillo tenebroso.

El hombre que fue dueño y señor de la Tierra

E N CIERTA OCASIÓN UN POBRE acudió a un mago y le pidió:
–Conviérteme en el hombre más rico del mundo.

Como respuesta, el mago le entregó una bola de barro y tres pociones y le dijo:

–Debes utilizarlas con mucho cuidado, ya que encierran magia muy vigorosa. La primera poción es muy potente, pues si la echas toda sobre la bola de barro todo el oro del mundo será tuyo. La segunda es aún más poderosa, pues si la viertes toda sobre la bola de barro toda la plata del mundo será tuya. Sin embargo, la tercera es la más potente, pues si la derramas toda sobre el barro toda la madera del mundo será tuya.

El hombre se quedó muy satisfecho y comentó:

–¡Si tuviera todo el oro que existe, no necesitaría madera ni plata! Sería dueño y señor de la Tierra.

–En efecto –reconoció el mago–, pero no debes llegar jamás a esos extremos. Con una gota de cada poción serás más rico de lo que has soñado jamás. El resto debes devolvérmelo o acabarás tus días pobre como ahora.

Así, el hombre volvió a su casa y nada más llegar abrió el frasco de la primera poción y echó una gota sobre la bola de barro mágico. Un soldado metió la cabeza por la ventana y luego vació un enorme saco de oro en la habitación. Era más riqueza de la que aquel pobre había imaginado que pudiera existir, pero, sin embargo, antes de volver a poner el tapón en el frasco no pudo resistirse y dejó caer otra gotita sobre la bola de barro mágico, que se estremeció. De repente, todo lo que había en la casa se convirtió en oro: las mesas, las sillas, la cama, el armario, los vasos y los platos, los cubiertos, la vieja estufa de hierro, el cubo que había junto a la puerta e incluso la propia puerta: todo se transformó en oro puro.

Al verlo, el hombre cayó presa de la avaricia.

–¡Todo el oro del mundo puede ser mío! –gritaba, y echó el resto de la poción por encima de la bola de barro mágico.

De inmediato el aire se llenó del zumbido de miles de alas y el cielo se oscureció al cubrirlo pájaros de todas las formas y tamaños imaginables. Todos volaban en dirección a la casa y todos llevaban en el pico una bolsita de oro. Uno a uno, pasaron por encima y uno a uno soltaron su bolsita de oro hasta que se formó una montaña inmensa. Después se alejaron, el cielo recuperó su color claro y el zumbido de las alas se apagó.

El hombre miró por la ventana de su casa la montaña de oro que había fuera y casi no se creía lo que veía.

–¡Ahora ya soy, sin duda alguna, el hombre más rico del mundo! –exclamó, y entonces se construyó un palacio y vivió como un príncipe.

No pasó mucho tiempo, sin embargo, antes de que oyera que alguien llamaba a las puertas. Acudió y se encontró con cien hombres harapientos.

–¿Quiénes sois? –preguntó.

–Antes éramos reyes –explicaron–, pero desde que te has quedado todo el oro del mundo hemos perdido nuestros reinos y ahora vagamos por los caminos mendigando para comer.

–Lo siento mucho –se disculpó, les dio un pedazo de oro a cada uno y les pidió que se marcharan. Salieron y siguieron mendigando.

Luego el hombre se preguntó: «¿Y si todos esos reyes tratan de robarme el oro? Mejor que me agencie algo de plata, porque me serviría para pagar a cien soldados para que vigilaran el oro».

Así pues, sacó el frasco de la segunda poción que le había dado el mago y dejó caer una gota sobre la bola de barro mágico. No se sorprendió cuando los suelos de su palacio se transformaron en plata. Luego echó otra gota y apareció una bola de plata del tamaño de seis casas rodando por el camino y fue a detenerse en los jardines de palacio. Luego cayó de nuevo presa de la avaricia, pues le intrigaba ver qué aspecto tenía toda la plata del mundo, así que cogió el frasco y vertió toda la poción sobre la bola

de barro. Se oyó un estruendo horripilante, como un trueno, y el cielo se oscureció y empezaron a llover pedazos de plata, que caían sobre los tejados, las chimeneas y por fin los canalones, formando arroyos plateados que confluyeron para convertirse en un gran río que desembocó en los jardines de palacio y allí formó un enorme lago de plata.

El hombre sacó una pequeña cantidad y con ella contrató a cien soldados para que vigilaran el oro, pero no pasó mucho tiempo antes de que se oyera que alguien llamaba a las puertas. Acudió y se encontró con cien hombres harapientos.

–¿Quiénes sois? –preguntó.

–Antes éramos todos ricos mercaderes –explicaron–, pero desde que te has quedado toda la plata del mundo no tenemos con qué comprar y vender y nos hemos arruinado, como ves.

–Lo siento mucho –se disculpó–, pero no puedo hacer nada por tanta gente.

Y les pidió que se marcharan. Salieron y se dedicaron a mendigar.

Entonces el hombre se dijo: «Tengo que construir un cofre para guardar todo el oro y toda la plata. Tendrá que ser tan grande que necesitaré un montón de madera. Al final sí que me va a hacer falta la tercera poción».

Por consiguiente, sacó el frasco de la tercera poción y lo echó todo sobre la bola de barro mágico. De repente se oyó el estruendo de un millón de hojas crujiendo debido al viento, así que alzó la vista y vio un bosque en los cielos que llegaba desde el oeste. Del sur se acercaba otro, lo mismo que del norte y del este. Oscurecían todo el cielo y las raíces colgaban sobre la Tierra.

Ante aquello, toda la gente levantó la vista y gritó:

–¿Qué ha pasado con el día?

Cuando se enteraron de que no quedaba madera con la que construir sus casas, ni leña con la que alimentar el fuego, ni troncos con los que hacer sillas, ni mesas, ni herramientas, se sublevaron todo a una. Juntos derribaron las puertas de palacio y se lo llevaron todo, con lo que el hombre más rico del mundo se quedó igual de pobre que antes.

Por qué cantan los pájaros de buena mañana

H ACE MUCHO, MUCHO TIEMPO, antes de que ni vosotros ni yo fuéramos siquiera una idea y antes de que hubiera diferencia alguna entre el día y la noche, el rey y la reina de la luz tuvieron una hija. Fue el bebé más hermoso del mundo. Cuando abrió los ojos por primera vez, resultaron ser tan radiantes que llenaron el mundo entero de luz. Fuera adonde fuera, las criaturas se alegraban de verla. Las plantas crecían cuando las tocaba y los animales salían de sus madrigueras simplemente para sentarse a verla pasar.

En una cueva no muy lejana vivía la bruja de la oscuridad, que también había sido madre: tenía un hijo. Se trataba de un chico enfermizo que siempre estaba pálido y a veces se quedaba muy, muy flaco y necesitaba considerables cuidados para recuperar las fuerzas.

Un día, sin embargo, la bruja de la oscuridad llevó a su hijo a la corte y propuso un matrimonio entre la princesa y él. Cuando el rey de la luz se negó, la vieja bruja montó en cólera. Aquella misma noche, su hijo y ella entraron en el palacio del rey sin estar invitados y secuestraron a la hermosa princesa. La encerraron bajo llave en una cueva tenebrosa al otro lado de las montañas y allí se quedó mucho tiempo. La pobre lloró y lloró, pero no le sirvió de nada. La bruja no estaba dispuesta a soltar a la princesa hasta que accediera a casarse con su hijo.

Mientras, los animales fueron a ver al rey y le preguntaron:

–¿Dónde está vuestra hija? Cuando no está cerca el mundo se oscurece, las plantas no crecen y muchos de nosotros no tenemos nada que comer.

El rey de la luz les contó lo que había sucedido y todos los animales acordaron ayudarle a buscar a su hija.

Así, los leones y los tigres se fueron a la selva en su busca, mientras los conejos y los topos miraban bajo tierra y los peces y las tortugas recorrían los mares, pero nadie encontró ni rastro de la princesa. Mientras, los pájaros buscaban por el aire y las copas de los árboles, y un águila se fue volando hasta las montañas y subió y subió hasta planear por encima de las mismísimas cumbres. Desde allí siguió volando, pasó al otro lado y descendió en una región en la que no había estado nunca.

Con el tiempo, el águila se cansó y se vio obligada a descansar entre unas rocas. No llevaba mucho allí cuando oyó una voz preciosa que cantaba una triste canción. De inmediato se dio cuenta de que se trataba de la princesa, de modo que la llamó, pero la voz del águila era un chillido estridente y la princesa se imaginó que sería la bruja, que regresaba, así que dejó de cantar y no hizo el más mínimo ruido. El águila se quedó allí quieta, indecisa, hasta que de repente vio una mancha negra en el cielo: era el hijo de la bruja, que iba a visitar a la princesa subido a la escoba de su madre.

El águila se escondió y vio cómo el hijo de la bruja apartaba la gran piedra que bloqueaba la entrada de la cueva. De inmediato surgió un intenso resplandor del interior y salió la hermosa princesa para llenarlo todo de luz. Sin embargo, tenía lágrimas en los ojos y a su alrededor relucía un arco iris.

–¡Venga! ¡Estoy harto de esperar! –exclamó el hijo de la bruja, y agarró a la hermosa joven y la tiró por el suelo.

Al verlo, el águila se abalanzó sobre ellos y le dio sus buenos picotazos al hijo de la bruja antes de echarse a la princesa a la espalda. El hijo de la bruja agarró la escoba de su madre y empezó a asestar golpes al águila, pero, por accidente, alcanzó a la princesa en la sien con tanta fuerza que el palo se partió en dos. Sin embargo, la princesa se agarró con fuerza al águila y alzaron el vuelo por los cielos.

El águila se llevó a la princesa de regreso a casa por encima de las montañas y por dondequiera que pasaban iluminaban el mundo, que llevaba tanto tiempo en tinieblas. El hijo de la bruja se subió a la escoba y los siguió, pero, como estaba rota, no lograba alcanzarlos. Al cabo de un rato el águila tuvo que descansar otra vez, así que dejó a la princesa en tierra y le dijo que se ocultara con la promesa de despertarla en cuanto hubiera pasado el hijo de la bruja.

Así pues, la muchacha se ocultó en una cueva y el mundo se oscureció una vez más mientras cruzaba el cielo el pálido hijo de la bruja. Cuando pasó, el águila trató de despertar a la princesa, pero el escobazo la había dejado un poco sorda y ni siquiera la voz chillona del águila lograba despertarla. Así pues, les pidió a unos gorriones que le echaran una mano y los pajarillos hicieron todo el ruido que pudieron, pero ni aun así se despertaba la princesa. Al final el águila fue a buscar a todos los pájaros de la comarca y les pidió que montaran un buen escándalo. Así sí que se despertó la princesa, que salió de la cueva y de nuevo iluminó el mundo.

–¡Corre! –gritó el águila–. Súbete a mi espalda, que tenemos que irnos antes de que pase otra vez el hijo de la bruja encaramado a la escoba.

Así pues, la princesa se subió al águila y de nuevo alzaron el vuelo y al pasar llevaron luz a todo el mundo.

Y así siguen hasta el día de hoy, ya que la princesa y el águila se convirtieron en el sol y siguen surcando los cielos, mientras que el hijo de la bruja se transformó en la luna. Cuando termina el día y el águila tiene que descansar, la princesa se esconde al paso del hijo de la bruja y, si miráis la luna con atención, seguro que le veréis, con la escoba rota de su madre al hombro. La princesa sigue estando igual de guapa que siempre, ahora que se ha convertido en el sol, pero también un poquito sorda, y por eso los pájaros cantan de buena mañana con todas sus fuerzas para despertarla.

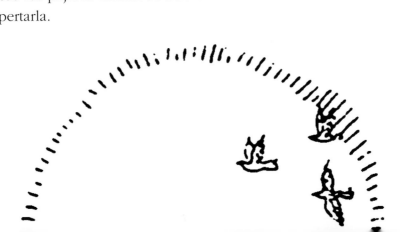

La llave

Había una vez un próspero rey que poseía el mayor palacio del mundo. De una de sus paredes colgaba una enorme llave alta como un hombre. Era de oro puro, pero se había hecho hacía tantísimo tiempo que nadie recordaba qué cerradura debía abrir. Estando así las cosas, el rey hizo público un bando en el que ofrecía la mitad de su reino como recompensa a aquel que descubriera la cerradura para la que se había hecho la llave.

Un día llegaron tres hermanos a probar suerte. El mayor afirmó:

—Estoy convencido de que se trata de la llave del viento del norte.

El rey le entregó la llave y el hermano mayor se la llevó consigo muy, muy lejos, hasta las tierras heladas, donde crecían árboles de hielo en la nieve y hasta de las nubes colgaban carámbanos. Allí dio con un cofre enorme medio enterrado en la nieve y metió la llave en la cerradura. Entraba bien, pero cuando trató de girarla no lo consiguió. Así pues, cargó el cofre en un carro y se lo llevó al rey.

En esto que el segundo hermano aseguró:

—Estoy seguro de que es la llave del viento del sur.

Recogió la llave y se marchó, pues, hacia el sur, hasta llegar a un caluroso desierto donde crecían árboles de fuego de las arenas ardientes. Una vez allí encontró una puerta enorme en mitad de una montaña. La llave entraba perfectamente en la cerradura, pero cuando la giró no la abrió. Mientras lo intentaba, sin embargo, una cálida brisa le susurró al oído que bajara la vista. Así lo hizo y vio una puerta de menores dimensiones que se abrió con solo tocarla. Entró por ella con cautela.

Una vez dentro comprobó que la montaña estaba hueca: no había roca por delante ni por encima. Las paredes estaban enrojecidas por el calor y en el centro había una hermosa princesa inmovilizada con gruesas cadenas.

–¿Quién eres? –preguntó el segundo hermano.

Sin embargo, la princesa no contestó. Se quedó quieta mirando al frente y no emitió sonido alguno.

El segundo hermano probó la gran llave en el candado de sus cadenas, pero no entraba en la cerradura, así que subió a la princesa a la grupa de su caballo y se la llevó al rey.

Cuando llegó su turno, el hermano menor dijo:

–Creo que es la llave del viento que sopla a veces de oeste a este y a veces de este a oeste.

No se marchó a ningún lado, sino que cogió la llave y la partió por la mitad, y de su interior manó un aceite que vertieron en la cerradura del cofre, que después se abrió con facilidad. Dentro hallaron una sierra de plata cuyos dientes eran diamantes y la utilizaron para serrar las cadenas que inmovilizaban a la princesa, que acto seguido exclamó:

–¡Por fin! ¡Se ha roto el maleficio!

Y les contó que un mago la había hechizado por despecho cuando se había negado a casarse con él y que sólo podía rescatarla alguien a quien ella amara pero con quien no pudiera casarse.

–¡Yo te rescaté de la montaña hueca del viento del Sur! –exclamó entonces el segundo hermano.

–Pero ha sido la sierra de plata la que te ha liberado del hechizo –intervino el hermano mayor–, ¡y el que la trajo de las tierras heladas fui yo!

–Sin embargo –terció por fin el hermano menor–, el que ha partido la llave de oro he sido yo, y si no lo hubiera hecho no se habría abierto el cofre y jamás se habrían cortado tus cadenas.

La princesa los miró a los tres y contestó:

–La maldición del mago se ha hecho, pues, realidad. Me habéis rescatado los tres y os amo a los tres por igual, pero desde luego no puedo casarme con los tres.

Así pues, el hermano menor se quedó una mitad de la llave de oro a modo de recompensa, el segundo cogió la otra mitad y el mayor se llevó

la sierra de plata de dientes de diamante. Los tres acabaron con más riquezas que ningún otro habitante del reino, pero nunca llegaron a ser realmente felices, ya que continuaron queriendo a la hermosa princesa, que
a su vez siguió amándolos a los tres por igual, por lo que no pudieron
casarse.

Muchas veces suspiraron los cuatro al unísono y en ocasiones incluso sin-
tieron deseos de que la llave de oro se hubiera quedado quieta, colgada de
la pared de palacio.

El vino de Li-Po

EN EL PAÍS DE LI-PO hacían un vino muy especial. Era de un color rojo intenso, sabía a néctar y se conservaba eternamente, pero tenía otra cualidad que lo convertía en el vino más particular del mundo: quien bebía el vino de Li-Po decía la verdad y nada más que la verdad mientras duraban sus efectos.

Seguro que os imagináis que un vino con unas propiedades tan maravillosas debía de estar muy solicitado y que los viñedos de Li-Po debían de tener dificultades para producir uva suficiente, pero en realidad lo que sucedía era todo lo contrario. Al parecer, cada vez se atrevía menos gente a probar el vino de Li-Po por miedo a tener que decir la verdad, de modo que las bodegas se llenaron de barriles y botellas del vino que nadie quería comprar.

Con el tiempo quedó un solo vinatero en todo Li-Po.

—No entiendo por qué tiene todo el mundo tanto miedo a decir la verdad —decía—. En tiempos de mi padre, muchísima gente bebía este vino y les encantaba. Y si luego tenían que decir la verdad durante medio día no les importaba.

Un buen día, sin embargo, llegó a oídos del rey de un país lejano la historia del famoso vino de Li-Po.

—Ya es hora de que descubra quiénes de mis súbditos son de confianza y quiénes no —aseguró al canciller de palacio—. Quiero que te encargues de que todos los habitantes de mi reino beban el vino de Li-Po y que se presenten ante mí para que los interrogue.

Cuando el canciller de palacio escuchó esa orden se puso a temblar de miedo, ya que él mismo tenía muchos secretos sombríos que temía que el rey pudiera descubrir, pero sonrió y contestó:

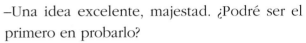

–Una idea excelente, majestad. ¿Podré ser el primero en probarlo?

–¡Perfecto! Encárgate de todo de inmediato.

De este modo, el canciller de palacio ordenó que se compraran todos los barriles de vino de Li-Po y que se llevaran en carros hasta su país, donde el preciado líquido se vertió en botellas y en cada una de ellas se escribió el nombre de una persona. Luego se colocaron cuidadosamente en un enorme botellero en la plaza del mercado y se asignaron siete soldados a su vigilancia día y noche.

El canciller de palacio, mientras, se devanaba los sesos para encontrar una forma de evitar el interrogatorio, por miedo a revelar alguno de sus secretos sombríos y vergonzosos al rey. A lo mismo se dedicaban todos los demás miembros del Consejo Real, ya que todos tenían secretos sombríos y vergonzosos. Tres cuartos de lo mismo todos los nobles, abogados, médicos, posaderos y tenderos. En realidad, todos y cada uno de los habitantes del país trataban por todos los medios de dar con una forma de evitar beber el vino de Li-Po y tener que decir la verdad al rey.

En esto que el canciller de palacio dio con un plan. Vertió una poción somnífera en la bebida de los guardias y luego, en mitad de la noche, cuando ya se habían quedado profundamente dormidos, bajó sigilosamente a la plaza del mercado, cogió la botella de vino que llevaba su nombre, la vació y la rellenó de vino normal y corriente. Luego regresó a su casa satisfecho, pues cuando le tocara el turno no iba a tener que decir la verdad.

El mismo plan se les ocurrió a los demás miembros del Consejo Real y todos y cada uno de ellos bajaron sigilosamente a la plaza del mercado durante las noches siguientes y uno a uno, sin que se enterasen los demás, fueron vertiendo vino normal y corriente en las botellas que llevaban su nombre. No tardó mucho, evidentemente, en correr la voz de que los guardias dormían a pierna suelta toda la noche y al poco tiempo todos los nobles habían aprovechado la oportunidad para hacer lo mismo. No fueron menos, por supuesto, los abogados, los médicos, los posaderos, los tenderos ni los artesanos. En resumen, cuando llegó por fin el día en que había que beberse el vino todas y cada una de las botellas de Li-Po se habían vaciado y rellenado con vino normal y corriente.

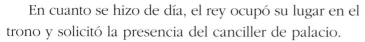

La ciudad entera estaba emocionadísima. Las calles iban repletas y la plaza del mercado rebosaba de gente. Estaban allí todos los habitantes del reino, con la excepción de un conocido ladrón que llevaba varios años oculto en las montañas.

En cuanto se hizo de día, el rey ocupó su lugar en el trono y solicitó la presencia del canciller de palacio.

—Mi canciller —le dijo—, dado que eres el más ilustre de todos mis súbditos, bien estará que empecemos por ti.

El canciller de palacio se sonrió, llenó su copa y la apuró antes de decir:

—Ya estoy listo para contestar a cualquier pregunta que tengáis a bien plantearme, majestad.

—Estupendo —respondió el rey—. Dime: ¿eres un súbdito bueno y leal?

—¡Por supuesto! —contestó el canciller de palacio, y eso que en aquel mismo momento estaba conspirando para derrocar al rey.

—La segunda pregunta. ¿Crees que soy un gobernante sabio?

—¡Por supuesto! —exclamó el canciller, aunque en secreto pensaba: «¡Menudo ridículo está haciendo el rey!».

—Por último, ¿a qué sabe el vino de Li-Po?

—¡Sabe a néctar destilado de todas las flores del cielo! —afirmó el canciller.

—Muy bien —concluyó el rey—. Puedes retirarte.

El siguiente en beber el vino fue el primer ministro. El rey le hizo las mismas tres preguntas y las respuestas fueron parecidas, aunque en realidad el primer ministro no era mejor que el canciller de palacio.

Así pasaron todos los miembros del Consejo Real, todos los nobles, todos los abogados, todos los médicos y todos los habitantes de la ciudad y del campo. Como todos habían tirado el vino de Li-Po de las botellas que

llevaban su nombre y lo habían sustituido por vino normal y corriente, ninguno tenía miedo de responder a las preguntas del rey.

De este modo prosiguieron los interrogatorios durante todo aquel día y el siguiente, y también durante el siguiente, hasta que, justo cuando estaba contestando el último súbdito del rey, llegaron unos soldados con el ladrón, al que habían atrapado mientras robaba a plena luz del día, ya que todo el mundo estaba reunido en la plaza del mercado. Le llevaron a rastras ante el rey, que ordenó que bebiera del vino de Li-Po y luego respondiera a las tres preguntas.

El ladrón, claro, no sabía que todo el vino de Li-Po se había tirado, así que aceptó la copa con miedo y temblores, pero bebió de todos modos. Luego se volvió hacia el rey.

–En primer lugar, ¿eres un súbdito bueno y leal? –quiso saber su majestad.

–Ya sabéis quién soy –repuso el ladrón–. Hace muchos años que robo en vuestro reino.

–¡Qué vergüenza! –gritó el pueblo entero.

–La segunda pregunta. ¿Crees que soy un gobernante sabio?

–No tengo nada que perder si contesto la verdad –aseguró el ladrón–, y la verdad es que un gobernante sabio decidiría por sí mismo en cuáles de sus súbditos confiar.

–¡Traidor! –bramó la multitud.

–Por último, ¿a qué sabe el vino de Li-Po?

–Eso estoy seguro de que no lo sé –concluyó el ladrón–. No lo he probado en la vida, porque esto es vino normal y corriente.

Al escucharse aquellas palabras se hizo el silencio en la plaza del mercado y todo el mundo clavó la vista en el suelo. El rey se puso en pie y preguntó:

–¿Es ésta la única persona de mi reino que se atreve a decir la verdad?

En ese mismo momento destituyó al canciller de palacio y nombró al ladrón para ese cargo con estas palabras:

–Prefiero que me sirva un ladrón que un hipócrita.

Y desde aquel día en adelante no volvió a verse el vino de Li-Po en su reino, pues ya había cumplido su función, aunque nadie hubiera bebido ni una sola gota del auténtico néctar.

La isla de las frutas moradas

EXISTIÓ UNA VEZ UN MARINERO que naufragó ante una extraña isla. Llegó nadando a la orilla a tiempo de volverse y ver cómo su barco se hundía bajo las olas, pero no se desesperó.

—Voy a construirme otro barco para volver a casa —dijo—. Y también voy a hacer una fogata enorme que me servirá para llamar la atención de los barcos que pasen.

Se puso manos a la obra y mientras tanto fue viviendo de frutos y bayas, que creían en abundancia. En aquella isla, no obstante, había un tipo de fruta que no podía probar. Era grande y morada y crecía en lo más elevado de los árboles más altos, que tenían troncos muy lisos, por lo que resultaba imposible trepar. Al mirar hacia aquellas frutas moradas de las alturas, el marinero se decía: «Estoy convencido de que se trata de las frutas más sabrosas de la isla. Acabaré probándolas, cueste lo que cueste».

Así pues, dejó de trabajar en el barco y en su lugar se fabricó una escalera de mano que apoyó en el árbol. Luego subió hasta arriba, arrancó una fruta y comió de ella. Era lo más sabroso que había probado en la vida y aquella noche tuvo un sueño maravilloso. Soñó que había terminado el barco y que era una gran nave de altas velas con la que surcaba los mares para regresar junto a su mujer y sus hijos y por fin conseguían ser felices y comer perdices.

Al despertar pegó otro mordisco a la fruta y volvió a dormirse. Esa vez soñó que se hacía un traje de plumas y que con él puesto volaba como un pájaro por encima de las aguas y de su propia casa y que su mujer y sus hijos salían a saludarle. Luego volaba hasta el palacio del rey, que le regalaba joyas, oro y una mansión en la que vivía con su familia y todos eran felices y comían perdices.

Al despertar ya era totalmente de día. Miró hacia la bahía y vio un gran barco.

—¡Por fin! —gritó—. ¡Estoy salvado!

Corrió hasta la orilla e hizo gestos con los brazos, pero el barco ya estaba en alta mar y no lo vio nadie, así que fue corriendo hasta la fogata, pero se había apagado y antes de que pudiera volver a encenderla el barco se había convertido en una simple mota en el horizonte.

El pobre marinero náufrago se sentó con la cabeza entre las manos, desesperado. Luego le dio otro mordisco a la fruta morada y de nuevo durmió y soñó que todos eran felices y comían perdices.

Transcurrieron muchos meses y el marinero empezó a comer sólo de la fruta morada y a dormir toda la noche y casi todo el día, soñando que su mujer, sus hijos y él eran felices y comían perdices. Poco a poco, se olvidó del barco que iba a construir para regresar a casa y, si de vez en cuando pasaba alguna embarcación cerca de la isla, ni siquiera se daba cuenta y desde luego no encendía la fogata. Así, aunque el marinero volvía a su hogar una y mil veces en sueños, fueron pasando los años y seguía en aquella isla desierta.

Un buen día, sin embargo, un barco fondeó en la bahía y envió a unos pocos hombres a tierra a recoger agua dulce y fruta. Se encontraron con la figura harapienta del marinero, que dormía felizmente bajo un árbol de frutas moradas. No lograron despertarle por mucho que lo intentaron, así que lo levantaron y se lo llevaron al barco, donde lo metieron en una cama antes de hacerse de nuevo a la mar.

Cuando se despertó y se enteró de lo sucedido, en lugar de ponerse a dar saltos de alegría, como habían supuesto sus salvadores, empezó a gritar:

—¡No! ¡Nunca volveré a ser feliz, pues no podré volver a comer esa fruta morada!

Sin embargo, no había forma de regresar, así que al final le dejaron en su país, donde emprendió por fin el camino de regreso a casa. Al llegar, descubrió que todo era distinto a sus sueños, ya que llevaba tanto tiempo lejos que sus hijos habían crecido y la esposa joven y guapa que había dejado atrás se había hecho vieja a golpe de trabajo y preocupación.

Sin embargo, la tomó en sus brazos y exclamó:

—¡Viva! ¡Soy tan feliz ahora como en los sueños que tenía en la isla de las frutas moradas!

–¿Cómo puedes comparar la felicidad de un sueño con la de verdad? –preguntó su mujer.

–Pero es que era felicidad de verdad –explicó el marinero–. Nadie podría ser más feliz de lo que he sido en esos sueños.

Su esposa le miró y replicó:

–En esos sueños de la isla de las frutas moradas, ¿soñaste también que nosotros éramos felices?

–¡Por supuesto! Y por eso mi felicidad era completa.

–Pues eran sueños y nada más –contestó ella–, ya que seguíamos siendo desgraciados, creyendo que estabas muerto, pero ahora has vuelto a nuestro lado, ya ves que no se trata de un sueño, y saberlo, estoy convencida, supone felicidad auténtica.

El marinero dio besos a su mujer y a sus hijos y, desde aquel momento, aunque pensó a menudo en la isla de las frutas moradas y en la felicidad de los sueños, no volvió a mencionarlas jamás.

La bestia
de los mil dientes

H<small>ACE YA MUCHO TIEMPO</small>, en un país muy lejano, vagaba por el campo la bestia más espantosa que haya existido jamás. Tenía cuatro ojos, seis patas y mil dientes. Por las mañanas se zampaba a los hombres que iban a trabajar en la huerta, por las tardes se metía en granjas aisladas y se tragaba a las madres y los niños que merendaban tranquilamente y por las noches acechaba las calles de las ciudades en busca de la cena.

En la ciudad más grande vivían un pastelero y su esposa, que tenían un hijo pequeño llamado Mateo. Una mañana, mientras ayudaba a su padre a preparar los pasteles, se enteró de que el alcalde había ofrecido una recompensa de diez bolsas de oro a quien lograra librar a la ciudad de la bestia.

–¡Ay! –exclamó–. ¡Cómo me gustaría ganarme esas diez bolsas de oro!

–¡Qué tontería! –contestó su padre–. Vamos, mete esos pasteles en el horno.

Aquella tarde les contaron que el propio rey había ofrecido una recompensa de cien bolsas de oro a quien lograra librar al reino de la bestia.

–¡Ay, ay, ay! ¡Cómo me gustaría ganarme esas cien bolsas de oro! –comentó Mateo.

–Eres demasiado pequeño –aseguró su padre–. Venga, no te encantes, tienes que llevar esos pasteles a palacio antes de que se haga de noche.

Así pues, Mateo se dirigió a palacio con una bandeja de pasteles encima de la cabeza, pero iba dando tantas vueltas a la idea de las cien bolsas de oro que se perdió y enseguida empezó a hacerse de noche.

–¡Qué mala pata! –dijo–. La bestia va a salir en busca de la cena dentro de nada. Mejor vuelvo corriendo a casa. –Giró sobre sus talones y echó a correr hacia su casa, pero estaba perdidísimo y no tenía ni idea de por dónde ir. Al poco rato ya estaba todo muy oscuro. Las calles estaban desiertas, pues todo el mundo estaba a buen recaudo en sus casas, con las puertas cerradas a cal y canto y los pestillos echados, por miedo a la bestia.

El pobre Mateo corría y corría, pero no encontraba el camino de regreso. De repente, a lo lejos, oyó un ruido atronador y se dio cuenta de que la bestia de los mil dientes se acercaba a la ciudad. Mateo se precipitó hacia la casa más cercana y se puso a aporrear la puerta.

—¡Déjenme entrar! —chillaba—. ¡Me he quedado en la calle y la bestia se acerca a la ciudad!

Oía el ruido que hacía la bestia al acercarse, temblaba el suelo y los cristales de las ventanas vibraban, pero la gente de la casa se negó a abrir la puerta por miedo a que entrara la bestia y se los zampara también a ellos.

Así pues, el pobre Mateo se precipitó hacia la siguiente casa y aporreó la puerta con todas sus fuerzas, pero de nuevo le dijeron que se fuera.

Entonces oyó un rugido y el estruendo de la bestia, que se acercaba por aquella misma calle, y echó a correr como alma que lleva el diablo, pero por mucho que corría y corría se daba cuenta de que la bestia se acercaba más... y más... Miró por encima del hombro sin volverse y la vio: ¡estaba en el otro extremo de la calle! El pobre Mateo, asustadísimo, soltó la bandeja y se escondió debajo de una escalera. La bestia se aproximó más y más hasta detenerse justo encima de él, se inclinó y sus espantosas mandíbulas se cerraron con un estremecedor chasquido. Se había tragado la bandeja de pasteles. Luego se volvió hacia Mateo.

Mateo se armó de valor y gritó a pleno pulmón:

—¡No me devores, bestia! ¿No prefieres comer más pasteles?

La bestia se detuvo en seco y lo miró, luego miró la bandeja vacía y dijo:

—No sé... La verdad es que estaban muy ricos... Me han gustado sobre todo los de color rosa. Lo que pasa es que ya no quedan, así que voy a tener que devorarte a ti. —Extendió una pata hasta donde se escondía el pobre Mateo, debajo de la escalera, y lo sacó de allí con sus enormes garras.

—Ay... ¡P... p... por favor! —suplicó Mateo—. Si no me devoras, te haré más pasteles. Te haré muchas cosas ricas, soy el hijo del mejor pastelero del reino.

—¿Me harás más de los de color rosa? —preguntó la bestia.

—¡Te haré todos los pasteles de color rosa que seas capaz de tragarte!

—Muy bien —accedió la bestia, y se llevó a Mateo a su guarida.

La bestia vivía en una cueva lúgubre y tenebrosa. Por el suelo estaban desparramados los huesos de la gente a la que había devorado y las paredes de piedra estaban cubiertas de marcas, ya que la criatura las utilizaba para afilar los dientes. Mateo se puso manos a la obra y empezó a preparar todos los pasteles que pudo para la bestia. Cuando se le acababan la hari-

na, los huevos o cualquier otro ingrediente, la bestia se iba corriendo a la ciudad a buscarlos, aunque nunca pagaba nada.

Mateo preparó muchísimos dulces, bollos y lionesas, merengues y bizcochos, mantecadas y rosquillas, pero la bestia los miró y se quejó:

–¡No has hecho ningún pastel de color rosa!

–¡Un momento! –pidió Mateo, y cogió todos los dulces y los cubrió del primero al último de glaseado rosa–. ¡Ya está! Ahora todos son rosas.

–¡Estupendo! –exclamó la bestia, que se los comió todos de una sentada.

Tanto se entusiasmó con los pasteles de Mateo que al poco tiempo dejó de devorar gente, porque prefería quedarse en la cueva a comer dulces y más dulces, con lo que se puso muy, muy gorda. Así siguieron las cosas durante un año hasta que un buen día, al despertarse, Mateo se encontró a la bestia revolcándose por los suelos, gimiendo y dando patadas por la cueva. Ya os imagináis qué le pasaba.

–Mira por dónde –exclamó Mateo–. Me da en la nariz que de tanto glaseado rosa tienes un buen dolor de muelas.

El dolor fue de mal en peor y, claro, como la bestia tenía mil dientes, enseguida acabó sufriendo el dolor de muelas más horroroso que haya sufrido nadie en toda la historia del mundo. Se tumbaba sobre el costado, se llevaba las patas a la cabeza y rugía por el tormento hasta que a Mateo empezó a darle bastante pena. La bestia aullaba y aullaba de dolor y llegó un momento que ya no pudo aguantar más.

–¡Por favor, Mateo, ayúdame! –pidió.

–Muy bien –contestó éste–. Quédate quieta y abre la boca.

La criatura obedeció y Mateo sacó unas tenazas y le arrancó todos y cada uno de los dientes. La bestia ya no podía devorar a nadie, así que Mateo se la llevó a casa, acudió al alcalde y le pidió las diez bolsas de oro de recompensa. Luego fue a ver al rey y reclamó las cien bolsas de oro correspondientes. Después regresó a casa de sus padres para vivir con ellos otra vez. La criatura les echaba una pata en la pastelería y se encargaba de llevar los pasteles a palacio todos los días, y todo el mundo se olvidó del miedo que les había dado la bestia de los mil dientes.

El castillo remoto

En esto que un viajero se detuvo a preguntar a una anciana el nombre de un castillo que se alzaba sobre una colina cercana.

–La verdad es que nadie sabe cómo se llama a ciencia cierta –respondió la anciana–, pero por la comarca lo llaman el castillo remoto.

–Qué curioso –comentó el viajero–, desde aquí no parece muy remoto.

–No, claro, no lo parece, ¿verdad?

–No debería tardar más de una hora en llegarme hasta allí a pie, digo yo –observó el viajero.

–Pues no sé yo.

–Pero sabrá a qué distancia está.

–Me temo que no –afirmó la anciana.

–Bueno, me voy para allí –aseguró el viajero, y emprendió el camino comentando para sus adentros lo ignorante que era la gente del campo.

Así anduvo durante una hora y durante dos y durante tres, subiendo laderas y bajando laderas, pero cuando miraba hacia el castillo no parecía ni un palmo más cerca.

–¡Mira por dónde! –exclamó–. Será que estoy dando vueltas, porque desde luego no me he acercado nada.

Por consiguiente, salió del camino y se fue directo hacia el castillo a campo traviesa.

Pues bien, llevaría aproximadamente una hora más de camino cuando llegó a un bosque oscuro y lúgubre. Agarró con fuerza el cayado y sacó el machete, por si se topaba con algún oso o algún lobo. Y echó a andar por el bosque.

Al principio siguió un sendero, pero enseguida empezó a desaparecer y el bosque se volvió más denso y la maleza aumentó hasta que se vio obligado a abrirse paso con el machete. Al cabo de un rato, sin embargo, la

vegetación empezó a perder espesor otra vez y volvió a colarse la luz entre los árboles, por lo que se dio cuenta de que estaba llegando al otro lado. No obstante, cuando por fin salió del bosque y miró a lo lejos lo que vio le pareció increíble: allí estaba el castillo en la colina, pero no se había acercado ni un palmo.

El viajero redobló sus esfuerzos y aceleró el paso todo lo que pudo hasta que cayó la noche. Seguía sin estar más cerca de su objetivo. Desalentado, se envolvió en la capa y se echó a dormir.

Apenas había cerrado los ojos cuando escuchó una voz que le decía:

—Mejor será que te rindas, ya verás.

Se volvió y se encontró a la anciana sentada en lo alto de un árbol.

—¡No pienso rendirme! —gritó el viajero—. Llegaré al castillo mañana, ¡se lo aseguro!

—Supongo —dijo ella—, pero recuerda mis palabras.

Y dicho eso se dobló como si fuera una hoja de papel negro y se transformó en un murciélago que salió volando de las ramas y se perdió en la noche.

El viajero se echó otra vez a dormir y soñó que se oía una música mágica, que la brisa transportaba con suavidad, durante toda la noche.

Al día siguiente se despertó y, cómo no, el castillo seguía allí en lo alto de la colina, no muy lejos de donde se encontraba él.

—¡Puedo llegar antes del mediodía! —clamó, y acto seguido agarró el cayado, se colgó la mochila y echó a andar a muy buen paso, sin despegar en ningún momento los ojos de aquel castillo.

Sin embargo, llegó el mediodía y no se había acercado nada. Daba igual el camino que tomara o lo rápido que fuera, el resultado era siempre el mismo. A la hora de la cena seguía sin haberse acercado al castillo.

Se sentó con la cabeza entre las manos y dejó escapar un buen suspiro.

«Ese castillo está encantado —se dijo—. La anciana tenía razón, lo mejor será que me rinda.» Así pues, se puso en pie y dio media vuelta, y allí mismo, para su gran asombro, estaba el castillo, con la ancianita sentada a la puerta.

—¡Ah! —exclamó la mujer—, por fin te has rendido, ¿no? Es la única forma de llegar hasta aquí, aunque nadie se lo cree.

Y con esas palabras abrió la puerta del castillo y el viajero cruzó el umbral.

El diablo
y el doctor Bonóculo

EL DOCTOR BONÓCULO FUE UN HOMBRE MUY LISTO que vivió hace
muchos años en un país muy lejano. Estaba muy orgulloso de su
saber y le gustaba participar en debates públicos, en los que podía demostrar que era mucho más listo que nadie.

Un buen día, sin embargo, el doctor Bonóculo decidió vender su alma
al diablo. Leyó una serie de hechizos en un libro y, ya por la noche, encendió una vela en su estudio, dibujó unas rayas en el suelo y convocó al diablo para que se le apareciera. Hubo un fogonazo, salió humo con un resoplido y empezó a oler a azufre. Por un momento le pareció oír el rugido del
fuego eterno. Antes de que pudiera cambiar de idea, apareció ante él un
caballero bajito vestido de gris con una pluma detrás de la oreja.

–¡Tú no eres el diablo! –exclamó el doctor Bonóculo.

–Pues... no, la verdad –respondió el señor de gris–. Es que ahora mismo el diablo está liadísimo. Soy su delegado oficial. A ver, si procede a darme sus datos podremos empezar la venta.

Ni corto ni perezoso, abrió un gran libro de tapas de cuero que llevaba.

–¡Un momento! –gritó el doctor Bonóculo–. ¡Yo quería ver al diablo en
persona! ¡No me apetece vender mi alma a un subalterno poco espabilado!

–El diablo le ofrece sus más sinceras disculpas, pero es todo cuestión de
disponibilidad. Si no desea cerrar el trato conmigo, me parecerá muy razonable, pero habrá que cancelar la venta. Ya tenemos bastantes almas entre
las que elegir tal y como están las cosas. Hay mucha alma en el mercado,
no sé si me entiende.

Al final, el doctor Bonóculo accedió a vender su alma al delegado del diablo con unas condiciones que parecían muy favorables: durante treinta años, el diablo ofrecía al doctor Bonóculo riquezas, fama y poderes mágicos sin límite alguno, y transcurrido ese tiempo el doctor Bonóculo tendría que sentarse a jugar al backgammon con el diablo por toda la eternidad.

El doctor Bonóculo se hizo un corte en el brazo y ya estaba a punto de firmar con su propia sangre cuando el delegado del diablo le detuvo. Miró a derecha e izquierda con aire furtivo y luego bajó la voz para decir:

–Mire... Oficialmente, no debería decirle nada, pero... Bueno, ¡está usted bien seguro de lo que va a hacer?

–¡Por supuesto! –replicó el doctor Bonóculo–. Soy el hombre más listo del mundo y he pensado detenidamente lo que voy a hacer durante esos treinta años y luego el diablo que me torture todo lo que quiera. ¡Lo he calculado con una ecuación matemática y el peor dolor que pueda infligirme no puede superar la cantidad de placer que voy a embutir en treinta años!

–Puede que no le torture –apuntó el delegado del diablo.

–¡Entonces mejor que mejor!

–Puede que recurra a algo peor que la tortura.

–¡Imposible! –exclamó el doctor Bonóculo–. He pensado en todo lo concebible que podría hacerme y estoy preparado para cualquier cosa.

El delegado del diablo miró por encima del hombro y bajó la voz aún más.

–Mire –añadió–, ya sé que es usted el hombre más listo del mundo, pero, por muchas cosas que se haya imaginado, le garantizo que será peor.

–¡No me lo creo! –gritó el doctor Bonóculo, mojó la pluma en la sangre de su brazo y firmó el gran libro y dos contratos.

El delegado del diablo se marchó y durante treinta años el doctor Bonóculo fue no sólo el hombre más listo del mundo, sino también el más rico, el más respetado y el más admirado. Por descontado, no le contó a nadie su pacto con el diablo, y fuera donde fuera le veneraban por la brillantez de su intelecto, la agudeza de su ingenio y la extensión de su saber. Aprendió todos los idiomas del mundo y no quedó rama de las ciencias o de las artes de la que no se convirtiera en maestro.

Al final, no obstante, se consumieron sus treinta años y tuvo que descender al infierno a enfrentarse al diablo, que se había convertido en su amo y señor. Se había preparado bien para aquella terrible prueba; había estudiado todos los retratos del diablo existentes y se había empapado de imágenes de maldad, fealdad y horror para que la aparición del señor de las tinieblas no le dejara espeluznado.

Mientras le bajaban al infierno numerosas criaturas pequeñas y asquerosas que le tiraban del pelo y de la ropa, estaba bastante animado, convencido de que podría soportar lo peor que pudiera hacerle el diablo. A decir verdad, estaba bastante orgulloso de sí mismo, pues había sido dueño y señor del mundo en vida y estaba preparado para someterse a alguien que era superior a él. Se hacía incluso ilusiones de que el diablo fuera a apreciar su gran ingenio e inteligencia e incluso de que fuera a encontrar una utilidad para su talento.

Por fin le llevaron a la sala de audiencias del diablo, cuyo trono estaba vacío, rodeado de una multitud de criaturas horrorosas de aspecto tan malvado que hasta el doctor Bonóculo empezó a sentirse incómodo.

Entonces un monstruo cubierto de escamas (que desprendía un olor tan repugnante que el doctor se mareó) se arrastró hasta el trono y extendió una mano hacia él para aferrarle, de tal modo que de repente el doctor se puso a temblar y cayó presa del miedo a algo inimaginable.

–¡Doctor Bonóculo –graznó entonces una voz sobrenatural–, prepárese para conocer al diablo en persona!

El doctor sintió que le flaqueaban las piernas y le entró cierta aprensión al recordar lo que le había dicho el delegado del diablo hacía tantos años: «Por muchas cosas que se haya imaginado, será peor».

De repente hubo un fogonazo y el trono quedó envuelto en humo. El doctor Bonóculo se preparó para lo peor y se encontró por fin cara a cara con el diablo... su nuevo amo. Se quedó boquiabierto y el horror le heló la sangre. El delegado del diablo había estado en lo cierto, por supuesto... pero lo que era peor que cualquier tortura para el doctor Bonóculo no era lo repugnante de las facciones del diablo, ni siquiera la fría brutalidad de su rostro, sino el haberle mirado a los ojos y haber comprobado, presa del pavor más absoluto, que el diablo era evidentemente idiota.

–¡Por supuesto! –exclamó el doctor Bonóculo–. ¡Está clarísimo!

Pero ya era demasiado tarde. El hombre más listo del mundo había vendido su alma a un tonto de remate.

El barco que no iba a ninguna parte

É RASE UNA VEZ UNA POBRE VIUDA que tenía un hijo llamado Tomás al que quería mucho, pero era tan pobre que muchas veces no había suficiente comida en casa y el joven Tomás acababa pasando hambre.

Un buen día, en pleno invierno, cuando la charca estaba helada y colgaban carámbanos de los setos, la madre de Tomás fue a la despensa y se quejó:

–No hay nada para comer. ¿Qué vamos a hacer?

Y se sentó a llorar.

–No llores, mamá –pidió Tomás–. Voy a salir a buscar fortuna y regresaré con dinero suficiente para que no tengas que volver a preocuparte nunca.

Con un pañuelo hizo un hatillo en el que metió sus únicas botas y se fue a hacer fortuna. No se había alejado mucho cuando llegó a una mansión de enormes verjas y preciosos jardines y fuentes.

«Aquí debe de haber mucho dinero –pensó Tomás–. Estoy seguro de que en este lugar podré ganar lo suficiente para que mi madre no tenga que volver a pasar apuros.»

Así pues, se acercó con paso decidido a la mansión y llamó a la puerta. La abrió un ancianito vestido de negro que le preguntó:

–¿Qué quieres?

Cuando Tomás se lo contó, el ancianito se molestó mucho y contestó:

–¡Aquí no encontrarás ningún dinero!

Y le soltó un perro que le obligó a salir corriendo.

Tomás siguió viajando hasta llegar, con el tiempo, a una ciudad en la que vivía un rico mercader. Llamó a la puerta de su casa y la abrió un gordo con peluca.

–¿Qué quieres?

–Pues ganar algo de dinero para que mi madre no tenga que volver a pasar hambre.

–Muy bien, puedes trabajar aquí –accedió el gordo, y acompañó a Tomás hasta el jardín trasero de la casa, donde le dio instrucciones–. Lo único que tienes que hacer es subirte a ese saco que cuelga de ese árbol y quedarte allí dentro durante un año y un día.

–Pero ¿para qué? –quiso saber Tomás.

–Eso a ti te da igual –contestó el gordo con peluca–. Te pagaré más dinero del que has tenido en toda tu vida y además te daré bien de comer.

–De acuerdo –aceptó Tomás, y se subió al saco.

Sin embargo, cuando cayó la noche y Tomás empezaba a aburrirse mucho y a plantearse cómo diantres iba a soportar un año entero en aquel saco, un búho se aposentó en la rama de encima y ululó:

–Tuá-hu-tuí-huá, tuá-hu-tuí-huá.

Pero a Tomás le pareció que decía:

–¡Ahí te quedas de por vida! ¡Ahí te quedas de por vida!

–¡Tiene razón! –gritó–. ¡Echando la vida a perder dentro de este saco no voy a conseguir que mi madre sea feliz! Ya encontraré otra forma de hacerme rico.

De ese modo, saltó del saco, salió del jardín y se alejó de allí en plena noche. Hacía frío, estaba todo a oscuras y daba un poco de miedo, pero se dijo: «Tengo que seguir adelante». Al cabo de un rato vio una hoguera que resplandecía a lo lejos. «Ah, al menos allí me calentaré un poco el cuerpo», pensó.

Cuando se acercó vio que se trataba de una caldera en cuyo interior ardía un buen fuego. Había un hombretón que, desnudo de cintura para arriba y sudando, iba echando carbón con un pala haciendo un gran esfuerzo.

–¿Puedo calentarme junto a su fuego? –pidió Tomás, pero el hombretón no contestó, sino que siguió echando carbón con la pala–. ¿Qué hace?

El hombre se detuvo durante un instante, miró a Tomás y contestó:

–¡Estoy ganando más dinero del que has visto en toda tu vida!

–¿Puedo ayudarle?

–Puedes tomar el relevo en cuanto termine.

–¿Y cuánto tardará? –quiso saber Tomás.

–Pues no mucho. Sólo tengo que acabar de echar carbón al fuego y luego subir hasta el final de la chimenea y ya está.

Tomás se sentó en la hierba a esperar su turno y al rato se quedó profundamente dormido.

Cuando se despertó ya se había hecho de día, pero el hombretón seguía muy ocupando manejando la pala con el mismo ímpetu de siempre.

–¿Cuándo acabará de echar carbón al fuego? –preguntó.

–Cuando ya tenga suficiente –replicó el otro, sin detenerse.

–¡Pero si un fuego nunca tiene suficiente carbón! –repuso Tomás, que en aquel momento se fijó en que la caldera estaba debajo de una chimenea que tenía escalones que subían dando vueltas y más vueltas a su alrededor. Miró hacia lo alto y se dio cuenta de que la chimenea ascendía hasta el mismísimo cielo, sin detenerse, como si no tuviera final.

–Me temo que no puedo esperar a que termine –dijo Tomás, y recogió la mochila y de nuevo se puso en marcha.

Luego se acercó al puerto, donde estaban anclados los grandes barcos, y pidió que le dieran trabajo, pero en todas partes le decían que era demasiado joven y demasiado bajito para ayudar en un barco grande.

Al cabo de un tiempo, sin embargo, se topó con un barquito un tanto extraño, más pequeño que los demás y pintado de rojo y de blanco. El capitán estaba apoyado sobre la borda, así que Tomás le preguntó:

–¿Necesitaría un grumete?

–Sí –contestó el capitán.

–¿Adónde va? –preguntó Tomás.

–A ninguna parte.

–Bueno, yo tampoco voy a llegar a ninguna parte si me quedo aquí, así que más me conviene irme con usted –razonó Tomás, y se subió a bordo.

El capitán ordenó de inmediato que se izaran las velas y se levara el ancla, y el barquito salió hacia alta mar. Los vientos lo llevaron hasta que se perdió de vista la tierra y siguió navegando hacia el sol poniente. No sé cuántos días y cuántas noches surcaron los mares, pero lo cierto es que un buen día se escuchó un grito:

–¡Tierra a la vista!

Todos miraron por la borda y, en efecto, se encontraron con un país precioso de altas montañas. Cuando se acercaron comprobaron que las montañas eran de un blanco reluciente y tenían cumbres rojizas. Se aproximaron aún más y se dieron cuenta de que no eran montañas, sino enormes ciudades que se elevaban hacia las nubes.

–¿Dónde estamos? –preguntó Tomás.

–En ninguna parte –repuso el capitán, y todos tomaron tierra.

Tomás estaba boquiabierto. A ambos lados tenían parterres repletos de flores y todos y cada uno de sus pétalos eran billetes de una libra. Ante ellos se extendía un campo de hierba que llevaba a un río de plata pura. Cuando miró los árboles vio que eran de oro macizo y tenían esmeraldas a modo de hojas, y por todas partes encontraban montañas de piedras preciosas que podían coger sin problema.

–¡Somos ricos! –gritó.

–Aún no has visto nada –se sonrió el capitán, y se dirigieron todos a la gran ciudad que resplandecía ante sus ojos. Mientras avanzaban, los pájaros volaban sobre sus cabezas y dejaban caer perlas y rubíes dentro de sus sombreros, que estaban vueltos hacia arriba, y unos ciervos salvajes se les acercaban al trote y depositaban a sus pies ramitas de oro.

Al rato alcanzaron las puertas de la ciudad resplandeciente y el capitán tiró de una cadena dorada. Sonó un carillón para darles la bienvenida y un chico abrió las puertas de par en par y anunció:

–Nos alegramos de recibirlos en la Ciudad Perdida, entren.

Los acompañó hasta una plaza de un blanco puro donde resonaba por todos los rincones el sonido de la risa. Tomás no tuvo ni tiempo de parpadear y ya habían preparado ante ellos una mesa con toda la comida que podían comer y todo el vino que podían beber. Y los ciudadanos les llevaron regalos y les tocaron música, y también cedieron sus camas para que los viajeros pudieran descansar.

Allí se quedaron varias semanas, hasta que por fin Tomás anunció:

–Tengo que regresar junto a mi madre.

–¡Muy bien! –contestó el capitán–. Llévate el barco.

–Pero ¿y usted y los demás?

–No te preocupes, ya conseguiremos otro sin problemas.

Así pues, Tomás cargó el barco con todo el oro, la plata y las joyas de que fue capaz y zarpó para cruzar el mar una vez más.

Sin embargo, no había navegado mucho cuando le pilló una tormenta terrible y oscura. Las aguas se embravecieron y el barquito fue de un lado a otro hasta que, finalmente, entró tanta agua que se hundió hasta el fondo del mar. Tomás también se fue con él, pero un delfín que pasaba por allí se lo echó a la espalda y le llevó nadando hasta llegar al mismísimo río que pasaba junto a su casa.

Tomás era igual de pobre que siempre, pero, al ver a su madre, sonrió y le dijo:

–Bueno, he descubierto que nadie que tenga dinero quiere separarse de él, a no ser que eso implique que alguien como yo eche su vida a perder, y que aquellos cuyo único deseo es acumular riquezas nunca se quedan contentos ni descansan, y que el único lugar donde hay suficiente para todos y donde todo el mundo es bueno y generoso es ninguna parte. Así pues, mamá, ¿qué debo hacer?

–Siéntate junto al fuego –respondió su madre–, que voy a hacer sopa con tus historias y nos comeremos nuestras ilusiones a modo de pan.

Y eso fue precisamente lo que hicieron.

La nave de los locos

UN JOVENCITO LLAMADO Benjamín se escapó de casa y se hizo a la mar, pero el barco en el que se enroló resultó muy, muy raro.

¡El capitán llevaba siempre los pantalones atados por encima de la cabeza con algas, el contramaestre bailaba a todas horas un animado baile de marineros (desde el alba hasta el atardecer, completamente desnudo y bañado en zumo de zanahoria) y el primer oficial de a bordo daba cobijo a seis familias de ratones dentro del jersey!

–¡Pero qué navío tan extraño, diantres! –comentó Benjamín a uno de los marineros, que en ese momento estaba a punto de meter la cabeza en un barril de jarabe.

–¡Esto es la nave de los locos! –replicó el otro con una sonrisa burlona, y metió la cabeza en el espeso líquido.

–Supongo que debéis de saber todos lo que hacéis –murmuró el joven Benjamín, pero el marinero no pudo contestar, porque estaba cubierto de pegajoso jarabe. En aquel momento gritó el capitán:

–¡Laven chanclas! ¡Y deslicen muelas!

Sin embargo, como seguía con los pantalones atados por encima de la cabeza lo que pareció que decía fue:

–¡Janfu fanflaf! ¡U fanjuflen juefaf!

«Seguro que quiere decir: "¡Leven anclas! ¡E icen las velas!"», pensó Benjamín, pero, fuera lo que fuera lo que había dicho el capitán, nadie le hizo ni caso.

«Será que están haciendo cosas más importante –se dijo Benjamín–. Seguramente me toca a mí cumplir las órdenes del capitán.»

En consecuencia, levó anclas él solo e izó las velas lo mejor que pudo y el barco zarpó hacia el azul infinito.

–¿Adónde nos dirigimos, compañero? –preguntó Benjamín a un marinero que colgaba por la parte exterior de la borda, tratando de pintar el barco con un nabo y un bote de limonada.

–¡A saber! –exclamó el otro–. ¡Esto es la nave de los locos!

«El capitán lo sabrá», decidió Benjamín, así que subió al puente de mando, donde el capitán se había colocado haciendo el pino ante el timón y trataba de gobernarlo con los pies.

«Estoy casi seguro de que el timón no se lleva así –se dijo Benjamín–, pero, claro, ¿qué sé yo? Sólo soy un grumetillo que se ha hecho a la mar por primera vez.» Sin embargo, le parecía evidente que el capitán no veía adónde iba, pues los pantalones seguían tapándole los ojos. ¡En realidad, en aquel preciso instante la nave se dirigía derechita hacia un faro! Por consiguiente, Benjamín agarró el timón y preguntó:

–¿Qué rumbo llevamos, patrón?

–Jorfe jorfuefe –repuso el capitán.

–¡Norte noroeste, pues, mi capitán! –gritó Benjamín, y gobernó el timón para esquivar el faro y dirigirse hacia mar abierto.

No habían navegado mucho cuando empezó a levantarse una tormenta.

–¿Le parece que recoja el penol y arrice las velas, capitán? –chilló Benjamín, pero el patrón estaba demasiado ocupado tratando de mantener el equilibrio de su juego de canicas a pesar de lo mucho que se balanceaba el barco.

El viento empezó a soplar con fuerza y el mar se enfureció.

«Mejor que sí», se dijo Benjamín, y empezó a recorrer el barco para prepararlo todo para la tormenta que se avecinaba. Mientras trabajaba, los demás miembros de la tripulación le hacía muecas y gestos, pero sin dejar cada uno la actividad que le ocupaba. Había uno que se había colgado del palo mayor por el pelo y trataba de tocar el violín con una cuchara. Otro se pintaba la nariz con el barniz del barco y un tercero trataba de estirarse las orejas atándolas al cabrestante para luego saltar por la borda.

–Bueno... ¡Jamás habría dicho que ésta fuera forma de llevar un barco! –comentó Benjamín–. Supongo que vosotros sois lobos de mar y yo apenas

estoy aprendiendo. Aun así, no tenía ni idea de que el grumete debía hacerlo todo. En fin, mejor que siga con mis tareas.

Y así siguió haciendo lo que le pareció más oportuno, mientras el resto de la tripulación continuaba dedicándole muecas y gestos varios.

La tormenta fue cobrando fuerza y al poco grandes olas azotaban ya la cubierta mientras la nave se tambaleaba y se bamboleaba. Benjamín iba corriendo de un lado a otro para llevar a todo el mundo bajo cubierta y poder así cerrar las escotillas, pero en cuanto conseguía que un marinero bajara veía a otro que salía por otro lado.

Mientras, el barco no dejaba de tambalearse y al poco empezó a entrar agua.

–¡Capitán! ¡Debemos meter a los hombres bajo cubierta y cerrar las escotillas mientras aguantamos el empaque de la tormenta! –vociferó Benjamín.

Sin embargo, el capitán había decidido ponerse a cenar en el castillo de proa y estaba demasiado ocupado (tratando de evitar que el agua alcanzara las costillas de cordero con merengue) para escuchar a Benjamín.

Mientras, iba entrando más agua en el barco.

–¡Empieza a escorar! –gritó Benjamín–. La bodega se llena de agua.

–No pasa nada –aseguró el contramaestre, que había dejado de bailar, aunque seguía desnudo y bañado en zumo de zanahoria, y alzando un gran pedazo de madera gritó–: ¡Mira!

–¿Y eso qué es? –preguntó Benjamín.

–¡Es el tapón del barco! –contestó el contramaestre, orgulloso–. ¡Lo he quitado para que toda el agua se vaya por el agujero que hay en el fondo!

–¡Estás loco! –chilló Benjamín.

–Ya lo sé –contestó el otro con una mueca–. ¡Esto es la nave de los locos!

–Ahora seguro que nos hundimos –gritó Benjamín y, en efecto, el barco empezó a sumergirse–. ¡Al bote salvavidas!

Sin embargo, los locos se habían subido todos al mástil y colgaban de él jugando al juego de las castañas y al veo, veo.

Así pues, Benjamín tuvo que echar al mar el bote salvavidas él solo. Apenas lo había logrado cuando el barco empezó a desaparecer bajo las aguas. Luego tuvo que dar vueltas remando por aquellas aguas encrespadas e ir pescando uno a uno a los locos miembros de la tripulación.

–¡Veo, veo una cosita que empieza por... M! –gritaba el primer oficial de a bordo mientras Benjamín tiraba de él para subirle al bote.

–El mar –respondió el pobre Benjamín cansinamente antes de remar hacia el siguiente loco.

Cuando cayó la noche, había logrado subir al capitán, al contramaestre, al primer oficial y a todos los demás marineros locos al pequeño bote salvavidas, pero no se estaban quietos y no dejaban de gritar, reír y caerse de vez en cuando por la borda, así que Benjamín tuvo que hacer un gran esfuerzo para no perder a nadie.

Al amanecer, la tormenta ya había amainado y Benjamín estaba agotado, pero había logrado salvar a todo el mundo. Uno de los locos, sin embargo, había echado todos los remos por la borda mientras él no miraba, así que no podían poner rumbo a ningún sitio. ¡Y encima el primer oficial tenía tanta hambre que se había puesto a comerse el bote!

–¡La madera no se come! –gritó Benjamín.

–Sí que se come... si uno está lo bastante loco –aseguró el primer oficial.

–¡Pero, si te comes el bote, nos ahogaremos todos!

–Qué pena que no tengamos sal y pimienta a mano –se quejó el capitán, que también había empezado a pegarle mordisquitos al bote.

–¡Pero si ya está bastante saladito! –comentó el contramaestre, que le había hincado el diente al timón.

–¡Qué asco! –exclamó el jefe de subalternos–. ¡Si está crudo! ¿Cómo se os ocurre comeros un bote salvavidas crudo?

Pues se les había ocurrido.

A las doce de la mañana ya habían logrado comerse prácticamente el bote entero y Benjamín lo había dado todo por perdido, cuando, aliviadísimo, vio tierra en el horizonte.

–¡Tierra a la vista! –clamó, y trató de que los locos remaran con las manos para dirigirse hacia allí, pero les habían entrado náuseas por toda la madera que acababan de comerse, así que Benjamín partió el último tablón y lo utilizó para remar hasta la orilla.

Por fin tomaron tierra y, mientras todos los locos se ponían a llenarse los pantalones de arena y a darse cabezazos contra las piedras, el joven Benjamín empezó a buscar comida. No había buscado mucho cuando, de repente, un hombre con una lanza le impidió el paso.

Benjamín decidió indicarle con gestos que no quería hacerle daño, que había naufragado y que todos sus compañeros de tripulación estaban sumamente alterados. Una vez el hombre lo hubo comprendido, se mostró muy atento y le ofreció comida y bebida, pero, nada más regresar los dos hasta donde estaban los marineros locos, éstos se pusieron a dar saltos, a hacer muecas extrañas y a tratar de espantar al extraño.

—¡Deteneos! —gritaba Benjamín—. ¡Está dispuesto a ayudarnos!

No obstante, la tripulación de locos ya se había abalanzado sobre el pobre hombre y había comenzado a darle una buena paliza, hasta que al final salió huyendo hacia su aldea para buscar refuerzos con los que contraatacar.

—¡Ahora no podemos quedarnos aquí! —chilló Benjamín—. ¡Estáis todos locos!

—¡Pues claro! —gritó el capitán—. ¡Seguimos siendo la nave de los locos!

En fin, no sé cómo llegó a suceder lo que pasó a continuación ni lo que habría sido de Benjamín en caso contrario, pero lo cierto es que sucedió. Las cosas fueron así.

El joven Benjamín estaba preguntándose qué diantres iba a hacer cuando apareció una vela en el horizonte, pero, antes de que pudiera gritar: «¡Barco a la vista!», se volvió y vio que se acercaban los refuerzos de la aldea armados con lanzas, arcos y flechas, mientras la tripulación estaba concentrada en enterrar al contramaestre en la arena cabeza abajo.

Por fin Benjamín hizo un gesto de negación con la cabeza y se dijo: «Bueno, desde luego me habéis enseñado una cosa: ¡no hay que perder el tiempo con aquellos que se ve que no están bien de la cabeza, da igual quiénes sean, si capitanes, contramaestres o primeros oficiales!».

Ni corto ni perezoso, Benjamín se echó de cabeza al mar y se fue a nado hasta el barco, abandonando a su suerte a la tripulación de la nave de los locos.

Un dragón en el tejado

Hace ya mucho tiempo, en una zona remota de China, apareció un dragón que bajó volando de las montañas y se acomodó en el tejado de la casa de un rico mercader.

Tanto el mercader como su esposa, su familia y sus sirvientes se quedaron, por descontado, asustados hasta decir basta. Al mirar por las ventanas veían las sombras de las alas del dragón, que se extendían sobre el terreno de la casa, y al mirar hacia arriba veían por el techo sus enormes garras amarillas clavadas en el tejado.

–¿Qué vamos a hacer? –gritó la esposa del mercader.

–A lo mejor por la mañana ya se ha ido –aventuró él–. Vámonos a la cama y a ver si hay suerte.

Así pues, se fueron todos a la cama y se quedaron despiertos, tiritando de miedo. Nadie pegó ojo en toda la noche, estaban todos escuchando el ruido de las gruesas alas del dragón al batir contra los muros que quedaban tras las camas y el restregar de su vientre de escamas contra las tejas que tenían sobre sus cabezas.

Al día siguiente, el dragón seguía allí, calentándose la cola en la chimenea, y ninguno de los habitantes de la casa se atrevió a sacar ni un dedo al exterior.

–¡No podemos seguir así! –afirmó la esposa del mercader–. A veces los dragones se quedan durante mil años.

Una vez más el mercader, su familia y sus sirvientes esperaron a que cayera la noche, pero en esta ocasión para salir con todo el sigilo posible de la casa. Oían al dragón roncar por encima de sus cabezas y notaban la brisa caliente de su aliento contra el cuello al cruzar los jardines de punti-llas. Cuando habían recorrido ya la mitad del camino, se asustaron todos tan-to que de repente echaron a correr. Salieron a toda prisa de los jardines y siguieron y siguieron, sin detenerse hasta llegar a la gran ciudad, donde vivía el rey de aquella región de China.

Al día siguiente, el mercader acudió al palacio del rey. A las puertas había una enorme multitud de mendigos, pobres y niños harapientos, y el mer-cader tuvo que abrirse paso a la fuerza.

–¿Qué quiere? –preguntó el guardia de palacio.

–Deseo ver al rey –expuso el mercader.

–¡Fuera de aquí! –replicó el guardia.

–¡No busco caridad! –aclaró el mercader–. Soy rico.

–Ah, entonces pase.

De ese modo entró el mercader en palacio y se encontró al rey jugan-do al diábolo con el alto canciller de palacio en la Cámara del Consejo. El mercader se tiró al suelo a los pies del rey y suplicó:

–¡Oh, altísimo monarca, favorito de vuestro pueblo, ayudadme! El Dragón de Jade ha bajado volando de la Montaña Nevada del Dragón de Jade y se ha acomodado en mi tejado, oh, gobernante más querido de toda China.

El rey (que, en realidad, no contaba con el favor de su pueblo) detuvo durante un instante la partida y miró al mercader para decir:

–Tu sombrero no es que me entusiasme.

Por supuesto, el mercader lo tiró por la ventana de inmediato.

–¡Oh, monarca apreciado por todos tus súbditos –insistió el mercader– y amado por el mundo entero, ayudadnos por favor a mi desdichada fami-lia y a mí! El Dragón de Jade ha bajado volando de la Montaña Nevada del Dragón de Jade, se encuentra en este mismo instante aposentado en mi teja-do y se niega a marcharse.

El rey se volvió de nuevo y echó un vistazo al mercader.

–Tus pantalones tampoco es que me vuelvan loco –añadió.

Naturalmente, el mercader se los quitó y los tiró por la ventana.

–Ya puestos, no es que apruebe nada de lo llevas puesto –sentenció el rey.

Por descontado, el mercader se quitó la ropa que aún llevaba y se que-dó allí en cueros ante el rey, muerto de vergüenza.

–Venga, tíralo todo por la ventana –ordenó el monarca.

Indudablemente, el mercader lo tiró todo por la ventana y en ese momento el rey prorrumpió en una carcajada de lo más desagradable.

–¡Si Dios te trajo al mundo así, muy buen gusto no tenía! –berreó, y se tiró por los suelos sin poder aguantarse la risa (ya se ve por qué no contaba con el favor de su pueblo). Por fin, recuperó la compostura y preguntó–: A ver, ¿qué es lo que quieres? No puedes quedarte ahí plantado en cueros, no sé si me entiendes.

–¡Majestad –contestó el mercader–, el Dragón de Jade ha bajado volando de la Montaña Nevada del Dragón de Jade y se ha instalado en mi tejado!

El rey no puso muy buena cara al escuchar eso, puesto que a nadie le gustaba especialmente tener un dragón en su reino.

–¿Y bien? ¿Qué pretendes que haga yo? –replicó–. ¿Quieres que vaya y le lea un cuento antes de acostarse?

–¡No, en absoluto, apreciadísimo señor, admirado adalid de vuestro pueblo, nadie pretendería que leyerais cuentos a un dragón! Lo que esperaba de vos es que quizá encontraseis alguna forma de... librarnos de él.

–¿Se trata de un dragón grande? –quiso saber el rey.

–Pues sí. Muy grande.

–Eso me temía yo. ¿Y habéis probado a preguntarle, así, con educación, si le importaría mucho irse por voluntad propia?

–Fue lo primero que hicimos –recordó el mercader.

–Bueno, pues, en ese caso –contestó el rey–, ¡qué mala pata!

En aquel preciso instante se oyó un gran estrépito procedente del exterior de palacio.

–¡Ah! ¡Ahí está! –gritó el rey, subiéndose a una silla de un salto–. ¡El dragón ha venido a buscarnos!

–No, no, no –aseguró el alto canciller de palacio–, no se trata de nada preocupante. Son sólo los pobres de vuestro reino, que refunfuñan ahí fuera porque no tienen nada que llevarse a la boca.

–¡Serán desgraciados! –exclamó el monarca–. Que los azoten a todos y los manden a sus casas.

–Esto... Es que muchos no tienen ni casa –replicó el canciller.

–Pues entonces, evidentemente, que los azoten y punto –se corrigió el rey–, y luego que los manden a otro sitio a refunfuñar.

En aquel momento se oyó un fragor aún mayor procedente de las puertas de palacio.

–¡Ése sí que es el dragón! –exclamó el rey, que fue a esconderse en un armario.

–No –respondió el canciller–, se trata del resto de vuestros súbditos, que exigen vuestra inmediata renuncia.

El rey fue entonces a sentarse en su trono y se echó a llorar.

–¿Por qué no me quiere nadie? –gimoteó.

–Esto... ¿Puedo ir a ponerme algo de ropa? –solicitó el mercader.

–¡Ah! ¡Venga, salta por la ventana! –replicó el rey.

Pues bien, el mercader se disponía ya a saltar por la ventana (puesto que, por aquel entonces, si un rey te ordenaba que hicieras algo lo hacías sin rechistar) cuando el alto canciller de palacio le detuvo, se volvió hacia el soberano y susurró:

–¡Majestad, es posible que el dragón de este sujeto sea justo lo que necesitáis!

–Ay, no digas sandeces –soltó el rey–. Nadie necesita un dragón.

–Al contrario, vos necesitáis uno ahora mismo. No hay nada para la popularidad de un rey entre su pueblo como una buena expulsión de dragón.

–¡Tienes razón! –exclamó el monarca.

Así pues, en aquel mismo instante envió a buscar al matadragones más famoso de toda China e hizo saber que un terrible dragón había bajado volando de la Montaña Nevada del Dragón de Jade y amenazaba su reino.

Naturalmente, todos los reunidos ante el palacio se olvidaron de inmediato de si pasaban hambre o si estaban descontentos y salieron corriendo para esconderse en rincones oscuros por miedo al dragón.

Algunos días más tarde llegó el matadragones más famoso de toda China y el rey ordenó que se celebrara un fabuloso banquete en su honor, pero el matadragones repuso:

–No como nunca ni un bocado y no bebo nunca ni una gota hasta haber visto a mi dragón y saber qué me corresponde hacer.

Por consiguiente, el mercader acompañó al matadragones a su casa, donde se subieron a un albaricoquero para observar ocultos a la criatura.

–¿Qué, qué le parece? –preguntó el mercader, pero el matadragones no dijo ni palabra, así que insistió–: Es grande, ¿verdad?

Sin embargo, el matadragones permanecía en silencio, sentado allí en una rama del albaricoquero, observando al dragón.

–¿Cómo va a matarlo? –preguntó el mercader con impaciencia.

Una vez más el matadragones no respondió. Se limitó a bajar del árbol y regresar a palacio, donde pidió un plato de anguilas con menta y se bebió una copa de vino.

Cuando hubo terminado, el rey le miró con impaciencia y preguntó:

–¿Y bien? ¿Qué piensas hacer?

–Nada –contestó el matadragones limpiándose la boca.

–¿Nada? –se sorprendió su majestad–. ¿Acaso el dragón es tan grande que le da miedo?

–He matado a otros mayores –replicó el matadragones mientras se frotaba el pecho.

–¿Acaso es tan fiero que temes que acabe contigo? –gritó el rey.

–He acabado con cientos más fieros –bostezó el matadragones.

–¿Entonces es que tiene el aliento demasiado caliente? –preguntó el monarca–. ¿O las garras demasiado afiladas? ¿O las mandíbulas demasiado prominentes? ¿O qué?

El matadragones se limitó a cerrar los ojos y decir:

–Como yo, está viejo y cansado. Ha bajado de las montañas para morir en el este. Sencillamente, se ha acomodado en ese tejado para descansar. No le hará daño a nadie y dentro de una semana, más o menos, se marchará al lugar adonde van a morir los dragones.

A continuación, el matadragones se envolvió en la capa y se fue a echar una siestecita junto al fuego, pero el rey se había puesto furioso.

–¡Esto es intolerable! –suspiró al oído del alto canciller de palacio–. Si dejo al dragón aposentado en el tejado de ese hombre la gente no va a cogerme cariño precisamente. ¡Hay que matarlo!

–Estoy de acuerdo –contestó el canciller–. No hay nada como una buena matanza de dragón para ganarse el favor del pueblo.

Así pues, el rey mandó a buscar al segundo matadragones más famoso de toda China y le ordenó:

–¡Escucha! ¡Quiero que mates a ese dragón y no pienso pagarte si no lo haces!

Así pues, el segundo matadragones más famoso de toda China se dirigió a la casa del mercader y se ocultó en lo alto del albaricoquero para observar a la criatura. Luego regresó a palacio, pidió un plato de cerdo con judías, se bebió una jarra de vino y le dijo al rey:

–Lo de matar dragones tiene sus consecuencias. El fuego que les sale por la nariz quema el campo y su sangre envenena la tierra de modo que no crece nada durante cien años. Además, cuando los abres en canal el humo de sus tripas cubre el cielo y oculta el sol.

–Quiero ver muerto a ese dragón, me da igual que tenga consecuencias –contestó el monarca.

No obstante, el segundo matadragones más famoso de toda China repuso:

–A éste mejor dejarlo en paz. Está viejo y va camino del este para morir.

Al escuchar esas palabras, el rey dio una patada contra el suelo y envió a buscar al tercer matadragones más famoso de toda China, al que ordenó:

–¡Mátame a ese dragón!

Resultó que el tercer matadragones más famoso de toda China era también el más astuto, de modo que se dio cuenta de por qué el rey tenía tantas ganas de ver muerto al dragón. También era consciente de que, si acababa con la criatura, se convertiría en el primer matadragones de toda China, en lugar de seguir siendo el tercero, así que respondió:

–Nada más fácil, majestad. Ahora mismo me voy a matar al dragón.

Se dirigió, pues, a casa del mercader, se subió al albaricoquero y observó al dragón. Se dio cuenta de que estaba viejo y cansado de la vida, por lo que se alegró de su buena suerte. Sin embargo, pidió al rey que anunciara en la plaza del mercado que se trataba de un dragón joven, fiero y muy peligroso y que todo el mundo debía quitarse de en medio hasta que hubiera terminado la batalla.

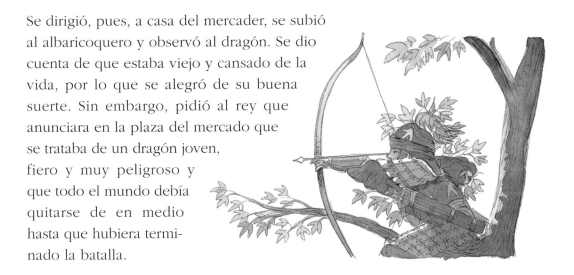

Al escuchar eso, naturalmente, la gente se asustó aún más y regresó corriendo a sus escondites, cerró las ventanas y echó los pestillos.

Luego el matadragones gritó desde lo alto del albaricoquero:

—¡Despierta, Dragón de Jade, que he venido a matarte!

El Dragón de Jade abrió un ojo sin mucho afán y replicó:

—Déjame en paz, matadragones. Estoy viejo y cansado de la vida. He bajado de la Montaña Nevada del Dragón de Jade para morir en el este, ¿por qué ibas a matarme?

—¡Basta ya! —gritó el matadragones—. Si no quieres que te mate, vete volando de aquí y no regreses jamás.

El Dragón de Jade abrió el otro ojo, también sin mucho afán, y miró al matadragones.

—Matadragones, ya sabes que estoy demasiado cansado para seguir volando. Me he acomodado aquí para descansar. No voy a hacer daño a nadie. Déjame en paz.

El matadragones no contestó, sacó el arco y dos flechas y disparó la primera, que fue a clavarse en el ojo derecho del Dragón de Jade. La envejecida criatura rugió de dolor y trató de incorporarse, pero estaba demasiado vieja y débil y se derrumbó de nuevo sobre el tejado de la casa, con lo que aplastó una de las paredes debido a su peso.

Entonces el matadragones disparó la segunda flecha, que se clavó en el ojo izquierdo del Dragón de Jade, por lo que la envejecida criatura rugió de nuevo y una lengua de fuego surgió de su nariz e incendió el albaricoquero.

Sin embargo, el matadragones ya había bajado de un salto del árbol y se había encaramado a la espalda de la bestia cegada, que trataba de ponerse en pie sin dejar de echar fuego por la nariz, con lo que incendiaba el campo que había a su alrededor.

La criatura agitó sus gruesas y viejas alas en un intento de alzar el vuelo, pero el matadragones, que se le había colgado de las púas de la espalda, le clavó la espada en el costado. El dragón de jade aulló, sus garras arrancaron el tejado de la casa del mercader y cayó de lado contra el suelo. Su sangre manó a borbotones, y allí donde tocó la tierra las plantas ennegrecieron y se marchitaron.

A continuación el matadragones sacó su larga espada y abrió en canal al viejo dragón, de cuyo vientre surgió una nube negra que subió hacia los cielos y ocultó el sol.

Cuando la gente sacó la cabeza de sus escondites todo el mundo se creyó que había caído la noche, pues el cielo estaba negro como el carbón. Por toda la ciudad se veía el incendio del campo y el aire apestaba a la sangre del dragón. A pesar de todo, el rey ordenó que se celebrara un gran banquete en palacio aquella misma noche y pagó al matadragones la mitad del dinero de sus arcas.

Cuando los ciudadanos se enteraron de que habían matado al dragón, gritaron y aplaudieron con entusiasmo y alabaron al rey, ya que los había salvado de la bestia.

El mercader, su esposa y sus hijos regresaron a casa, pero se la encontraron convertida en un montón de escombros. Además, sus preciosos jardines y sus tierras estaban quemados e irrecuperables.

A todo esto, el sol no volvió a brillar en aquel reino durante todo el verano, debido al humo del vientre de la criatura. Y, lo que es peor, nada creció en aquellas tierras durante cien años, pues estaban envenenadas por la sangre del Dragón de Jade.

Lo más extraño de todo fue que, aunque la gente se había quedado más empobrecida que nunca, apenas tenían para comer y no veían el sol, cada vez que el rey salía gritaban y aplaudían con entusiasmo y le llamaban «el rey Chong, el matadragones», y desde aquel día fue el gobernante más querido de toda China, alabado durante el resto de su reinado y durante muchos años más.

Por otro lado, el tercer matadragones más famoso de toda China se convirtió en el primero y la gente nunca se cansó de contar una y mil veces la historia de su espantosa lucha contra el Dragón de Jade de la Montaña Nevada del Dragón de Jade.

¿Qué os parece?

La estrella del corral

É RASE QUE SE ERA UN PERRO que ejecutaba unos trucos impresionantes. Hacía el pino apoyándose con la cabeza y ladraba canciones perrunas mientras practicaba juegos malabares con ocho pelotas en las patas traseras y tocaba el violín con las delanteras. Y eso era sólo uno de tantos trucos.

Otro de ellos era el siguiente: se mordía la cola y luego daba vueltas como una noria por el corral, sosteniendo en equilibrio sobre las patas dos largos palos a los que había subido a Daisy la vaca y al viejo Lob, el caballo de tiro; todo eso mientras, al mismo tiempo, contaba chistes para morirse de risa que iba inventándose sobre la marcha.

Un día Carlomagno el gallo le dijo a Estanislao, que así se llamaba el perro:

—Estanis, estás muy desaprovechado aquí en el corral, con ese talento que tú tienes. Deberías irte a la gran ciudad y apuntarte a un circo.

—Puede que tengas razón, Carlomagno —respondió Estanis.

Así pues, una soleada mañana de primavera Estanis el perro y Carlomagno el gallo emprendieron camino a la gran ciudad en busca de mejor fortuna.

No habían avanzado demasiado cuando se encontraron con una feria en la que había gente que vendía todo lo imaginable y más. Había también un tablado en el que actuaba una banda ambulante. Carlomagno el gallo se acercó a su director y le dijo:

—Mire, buen hombre, ha tenido usted una suerte impresionante, ¿sabe?, porque tiene ante usted al mejor malabarista, acróbata, ventrílocuo y cómico de toda la historia de nuestro corral, o de cualquier otro, vamos, es

decir, a un pedazo de artista integral como la copa de un pino... ¡Estanislao el perro!

En ese momento, Estanis, que hasta entonces había estado mirándose las patas con aire modesto, hizo una reverencia.

—¿Es que no sabe leer? —se quejó el director de la banda—. ¡«No se admiten perros»!

Sin más miramientos, echaron a patadas a Carlomagno el gallo y a Estanislao el perro.

—¡Pero, bueno! —exclamó Carlomagno mientras se incorporaba y se sacudía el polvo del camino de las plumas—. En fin, tienes demasiado nivel para irte con una banda ambulante.

Estanislao salió de la zanja con gesto cansino. Estaba cubierto de barro y miraba a su amigo con cara de pocos amigos.

—Estoy cansado —aseguró—, quiero irme a casa con mi amo.

—¡Anímate, amigo! —le alentó Carlomagno el gallo—. Nos vamos a la gran ciudad, donde hay señoras y señores muy elegantes a los que les sobran los diamantes, donde los duques y los condes se engalanan con rubíes y esmeraldas y donde las calles están cubiertas de oro. Con tu talento, arrasarás. ¡Haremos fortuna, chaval!

Así pues, el gallo y el perro echaron a andar una vez más por el polvoriento camino que llevaba a la gran ciudad.

Al cabo de un rato pasaron junto a un circo. Carlomagno se acercó muy gallito hasta el maestro de ceremonias, que estaba enseñando a los leones a ponerse de pie sobre las patas traseras y saltar por un aro.

—¡Pero, venga, buen hombre! —le dijo—. ¡Ya no tiene que molestarse usted con estas payasadas! Permítame presentarle a un acróbata y volatinero superlativo que no sólo se pone de pie sobre las patas traseras, sino que sabe saltar por cincuenta aros como ése... de espaldas y haciendo equilibrios con uno de sus leones encaramado al morro... y todo ello subido a la cuerda floja... ¡y sin red!

—Es que yo sólo hago trucos con leones —explicó el maestro de ceremonias.

—¡Pero Estanislao el perro tiene más talento en la pata trasera derecha que todos sus leones juntos!

–¡Son los mejores leones del mundillo! –exclamó el maestro de ceremonias–. Y son capaces de zamparse a su perro y a usted para merendar sin inmutarse. ¡En realidad, ahora mismito me toca darles de comer!

Y con esas palabras extendió el brazo para agarrar a Carlomagno el gallo, pero Estanis el perro se percató de lo que sucedía y le dio un mordisco en el tobillo.

–¡Corre, Carlomagno! –gritó.

El gallo salió pitando como alma que lleva el diablo mientras el perro se dedicaba a morder tobillos aquí y allá, pues el circo en pleno se había puesto a perseguirlos.

–¡Socorro! –graznaba Carlomagno, ya que la gente del circo se acercaba más y más y veía pasar manos que trataban de agarrarle por el pescuezo.

Sin embargo, Estanis se coló por entre las piernas de todos y les puso la zancadilla.

–¡Súbete a mi espalda! –ordenó luego a su amigo–. ¡Yo corro cuatro veces más deprisa que estos payasos!

Y así escaparon, con Carlomagno el gallo encaramado a lomos de Estanis el perro.

Aquella noche durmieron bajo un seto. Carlomagno estaba nerviosísimo, pero Estanis se acurrucó en torno a su amigo para protegerle, aunque tampoco él estaba muy contento.

–Tengo hambre –murmuró– y quiero irme a casa con mi amo.

–Anímate, que mañana llegaremos a la gran ciudad, donde apreciarán tu talento. Olvídate de estos palurdos. Tú hazme caso, que la fama y la fortuna te esperan a la vuelta de la...

Pero su amigo ya estaba profundamente dormido.

Bien, al día siguiente llegaron a la gran ciudad y al principio se quedaron sobrecogidos por el ruido y la algarabía. En más de una ocasión tuvieron que saltar a la cuneta para esquivar un carro o un carruaje y una vez acabaron empapados los dos cuando alguien vació un orinal desde una ventana y les cayó todo encima.

–Ay, cómo echo de menos el corral –se quejó Estanis el perro–, y además aquí nadie quiere saber nada de nosotros.

–¡Alegra esa cara! –le animó Carlomagno–. ¡Estamos a punto de dar un paso de gigante! ¡Vamos a llegar directamente a la cima!

Y dicho eso llamó a la puerta del palacio de arzobispo, que resultó que en ese preciso instante estaba en el pasillo a punto de salir a la calle, de modo que, al abrir el criado, vio al gallo y al perro plantados en el umbral.

–Monseñor –saludó Carlomagno, haciendo una reverencia al criado–, permitidme que os presente al mayor prodigio de todos los tiempos, ¡Estanislao el perro! ¡Realiza trucos que a vos o a mí nos parecerían imposibles! Se trata, en efecto, de milagros de...

–¡Fuera de aquí! –le gritó el criado, que durante un instante no había sido capaz de articular palabra de lo pasmado que se había quedado.

Empezó a cerrar la puerta, pero, de repente, Carlomagno el gallo perdió los estribos.

–¡ESCUCHADME! –berreó mientras volaba hasta el criado con los espolones por delante. El pobre sirviente se sorprendió tanto que se cayó de espaldas, y Carlomagno el gallo aterrizó en su pecho chillando–: ¡ESTE PERRO ES UN GENIO! ¡NO SE HA VISTO NADA IGUAL FUERA DE NUESTRO CORRAL! ¡SÓLO OS PIDO UNA OPORTUNIDAD PARA DEMOSTRÁROSLO!

Mientras, Estanis el perro, que había entrado en el pasillo a hurtadillas y bastante nervioso, empezó a ejecutar el truco en el que botaba sobre la cola mientras hacía juegos malabares con unos valiosos adornos de porcelana (que había sacado de un aparador a su paso) y ladraba un tema perruno muy conocido que siempre tenía una acogida especialmente buena entre los cerdos.

–¡Mi porcelana! –exclamó el arzobispo–. ¡Detenedlo de inmediato!

En ese momento, varios de sus criados se lanzaron sobre Estanis el perro, pero éste se apartó botando con gran maestría, agarró la mitra del arzobispo y se supo a hacer equilibrios con un preciado jarrón Ming colocado sobre las puntas.

–¿A que es un genio? –intervino Carlomagno el gallo.

–¡Agarradlo! –chilló el arzobispo, y los criados le atraparon.

–¡Pero miren al perro! –graznaba el gallo–. ¿No ven lo fantástico que es? ¿Conocen a alguien más que sea capaz de hacer malabarismos como ésos?

En esto que todos los mayordomos, las camareras, los pinches y los jardineros, que habían oído el griterío, salieron en tropel al pasillo del arzobispo. Se quedaron quietos un momento, horrorizados, al ver al perro ladrar, botar sobre la cola y, al mismo tiempo, hacer malabarismos con las piezas más valiosas de la costosa colección de porcelana de monseñor.

–¡Detenedlo! –seguía gritando el arzobispo, y sin más todo el mundo se abalanzó sobre el pobre Estanis, que desapareció bajo un montón de brazos y piernas que no dejaban de agitarse. Como consecuencia, por descontado, toda la mejor porcelana del arzobispo cayó al suelo con gran estrépito y quedó hecha añicos.

–¡Miren ahora lo que han hecho! –bramó Carlomagno.

–¿Qué? ¿Lo que hemos hecho nosotros? –se sorprendió monseñor–. ¡Escuchadme bien! Estáis los dos asquerosos, tenéis pinta de haber dormido debajo de un seto, apestáis a orinal y os atrevéis a irrumpir en mi palacio y destrozarme la porcelana, pues muy bien, ¡váis a pagar por ello! ¡Echadlos a mis mazmorras más oscuras!

Los criados estaban ya a punto de cumplir sus órdenes cuando, de repente, se escuchó una voz procedente de las alturas.

–Que se calle todo el mundo –decretó, y todos los presentes se quedaron paralizados–. ¿Es que no sabéis quién os habla? ¡Arzobispo, qué vergüenza! ¡Os habla la voz de Dios!

Monseñor se tiró de rodillas al suelo y musitó una plegaria. Todo el mundo le imitó.

–¡Mucho mejor! –aseguró la voz de Dios–. Ahora, soltad a Estanis el perro, que no quería hacer daño.

Le liberaron.

–Y, a continuación –prosiguió la voz de Dios–, soltad también a Carlomagno el gallo.

Del mismo modo le liberaron.

–Ahora cerrad los ojos y esperad a que os diga que podéis volver a abrirlos –concluyó la voz de Dios.

En consecuencia, todos cerraron los ojos y Estanis el perro y Carlomagno el gallo salieron pitando del palacio del arzobispo. No tengo ni idea de cuánto tiempo se pasaron allí de rodillas el arzobispo y sus criados con los ojos cerrados, pero de lo que estoy seguro es de que la voz de Dios jamás les ordenó que los abrieran, pues, por supuesto, no se trataba de la voz de Dios, sino de la de Estanis el perro.

–Si es lo que yo digo, que eres un genio –decía Carlomagno mientras corrían por la calle–. ¡Casi me olvido de que también eres ventrílocuo!

–Por suerte para los dos –replicó Estanis–, pero una cosa te digo, Carlomagno: ya sé que tengo talento, que soy así, pero prefiero demostrarlo donde se me valore, y no donde nos sirva para meternos en líos.

–Puede que tengas razón, Estanislao –contestó el otro.

De ese modo, los dos amigos regresaron al corral y Estanislao el perro siguió realizando sus impresionantes trucos para distraer a los demás animales, que siempre se quedaban encantados con él.

Así, aunque Carlomagno de uvas a peras graznaba un poco por las noches, diciendo que menudo desperdicio de talento, lo cierto es que Estanis el perro se quedó donde siempre, feliz de ser la estrella del corral.

El espejo que todo lo mejoraba

ABÍA UNA VEZ UN ENCANTADOR que fabricó un espejo mágico en el que todo se veía mejor de lo que era en realidad. Así, los hombres feos aparecían atractivos y las mujeres poco agraciadas se veían guapas.

«Daré la felicidad a mucha gente con este espejo», se dijo el encantador, y se fue a la capital, donde anunció su invento al público. Por descontado, todo el mundo mostró mucha curiosidad por verse más guapo de lo que era, así que se formaron colas para ver el espejo mágico que todo lo mejoraba.

El encantador se frotó las manos y se dijo: «No sólo haré feliz a la gente, sino que además amasaré una fortuna», pero antes de que pudiera enseñar el espejito a una sola persona sucedió algo calamitoso.

Resultó que el rey de aquel país tenía por esposa a una mujer malhumorada, egoísta y cruel. El monarca soportaba, no obstante, todos los defectos de su carácter porque era muy, muy hermosa. También era de lo más presumida. En fin, cuando la reina oyó hablar del espejo que todo lo mejoraba decidió que tenía que echar mano de él antes que nadie.

–Pero, cariño –argumentó el rey–, sabes que eres ya la dama más hermosa del reino, y yo lo sé muy bien porque busqué por todas partes y no hallé a nadie cuya belleza superase la tuya. Por eso me casé contigo.

–Tengo que ver lo muchísimo más bella que puedo estar en ese espejo mágico –replicó la reina, que no se conformaba con nada que no fuera ser la primera en verse en el espejo que todo lo mejoraba.

Así pues, el rey envió a buscar al encantador con instrucciones estrictas de que no enseñara el espejo a nadie hasta haberle hecho una demostración a la reina Pavona.

En esto que el encantador entró en el salón de audiencias con el corazón en un puño.

—¡Majestad! —saludó con una reverencia—. La vuestra es una belleza sin par en todo el reino. Nadie podría ser más bella que vos en este mismo instante. ¡Os ruego que no os miréis en mi espejito mágico!

Sin embargo, la reina no fue capaz de contener su impaciencia por verse en el espejo que todo lo mejoraba y ordenó:

—¡Mostrádmelo de inmediato! ¡Debo verme aún más bella de lo que soy en realidad!

—Permitidme apuntar, oh, mi reina, que he hecho el espejo para quienes no han sido tan afortunados con su aspecto, para darles esperanza al verse más atractivos.

—¡Mostrádmelo —gritó la reina Pavona— o haré que os ejecuten aquí y ahora!

El pobre encantador vio que no había nada que hacer y que no tenía más remedio que mostrarle el espejo mágico que todo lo mejoraba. Así pues, sacó la caja especial en la que lo guardaba a buen recaudo, aunque lo hizo a su pesar.

Cogió la llave, que se había atado a la cintura, y abrió el candado. Los cortesanos se agolparon a su alrededor, pero el rey les ordenó que se apartaran y el encantador acercó la caja al trono.

Entonces levantó la tapa y la reina estiró el cuello y vio el espejo mágico... tumbado boca abajo.

—Majestad —dijo el encantador—, temo que si os miráis en el espejo las consecuencias puedan ser funestas.

—¡Silencio! —ordenó la reina, y le arrebató el espejo y se lo llevó a la cara.

Durante unos instantes no dijo nada, no se movió y ni siquiera respiró. Se había quedado deslumbrada por el reflejo que veía. Si sus ojos eran oscuros y misteriosos, en el espejo se convirtieron en dos pozos de medianoche. Si sus pómulos eran puros y sonrosados, aparecieron como la nieve acariciada por el sol del amanecer. Si su rostro hacía gala de una buena estructura ósea, se transformó en algo tan perfecto que sería capaz de robar el alma de cualquiera que posara los ojos en él.

Durante lo que pareció una eternidad, la reina se regaló la vista con la imagen que tenía delante y todos los presentes en la corte aguardaron sin respirar.

–¿Y bien, cariño? –preguntó al cabo el rey–. ¿Qué ves?

Poco a poco, la reina regresó a la realidad y el encantador empezó a temblar y se tiró al suelo, a sus pies.

–¿Te vuelve más bella? –insistió el soberano.

De repente, la reina Pavona ocultó el espejo en la manga, lanzó una mirada por la corte y exclamó:

–¡Por supuesto que no! ¡Es un simple espejo normal y corriente! ¡Ordeno que echen a este charlatán a la mazmorra más oscura!

Y así se llevaron al pobre encantador a la mazmorra más oscura.

Mientras, el rey se volvió hacia su esposa y comentó:

–A lo mejor conmigo sí que funciona, puesto que no soy tan bien parecido como tú...

–¡Ya te digo que es un espejo normal y corriente! –chilló la reina–. Lo utilizaré en mis aposentos.

Y con esas palabras se dirigió a su habitación y ocultó el espejo mágico en su arcón.

Lo que había sucedido había sido que, en el momento en que se había mirado en el espejo mágico y se había visto más hermosa de lo que era en realidad, la reina Pavona había caído presa de los celos. No podía soportar la idea de que hubiera una belleza superior a la suya, ni aunque se tratase sólo de su propio reflejo. Por lo tanto, guardó el espejo bajo llave tras decidir que nadie debía mirarse en él nunca jamás.

No obstante, no lograba olvidar lo que había visto y, a pesar de la determinación que había tomado, se sentía atraída hacia el espejo y, de vez en cuando, lo sacaba y se miraba en él un ratito. No pasó mucho tiempo antes de que empezase a pasar horas y horas sola en sus aposentos, con los ojos clavados en el espejito, tratando de descubrir qué hacía que su reflejo fuera mucho más hermoso que ella.

Con el paso de las semanas, la reina Pavona empezó a tratar de parecerse a su reflejo en el espejo mágico, pero, por descontado, no sirvió de nada, pues, por muy guapa que se pusiera, la imagen del espejo siempre resultaba más bella que la realidad.

Cuanto más lo intentaba, más veces fallaba; cuantas más veces fallaba en su afán de ser tan bella como su reflejo del espejito mágico, más tiempo

pasaba a solas en su habitación, mirándose. Llegó un momento en el que apenas salía ya de sus aposentos, ni siquiera para comer, para bailar o para divertirse con el resto de la corte.

Mientras, el rey no hacía más que preocuparse por su esposa, pues ésta nunca le explicaba qué la retenía en su habitación de la mañana a la noche, y siempre que él entraba la soberana se encargaba de ocultar el espejo mágico.

Una noche, sin embargo, después de pasarse toda la jornada observando su reflejo en el funesto espejo, la reina se durmió con él aún agarrado, y al cabo de un rato el rey entró en sus aposentos para darle las buenas noches, pues tal era su costumbre.

El monarca ya había deducido hacía tiempo que el espejo mágico era la causa de la extraña conducta de su esposa y también sentía curiosidad por saber qué tenía de especial, de modo que, cuando se la encontró profundamente dormida en el sofá con él en la mano, no pudo resistirse. Lo levantó lentamente hasta la altura del rostro de la reina y miró en él para ver, por primera vez, el reflejo de su reina en el espejito mágico.

El soberano estaba convencido de que jamás encontraría a otra mujer más hermosa que la reina Pavona, pero en aquel cristal vio a alguien el triple de bella y soltó un grito como si le hubieran clavado un puñal en el corazón.

En ese momento se despertó la reina con un chillido de rabia y golpeó a su esposo el rey con el espejo con tanta fuerza que le tiró al suelo.

—¡Cómo te atreves a mirar en este espejo! —exclamó, con el gesto retorcido por la furia y, por supuesto, cuando el rey la miró y vio aquel rostro contraído por la cólera, le pareció que la reina Pavona era casi fea en comparación con su reflejo.

—¡Y tú cómo te atreves a pegarme! —exclamó él, a su vez, y salió de los aposentos de la reina a grandes zancadas, decidido a no soportar nunca más aquellos arrebatos de mal humor. A partir de aquel día, el monarca apenas le dirigió la palabra a su reina y ni siquiera le puso la vista encima, pero no lograba olvidar la visión de hermosura que se le había aparecido en el espejo.

Durante todo ese tiempo, el pobre encantador se había consumido en la mazmorra más oscura, sin dejar de arrepentirse un solo día de haber fabricado el espejo que todo lo mejoraba.

Entonces, de repente, cuando más hundido estaba, se abrió la puerta de su celda una mañana y entró el rey con paso decidido. El encantador se tiró a sus pies y rogó:

—¡Tened piedad, oh, majestad! ¿Habéis venido a liberarme? Sabéis que no he hecho nada malo.

—Bueno... Puede ser... —replicó el soberano—, pero si quieres salir de esta mazmorra vas a tener que hacer algo por mí.

—¡Todo lo que esté en mi mano!

—Estupendo. Quiero que cambies a la reina, mi esposa, por su reflejo en tu espejito mágico.

—Pero, majestad —exclamó el encantador—, ¡sería un acto de extrema crueldad para con vuestra esposa!

—Me trae sin cuidado. Estoy harto de su mal carácter, de su egoísmo y de su crueldad. Y ahora que he visto su reflejo (que es mucho más bello de lo que podría llegar a ser ella) ni siquiera me complace su aspecto. ¿Qué? ¿Puedes intercambiarla con el reflejo?

—¿Sería ésa la única forma de obtener la libertad?

–Si no lo consigues, te pudrirás aquí dentro, me da exactamente igual –replicó el rey.

–Entonces lo lograré –aseguró el encantador–, pero ambos sufriremos las consecuencias.

El rey liberó al encantador y le llevó hasta los aposentos de la reina, que, como de costumbre, estaba mirándose en el espejo mágico.

–¿Qué quieres? –gritó al ver entrar al rey.

–Te gustaría parecerte más a tu reflejo, ¿cariño? –preguntó el monarca–. ¡Pues a mí también me gustaría que fuera así!

Al escuchar esas palabras, el encantador lanzó por los aires un puñado de polvos mágicos que durante unos instantes llenaron la habitación, de modo que nadie vio nada. Luego, cuando ya empezaba a distinguirse algo, sucedió una cosa de lo más extraordinaria.

Hubo un fogonazo y un gemido y de repente el espejo salió volando... pero el reflejo de la reina no se movió de su sitio. Luego dio varias vueltas sobre sí mismo en el aire y por fin aterrizó sobre la propia soberana.

Y con eso se cumplió el deseo del rey.

A partir de aquel instante, el hermoso reflejo de la reina Pavona se convirtió en su esposa y la auténtica reina quedó atrapada por siempre en el espejo, pero, tal y como había predicho el encantador, el rey sufrió las consecuencias del cambio, pues, aunque se había convertido en su esposa, el reflejo de la reina no dejaba de ser un simple reflejo, de manera que, cuando él trataba de tocar su hermosa piel, se encontraba con que era fría como el cristal.

Es más, pronto descubrió que la reina reflejada no sólo era más hermosa que la auténtica, sino también más despiadada, más egoísta e incluso más malhumorada. Y muchas fueron las ocasiones en las que el rey deseó que el encantador revirtiera el cambio. Sin embargo, el mago hacía mucho que había abandonado el reino y vivía infeliz en el exilio, jurando que jamás fabricaría otro espejo mágico que pudiera exacerbar de tal forma la vanidad de quienes ya eran, de por sí, bastante vanidosos.

La sirena que sintió lástima de un marinero

Existió una vez una sirena que sentía lástima de los marineros que se ahogaban en el mar encrespado.

Sus hermanas se reían siempre que se hundía un barco y buceaban hasta el fondo para robar peines de plata y copas de oro de los restos del naufragio, pero Varina, la sirena en cuestión, lloraba en su cueva submarina, pensando en los hombres que habían perdido la vida.

–¿Qué demonios submarinos te pasa? –preguntaban sus hermanas–. Mientras nosotras nos dedicamos a recoger joyas y plata, tú te quedas aquí sentaba lloriqueando. ¡No es culpa nuestra que se vayan a pique sus barcos! Así es el mar. Además, estos marineros nos traen sin cuidado, hermana, pues no son de los nuestros.

–¿Y qué que no sean de los nuestros? –replicaba Varina la sirena–. Sus esperanzas siguen siendo esperanzas, sus vidas son vidas.

Ante eso, sus hermanas se reían y la salpicaban con las colas escamosas.

Un buen día un gran barco fue a chocar contra las rocas cercanas y empezó a hundirse. Todas las demás sirenas se quedaron sentadas en las rocas, donde habían estado cantando, pero Varina echó a nadar y dio vueltas y vueltas en torno al barco naufragado, llamando a los marineros por si había algún superviviente.

Vio al contramaestre sentado en su silla, pero se había ahogado al empezar a entrar agua en el barco. Vio al primer oficial en la cubierta de popa, pero también se había ahogado, pues había quedado atrapado por la jarcia. Vio al capitán, pero sin vida, con las manos en torno al timón.

Entonces oyó un repiqueteo procedente del costado del navío hundido y vio el rostro asustado de un grumete que miraba por una grieta.

–¿A qué se debe que sigas vivo, cuando todos tus compañeros han muerto? –preguntó Varina.

–Estoy atrapado en una bolsa de aire –respondió el grumete–, pero no durará mucho, y ahora ya estamos a tal profundidad en el fondo del mar que, a no ser que logre nadar veloz como un pez por la bodega y la cocina del barco para llegar hasta cubierta, me ahogaré antes de alcanzar las lejanas olas.

–¡Pero si yo nado más veloz que cuarenta peces! –exclamó la sirena, y sin más dilación sacudió la cola y nadó hasta cubierta, desde donde bajo hasta la cocina y cruzó la bodega hasta donde estaba atrapado el grumete en la bolsa de aire.

Una vez allí le tomó de la mano y ordenó:

–¡Aguanta la respiración, marinero de agua dulce!

De inmediato empezó a desnadar sus pasos, más veloz que cuarenta peces, para cruzar la bodega y la cocina del barco hasta llegar a cubierta y después siguió y siguió hacia arriba hasta alcanzar las lejanas olas.

Una vez allí, el grumete recuperó la respiración, pero en cuanto se volvió hacia la sirena se le cortó otra vez, pues de repente se fijo en lo bella que era.

–¡Gracias! –logró decir por fin–. Desde aquí puedo nadar hasta la orilla.

Sin embargo, la sirena no le soltaba la mano.

–Acompáñame a mi cueva submarina –pidió.

–¡No, no! –gimió el grumete–. Me has salvado la vida y agradecido te estoy más que seis veces multiplicadas por siete, pero sé que las sirenas no sois de los nuestros y sólo nos traéis desesperación a los pobres marineros.

La sirena, que seguía sin soltarle, hizo caso omiso de sus palabras y nadó veloz como cuarenta peces hasta su cueva submarina.

Una vez allí le ofreció quelpo y sargazo, fuco y erizos de mar, todo ello servido en bandeja de plata, pero el grumete, pálido como un cadáver, dijo:

–Tu amabilidad me sobrecoge, y agradecido te estoy más que seis veces multiplicadas por sesenta, pero no eres de los míos y para mí estos alimentos del mar son pobres e insípidos. Déjame marchar.

La sirena, por el contrario, le envolvió en una cama de algas y le dijo:

–Duerme y mañana puede que te encuentres mejor.

–Tu bondad no puede describirse con palabras –afirmó el grumete–, y agradecido te estoy más que seis veces multiplicadas por seiscientos, pero no eres de los míos y esta cama está fría y húmeda y la sangre fluye helada como el agua de mar por mis venas.

Por fin, la sirena contestó al grumete:

–Cierra los ojos y te cantaré una canción que te hará olvidar tus pesares.

–¡Ay, no! –gritó el grumete nada más escuchar eso, saliendo de la cama de un respingo–. ¡Eso sobre todo no! ¿Es que no sabes que el canto de las sirenas es lo que nos abotarga los sentidos a los pobres marineros, el señuelo que nos atrae a las rocas para que naufraguemos y nos ahoguemos?

Al escuchar esas palabras, la sirena se quedó sumamente sorprendida, hasta el punto de que nadó hasta donde estaban sus hermanas y gritó:

–¡Hermanas! ¡Deshaceos de esos peines de plata y esas copas de oro que hemos robado a los marineros ahogados, pues es nuestro canto el que abotarga sus sentidos, el señuelo que los atrae a las rocas!

Al escucharla, las sirenas en pleno lloraron lágrimas saladas por las vidas de los hombres que se habían ahogado por culpa de su canto, y desde aquel día decidieron sentarse en las rocas y cantar únicamente cuando estuvieran seguras de que no había barco alguno a la vista.

En cuanto a Varina, regresó a su cueva submarina, donde se encontró al grumete, que la esperaba.

–No he podido irme –le explicó, tomándola de la mano–, pues, aunque no eres de los míos ni yo de los tuyos, no creo ser capaz de encontrar un corazón tan bueno como el tuyo.

En ese preciso instante tomó a la sirena en sus brazos y la besó, y ella enroscó la cola escamosa en torno a él y ambos cayeron al mar.

Nadaron por las aguas como si fueran una única criatura, en lugar de dos, veloces como cuarenta peces, hasta que, por fin, alcanzaron la tierra de la que había zarpado el grumete, muchos años antes. Y allí se durmieron en la costa, rendidos tras el largo trayecto.

Cuando el grumete se despertó, buscó a Varina, la encontró aún dormida a su lado y una vez más se le cortó la respiración, pues su cola escamosa había desaparecido. La joven yacía a su lado, pero ya no era sirena, sino una chica preciosa, que abrió los ojos y le miró, pero no con lástima, sino con amor.

Las olvidesillas

Eᴎ ᴇsᴛᴏ ǫᴜᴇ ʜᴀᴄᴇ ᴍᴜᴄʜᴏ, ᴍᴜᴄʜᴏ ᴛɪᴇᴍᴘᴏ, en una tierra muy lejana, vivió un rey con muy mala conciencia, aunque no dejaba que se interpusiera lo más mínimo en su camino, ya que en aquel reino crecía una fruta de lo más peculiar conocida como olvidesilla. ¿Y qué tiene que ver? Pues que siempre que el rey Yorick tenía remordimientos por haber hecho algo, o por no haberlo hecho, mascaba una olvidesilla y, fuera lo que fuera lo que le había preocupado, se le iba de la cabeza en un abrir y cerrar de ojos.

Un frío día de invierno, por ejemplo, el rey Yorick llegaba a palacio en su palanquín, que tenía calefacción, cuando vio a un pobre vestido con harapos que, junto con su mujer y tres niños pequeños, tiritaba a los pies de un muro.

–Ay, vaya –comentó una vez en palacio–, la verdad es que debería hacer algo por todos esos pobres que no tienen dónde vivir durante esta época de tanto frío. Supongo que debería convertir uno de mis palacios en un refugio para indigentes...

–¡Oh! Pero, majestad, ¡si sólo tenéis dieciséis! –argumentó su canciller–. Si perdéis uno de ellos, os quedaréis con uno menos que el rey Elegantón de Fanfarrolandia, y eso no os gustaría, ¿verdad?

–¡Santo cielo, no! No me gustaría en absoluto.

–Lo mejor será que os metáis en la cama y masquéis una de esas deliciosas olvidesillas –propuso el canciller.

–Sí, puede que tengas razón –convino el rey.

Así pues, se metió en la cama con una botella de agua caliente, mascó una olvidesilla y al poco rato ya se había olvidado por completo de la familia pobre, que se congelaba en el exterior entre el hielo y la nieve.

Por el contrario, claro, el pobre y su familia no tenían olvidesillas que mascar, ya que valían su peso en oro y eran demasiado exóticas y demasiado caras para la gente de su clase. Además, aunque se hubieran encontrado una, no les habría servido de gran cosa, claro, puesto que las olvidesillas sólo ayudaban a olvidar la conciencia, no servían para olvidar que hacía frío, que se tenía hambre o que había que dormir debajo de un puente.

Bueno, a decir verdad las olvidesillas tampoco ayudaban demasiado al rey Yorick, pues, aunque las mascaba prácticamente a diario (a veces hasta dos o tres), estaba casi siempre bastante abatido, si bien nunca sabía a ciencia cierta por qué.

–Quizá si me hiciera construir otro palacio, para tener uno más que el rey Elegantón de Fanfarrolandia, sería más feliz... –se planteó un buen día.

–¡Qué gran idea! –exclamó el canciller (que tenía un hermano que era el que se encargaba de todas las obras oficiales).

Y así el rey Yorick hizo construir otro palacio, que se inauguró con grandes celebraciones, fantásticos fuegos de artificio y un espléndido festín que duró tres días enteros. Luego, el nuevo palacio se quedó vacío durante el resto del año, como todos los demás.

Por su parte, el pobre de la familia que el rey había visto tiritar de frío en pleno invierno tenía un hijo que se llamaba Timoteo y que un día le dijo a su padre:

–Papá, no soporto verte tan desgraciado. ¡Voy a hacer entrar en razón al rey Yorick!

–Pero ¿qué puedes hacer tú? –preguntó extrañado su padre al escucharle–. Eres muy pequeño.

–¡Ya lo verás! –contestó Timoteo, y en ese mismo momento salió camino del palacio real.

Al llegar se encontró las puertas cerradas a cal y canto, la muralla era demasiado alta para saltarla y hacía mucho frío. «¿Qué voy a hacer? –se preguntó Timoteo–. No voy a poder entrar en palacio, y mucho menos hacer entrar en razón al rey.»

Sin embargo, no se rindió. Se sentó en una piedra a la entrada de palacio y esperó a ver qué sucedía. Mientras seguía allí sentado, el cielo se oscureció y el mundo se quedó en silencio, como si también estuviera a la

expectativa. Luego empezó a nevar. La nieve se derretía contra la cabeza y los hombros de Timoteo, pero él se quedó allí, observando el palacio real.

En esto que, al cabo de un tiempo, vio una cara en una ventana. Mientras, la nieve había ido cayendo con más consistencia y más velocidad, hasta prácticamente cubrir la cabeza y los hombros de Timoteo, pero él, erre que erre, seguía allí sentado, observando el palacio.

No pasó mucho rato hasta que se abrió la ventana y un chico sacó la cabeza y le preguntó a gritos:

–¿No tienes frío?

La verdad es que Timoteo estaba tan acostumbrado a pasar frío que casi ni se daba cuenta, pero, cuando se detuvo a pensarlo, se dio cuenta de que tenía tanto frío que no podía ni hablar.

–Será mejor que vengas y entres en calor –observó el muchacho de la ventana.

Timoteo no podía ni hablar ni moverse, porque estaba prácticamente congelado, blanco hasta las cejas, como un muñeco de nieve, por lo que el chico se descolgó por la ventana, le quitó la nieve de encima, se lo subió a hombros y le metió por la ventana (claro que, la verdad sea dicha, Timoteo era chiquito y pesaba poco, porque en la vida se había alimentado bien).

Una vez dentro, no tardó demasiado en descongelarse y explicar lo que estaba haciendo.

–¡Qué raro! –exclamó el chaval–. También yo estaba pensando qué podía hacer para que mi padre fuera más feliz.

–¡Pero si tu padre es el rey! –soltó Timoteo, que ya había deducido que el chico era el hijo de Yorick–. Seguro que tiene todo lo que quiere.

–En efecto –contestó el príncipe–, pero es desgraciado de la mañana a la noche. Yo trato de animarle, pero ni siquiera se fija en mí. Se pasa el día mascando olvidesillas.

Timoteo le escuchaba sentado junto al fuego, mirando las llamas.

—¿Cómo demonios vamos a ayudar a nuestros padres a ser más felices? —se preguntó.

Apenas había pronunciado esas palabras cuando sucedió algo de lo más extraordinario: el fuego empezó a moverse y, mientras los dos chicos lo miraban, los pedazos de carbón al rojo vivo se pusieron a dar vueltas hasta formar una cara que habló y les dijo:

—La llave de la memoria es lo único que llevará la felicidad a vuestros padres, pero debéis ser conscientes de que también acarreará sufrimientos.

—¿Dónde podemos encontrar la llave de la memoria? —preguntó Timoteo.

—Dejaos llevar por vuestras conciencias —contestó el fuego.

—¿Qué? —se sorprendió el príncipe.

—¿Qué? —se sorprendió Timoteo.

Pero los pedazos de carbón volvieron a su posición original y no dijeron nada más. De repente se oyó un ruido atronador y Timoteo y el príncipe corrieron hasta la ventana para mirar qué sucedía en aquella noche negra y helada. Distinguieron dos puntos de luz que se acercaban a toda velocidad.

—¿Tú qué crees que son? —quiso saber Timoteo.

—Quizá nuestras conciencias —aventuró el príncipe.

—¡No seas bobo!

Los dos puntos de luz se acercaron más y más hasta que se transformaron en dos enormes sementales negros que echaban fuego por la nariz y que saltaron la muralla de palacio y se pararon en seco sobre las patas traseras bajo la ventana del príncipe.

Timoteo miró al príncipe y el príncipe miró a Timoteo, que se encogió de hombros y dijo:

—Pues no sé... A lo mejor tienes razón.

Sin una palabra más, saltaron sobre las grupas de aquellos sementales y se adentraron al galope en la noche.

A la mañana siguiente, cuando el rey Yorick se enteró de que su hijo había desaparecido, empezó a retorcerse las manos, desesperado.

–Pero ¿qué voy a hacer ahora? Mi único hijo se ha escapado de casa... Debería haberle querido más. Debería haber sido mejor padre.

–¡No os alteréis tanto! –aconsejó el canciller de palacio–. Mascad una olvidesilla y ya veréis como enseguida os encontraréis mejor.

Así pues, el rey se comió una olvidesilla y al poco rato ya se había olvidado de todo, pero cuando se fue a la cama por la noche se encontró a la reina llorando con la almohada pegada a la cara.

–Pero ¿qué diablos te pasa? –le preguntó.

La reina lo miró rabiosa y replicó:

–¿Qué? ¿Es que ya te has olvidado de que nuestro hijo se ha escapado?

–Ay, no te alteres tanto. Ten una olvidesilla –dijo, y le ofreció el cuenco de frutas a la reina, que se lo arrebató y lo lanzó contra el fuego.

–¡No! –gimió el rey–. ¡Valen su peso en oro!

Pero era demasiado tarde, pues las frutas habían ardido nada más entrar en contacto con las llamas y el humo ya subía por la chimenea.

Mientras, Timoteo y el príncipe cabalgaban por la helada región septentrional a lomos de sus sementales lanzallamas. Al cabo de un buen rato vieron una nube en el horizonte y los caballos aceleraron el paso. Así, al cabo de otro buen rato, alcanzaron la nube y se dieron cuenta de que era una cortina de humo. A su pie se detuvieron los sementales. Al mirar hacia abajo Timoteo y el príncipe se percataron de que estaban al borde de un precipicio que caía en picado mil metros hasta morir en un lago de fuego.

No les dio tiempo de pasar miedo, pues, sin que pudieran decir nada, los caballos se alzaron sobre las patas traseras, piafaron y después se tiraron por el precipicio para caer en picado hacia el lago ardiente.

Los dos chavales cerraron los ojos, convencidos de que había llegado su hora, pero, al llegar a la superficie del lago en llamas comprobaron que las lenguas de fuego acariciaban el vientre de los animales sin quemarlos. De repente pareció que las llamaradas se separaban y los sementales y sus monturas se precipitaron por un agujero negro hasta desaparecer bajo la superficie del lago de fuego.

Durante unos instantes se les llenaron los ojos de humo y no vieron nada, pero cuando volvieron a abrirlos comprobaron que habían aterrizado en una vasta caverna y que allí, en su centro, había una gran fragua con llamas que se alzaban a ráfagas para alimentar el lago ardiente que tenían encima. En la fragua trabajaba un enorme herrero con brazaletes de oro al que le salía fuego de la nariz.

Los dos sementales levantaron las patas delanteras una vez más y Timoteo y el príncipe cayeron sobre un montón de paja.

Al verlos, el herrero gigante se detuvo y se echó a reír, y con cada carcajada le salían llamas por la nariz que le prendían la barba y para apagársela tenía que correr cada vez hasta un barril que tenía lleno de agua.

Mientras, Timoteo, que ya se había puesto en pie, anunció:

—Hemos venido a por la llave de la memoria.

—Ah, no me digas —bramó el herrero, que se rió con tanta fuerza que se incendió la capucha y tuvo que meter la cabeza entera en el barril.

—Nos han dicho que es lo único que llevará la felicidad a nuestros padres —añadió el príncipe.

—¡Y también acarreará sufrimientos! —rugió el herrero, que de nuevo se rió, tanto rato y con tanta fuerza que empezó a arderle el jubón y tuvo que meterse en el barril de un salto para mojarse hasta el cuello.

—¿Está aquí la llave de la memoria? —preguntó Timoteo.

El herrero se quedó metido en el barril y vociferó:

—¡Acabo de terminarla! ¡Está en el yunque!

Los dos muchachos se volvieron y vieron una llave enorme encima del yunque que estaba al rojo vivo.

—Coged unas pinzas —mandó el herrero— y soltadla en este barril de agua.

Así pues, el príncipe agarró unas largas pinzas, levantó la llave ardiente y la soltó dentro del barril en el que seguía estando el herrero gigante, que de inmediato desapareció entre una nube de vapor. Cuando se despejó no quedaba ni rastro del hombretón, pero sí vieron a una anciana con la cara roja como los pedazos de carbón de la chimenea de palacio. La mujer se volvió hacia el príncipe y dijo:

–Príncipe, en el rincón más desgraciado del reino de tu padre encontrarás un cofre que oculta los recuerdos del rey. Ésta es la única llave que permite abrirlo.

A continuación pareció que la anciana se hacía pedazos que se hundían como brasas resplandecientes en el barril.

Timoteo y el príncipe cogieron la llave y se pusieron a buscar a los sementales negros, pero también habían desaparecido.

–Bueno –dijo Timoteo–, parece que vamos a tener que volver a pie.

Los dos chicos buscaron la entrada de la caverna hasta encontrarla y lograron trepar y salir. Al llegar al mundo de la superficie, sin embargo, se encontraron con que el lago de fuego era un lago normal y corriente. A la orilla había dos caballos negros... que también eran caballos normales y corrientes.

A lomos de ellos recorrieron la helada región septentrional, pero lo que antes les había llevado unos pocos minutos gracias a los maravillosos sementales les costó a la vuelta varios días, y lo que había costado horas les llevó varias semanas.

Cuando por fin llegaron al reino de su padre, el príncipe preguntó:

–¿Dónde encontraremos el rincón más desgraciado del reino de mi padre?

–¡Sé perfectamente dónde está! –exclamó Timoteo, y llevó al príncipe hasta el lugar donde dormían cuarenta mendigos debajo de un puente, pero no vieron el cofre por ninguna parte.

Luego le acompañó hasta una chabola donde se ocultaban veinte ladrones por miedo a que los apresaran, pero tampoco encontraron cofre alguno.

Por fin, se fue con el príncipe hasta el rincón donde sus padres y sus hermanos se arrimaban a un tenue fuego, a los pies del muro, pero al ver a Timoteo sus rostros se iluminaron de felicidad. Allí tampoco hallaron el cofre.

–Pues no tengo ni idea de dónde puede estar –se rindió el chico–. Ya no sé dónde mirar.

En consecuencia, el príncipe regresó a palacio y Timoteo le acompañó. Allí se encontraron al rey sentado bajo un nogal con los ojos llorosos.

El príncipe se plantó delante de su padre y le preguntó:

–¿Qué te sucede? ¡Eres el rey! ¡Tienes diecisiete palacios y todos tus caprichos se hacen realidad! ¿Por qué eres desgraciado?

El rey miró a su hijo sin reconocerle y contestó:

–Me olvidé de querer a mi hijo y se escapó. ¡Y ahora ya no recuerdo qué aspecto tiene!

En ese momento, Timoteo se fijó en que el rey estaba sentado sobre un viejo cofre de hierro oxidado. Le entregó la llave al príncipe, que la metió en la cerradura. Entraba como un guante.

–Padre –dijo el chico–, he regresado con la esperanza de traerte la felicidad.

Con esas palabras giró la llave, el cofre se abrió de golpe y un millón de ideas negras salieron volando y ocultaron el sol durante un momento.

El rey dejó escapar un grito de dolor cuando la nube negra de repente se le metió en la cabeza; miró a los ojos del príncipe y dijo:

–Hijo mío, me temo que lo que me has traído no es la felicidad, puesto que ahora recuerdo a todos los que han pasado hambre, aunque fuera sólo un día. Ahora recuerdo a todas las madres pobres que no tienen qué dar de comer a sus hijos. Ahora recuerdo a todos los padres pobres que no pueden vestir a sus familias ni darles un techo que las proteja de la lluvia y la nieve. Ahora recuerdo a todos aquellos cuyos sufrimientos no he querido ver y la amargura se adueña de mi corazón.

–Pero, majestad –intervino Timoteo–, ¿por qué no cedéis sólo uno de vuestros diecisiete palacios para que vivan en él los que pasan hambre?

El rey Yorick lo miró y, por vez primera en muchos años, sonrió.

–¡Voy a hacer algo aún mejor!

Y en ese preciso instante se convirtió en el primer rey en renunciar a vivir en un palacio para mudarse a una casa, que, eso sí, era cómoda y tenía espacio suficiente para su familia y también para la de Timoteo. El rey Yorick abrió todos y cada uno de sus diecisiete palacios para que, a partir de ese día, no quedara una sola persona sin techo en todo el reino.

El canciller de palacio se marchó indignado y se puso a trabajar para el rey Elegantón de Fanfarrolandia, lo mismo que su hermano el constructor.

A continuación, el rey Yorick ordenó a sus jardineros que talaran todos los huertos de olvidesilleros. Cumplieron sus órdenes y a partir de aquel día todo el mundo se olvidó de que había existido una vez una fruta llamada olvidesilla.

El viejo Ojiplático

EXISTIÓ UNA VEZ UN ANCIANO llamado Ojiplático, porque tenía ojos como platos por todo el cuerpo. Tenía ojos en el cogote, ojos en la coronilla, ojos en los codos y ojos en las rodillas. Hasta tenía un ojo en la planta de cada pie.

–¡Nadie me pilla nunca por sorpresa! –se reía entre dientes, y era cierto, porque con cada ojo veía algo distinto.

Los ojos del cogote veían cosas que habían pasado el día antes; los de la coronilla veían cosas que habían sucedido muy, muy lejos; los de los codos eran para ver los errores de todos los demás; los de las rodillas le servían para ver las esperanzas de todos los demás, y, por último, los de las plantas de los pies le permitían ver lo que no iba a suceder jamás.

En realidad, lo único que le importaba a Ojiplático en el mundo entero era un caldero de monedas de oro que tenía escondido debajo de los tablones del suelo de su dormitorio. Todas las noches cerraba los postigos, corría las cortinas, sacaba su caldero de monedas de oro y las contaba... simplemente para asegurarse de que estuvieran todas.

Mientras iba contando, los ojos de la coronilla echaban un vistazo para comprobar que no hubiera mirones, mientras que los del cogote se encargaban de verificar que las monedas fueran las mismas que la noche anterior.

El caldero iba engordando todas las semanas, porque cada vez que el viejo Ojiplático iba al mercado veía con los ojos de los codos los errores de todos los demás, de manera que, si alguien vendía por una libra un cerdo que en realidad valía tres, él se lo quedaba sin pensárselo dos veces para venderlo luego en un abrir y cerrar de sus numerosos ojos.

Además, por supuesto, el viejo Ojiplático no avisaba nunca a los demás de que estaban cometiendo un error o de que iban a perder dinero. ¡Qué va! Estaba demasiado ocupado pensando en las guineas de oro que iba a echar luego en el caldero.

En esto que un buen día Ojiplático estaba en su casa, contando sus monedas de oro como de costumbre, cuando llamaron a la puerta.

«¡Ladrones! –pensó de inmediato, pero luego se dijo–: No, un momento... Los ladrones no llaman a la puerta, bajan por la chimenea sin avisar.»

Así pues, escondió cuidadosamente el caldero y fue a abrir la puerta, o al menos a entreabrirla, y se encontró con una chica delgaducha que le dijo:

–Tengo hambre y me he quedado sin casa. ¿Puedo hacer algún trabajo para usted y así ganarme una rebanada de pan con grasa asada untada?

–¡Una rebanada de pan con grasa asada! –exclamó el viejo Ojiplático–. ¿Te crees que me sale el dinero por las orejas?

–Puedo limpiarle la casa o cortarle la leña –propuso la jovencita.

–¡Escúchame bien! Con los ojos de las rodillas veo lo que esperas conseguir: estás deseando ser rica algún día y vivir en una casa como ésta. ¡Pero bueno! Seguro que me cortarías el pescuezo en mitad de la noche. ¡Fuera!

–¡No, no! –se quejó ella–. ¡Yo nunca haría algo así!

En ese momento, el viejo Ojiplático se quitó el zapato derecho y miró a la chica con el ojo de la planta del pie, que veía lo que no iba a suceder jamás. Comprendió de inmediato que jamás le haría daño a una mosca.

–Hum. Bien –accedió–, la verdad es que necesito que alguien corte la leña.

La chica cortó leña, pues, y él le dio una rebanada de pan (sin grasa de ningún tipo) y la dejó dormir aquella noche en la leñera.

Al día siguiente, al despertarse, Ojiplático se encontró la casa limpia como una patena y un desayuno de judías y jamón que le esperaba en la mesa, ya que la jovencita (que se llamaba María) llevaba ya varias horas levantada y trabajando mucho.

En consecuencia, Ojiplático le dio otra rebanada de pan y le dijo:

–Puedes quedarte otro día.

Y, así, la pequeña María se quedó y trabajó para el viejo Ojiplático durante varios años. A cambio, él le permitía dormir en la leñera y comer una rebanada de pan por la mañana y un tazón de sopa por la noche.

–¡Je, je! –se reía el viejo a solas–. No me cuesta nada y hace el trabajo de seis hombres. ¡Menuda ganga!

Un día, sin embargo, pasó un desconocido a caballo junto a la casa y vio a María, que cavaba con la azada en la parcela de los repollos. La joven llevaba todavía los mismos harapos que el día de su llegada (puesto que al viejo Ojiplático jamás se le había ocurrido que podría necesitar ropa nueva) y estaba agotada de trabajar tantísimo, pero a pesar de todo estaba tan guapa que el desconocido se enamoró de ella en el acto. Al poco tiempo, también ella se había enamorado del joven.

En consecuencia, éste fue a ver a Ojiplático y le anunció que pretendía casarse con María, pero el viejo se dio cuenta de inmediato de que debía de ser rico y pensó: «¡Je, je! A éste puedo sacarle un buen dinero con esta historia». Lo que hizo fue poner cara de tristeza y decir:

–¡Huy, no! ¡No puede arrebatarme a la joven María! ¡Me prepara el desayuno todas las mañanas!

–De acuerdo –dijo el joven, y le entregó un anillo de rubí–. ¡Con eso podrá contratar al mejor cocinero del mundo para que le prepare el desayuno!

Sin embargo, el viejo Ojiplático miró a hurtadillas al joven con los ojos del cogote (los que veían lo que había sucedido el día anterior) y se enteró de que el día antes había comprado un buen abrigo de piel, así que decidió hacer una mueca, ponerse muy tristón y decir:

–Ay, joven caballero, ¿de verdad pretende arrebatarme a la joven María? ¿Es que no sabe que me corta la leña cada día y me enciende el fuego? Necesitaré un buen abrigo de piel para estar calentito si se la lleva.

El joven fue a buscar el buen abrigo de piel, que en realidad había comprado para su padre, y se lo entregó al viejo Ojiplático.

–Tenga. ¿Ya puedo casarme con María?

Ojiplático no contestó, sino que miró con los ojos de la coronilla (los que veían cosas sucedidas muy, muy lejos) y vio que el padre del joven, que estaba esperando su regreso, vivía en un gran palacio, rodeado de fabulosas riquezas. Sacó el pañuelo y lloró lágrimas de cocodrilo.

–¡Ay, buen caballero! ¡No puede querer llevarse a la joven María de verdad! Trabaja mucho y me tiene la casa limpia como una patena. ¡Si es que en realidad vale su peso en oro!

Ante eso, el joven se subió al caballo y se marchó para regresar más tarde con un cofre lleno de monedas de oro que, en su conjunto, pesaba exactamente lo mismo que la joven María.

–Ahora –dijo–, María y yo vamos a casarnos.

No obstante, el viejo Ojiplático no había terminado todavía. «¡Aún puedo sacarle más jugo a todo esto!», se dijo, así que miró al joven con los ojos de las rodillas (los que veían las esperanzas de la gente) y comprobó que deseaba llegar un día a ser rey, pues, en realidad, se trataba de un príncipe. Ante eso, el viejo Ojiplático se llevó las manos al corazón y exclamó:

–¡Ay, buen caballero! ¿Se llevará a esta criatura de mi lado? Ha sido como una hija para mí durante todos estos años. ¡No me separaría de ella ni por medio reino!

–Muy bien –contestó el príncipe, y allí mismo firmó la renuncia a la mitad de su reino en favor de Ojiplático.

A continuación subió a María al caballo y se alejaron para casarse con un gran festín y largas celebraciones en el palacio de su padre. Atrás quedó el viejo Ojiplático, que mientras se marchaban se frotaba las manos con regocijo.

«¡Menuda ganga! –se dijo–. Durante todos estos años he explotado a esa niñata delgaducha ¡y ahora la he vendido por joyas, pieles, oro y medio reino! ¡Desde luego, no hay nadie más espabilado que yo!»

Sin embargo, en ese preciso instante se miró con los ojos de los codos (los que veían los errores de los demás) y comprendió, horrorizado, que había cometido un gran desliz, aunque no sabía cuál.

Mientras desayunaba a solas y al sentarse junto al fuego a solas empezó a comprender su error, pues se dio cuenta de que echaba de menos oír cantar a María en el jardín y ver su rostro por la casa. Al poco tiempo ya pensaba que sería capaz de devolverlo todo sólo para que María le dedicara una de sus sonrisas. No obstante, cuando se miró con los ojos de las plantas de los pies (los que veían las cosas que jamás sucederían), se dio cuenta de que María no volvería a sonreírle nunca.

En ese momento el viejo Ojiplático lloró lágrimas de verdad, pues comprendió de repente que al entregar a María se había deshecho de lo único que había querido de verdad. Entonces se arrepintió por no haber tenido para ella nada más que malas palabras y mucho trabajo durante todo el tiempo que había vivido con él, por no haberle dado jamás un motivo para quererle.

Y por fin el viejo Ojiplático vio (con una tremenda claridad con la que no había visto nada en toda la vida) que, a pesar de tener ojos como platos por todo el cuerpo, en realidad estaba muy, muy ciego.

El niño de nieve

Esto era una anciana que se lamentaba por no haber tenido hijos. No se había casado y vivía sola en una casita con pocos muebles junto a un bosque sombrío.

Un buen día, en época navideña, cuando el cielo estaba entre amarillo y plomizo debido a la nieve, miró por el ventanuco que tenía junto a la cama y vio el lucero de la tarde.

«Qué raro –se dijo–, que se vea el lucero de la tarde cuando amenaza tormenta. Será la estrella de la suerte.» Por consiguiente, pidió un deseo allí mismo. No puedo deciros qué pidió, ya que la buena mujer nunca se lo contó a nadie, pero seguro que os lo imagináis, ¿verdad?

A todo esto, la luz que había visto la anciana no era el lucero de la tarde, no era ninguna estrella, sino una luciérnaga. El insecto oyó por casualidad el deseo de la mujer y le dio mucha lástima, así que se fue hasta el lugar al que acuden todas las luciérnagas a recoger sus luces y les contó a sus compañeras lo que había oído. Todas a una decidieron tratar de ayudarla.

Aquella noche se puso a caer nieve del negro cielo sobre la negra tierra hasta que, como por arte de magia, todo se emblanqueció y la mañana se encontró con un mundo nuevo.

La anciana se despertó y se puso el chal. Luego cogió una pala y retiró la nieve de la puerta de casa. Al mirar el montón de nieve que había formado, se sonrió y pensó: «Me parece que el lucero de la tarde no me ha concedido el deseo que le pedí, así que voy a hacerme el niño yo misma».

Ni corta ni perezosa, se pasó la mañana transformando aquel montón en un niño de nieve.

Cuando cayó la noche se sintió muy sola en su casita, así que se acercó a la puerta a mirar a su niño de nieve.

–Mañana es Navidad –le dijo– y yo sigo aquí, sola en el mundo, sin que a nadie le importe si estoy viva o muerta. Sólo te tengo a ti y tú desaparecerás cuando se funda la nieve.

Luego se metió en la cama y apagó la vela. Al cabo de un momento se levantó y fue a mirar por la ventana. Había oído un ruido muy, muy lejano que parecía el repiqueteo de unas campanillas y vio una extraña luz amarillenta que rodeaba la casita. No alcanzaba a verlas, pero todas las luciérnagas del mundo se habían reunido en el tejado. Acababa de llegar la última y ya estaban todas volando bien juntas para formar una única bola de luz.

La buena mujer no se creía lo que veía, porque de repente la resplandeciente bola de luz descendió sobre el montón de nieve al que había dado forma de niño y aterrizó donde debería haber estado el corazón del bebé. Desde allí entró a raudales por todo el niño de nieve y lo llenó de la cabeza a los pies.

En el instante en que terminó, la criatura abrió los ojos y miró a su alrededor.

–Pero ¿qué haces ahí fuera en mitad de la nieve? –preguntó la anciana–. Entra ahora mismo.

Acto seguido, el niño de nieve bajó con paso inseguro del montoncito y se fue a gatas hasta la puerta de la casita. Ella corrió hasta allí, la abrió de golpe y cogió a su niño de nieve en brazos. Le dio besos y lo abrazó con todas sus fuerzas.

–Ahora ya no estaré sola en Navidad –se animó.

Luego arropó a la criatura en su propia cama y se dedicó a ir de un lado a otro afanosamente para prepararlo todo.

A la mañana siguiente, al despertar, el niño de nieve se encontró un calcetín que colgaba del extremo de la cama.

–Venga, ábrelo, a ver qué te ha traído Papá Noel –pidió la anciana.

Así pues, el niño miró dentro del calcetín navideño y se encontró una medalla de chocolate, un hombrecillo de madera con un trapecio, una muñeca vieja a la que le faltaba un ojo, un pastelillo de frutos secos y una manzana en el fondo del todo.

Una vez el niño de nieve hubo abierto todos sus regalos y jugado con los juguetes, la buena mujer anunció:

–Ahora tenemos que desayunar.

Por consiguiente, sentó al niño de nieve en un lado de la mesa, se colocó ella en el otro y los dos desayunaron tostadas y bebieron un poco de leche caliente.

Luego se oyó la campana de la iglesia, que doblaba campo nevado allá.

–Ahora tenemos que ir al oficio de Navidad –informó la buena mujer.

Para ello vistió a la criatura con un gorro de lana, una bufanda y un abriguito de punto y salieron bien dispuestos a recorrer el campo nevado para llegar a la iglesia de la colina.

Nadie se fijó en la anciana con su niño de nieve, pues se sentaron al fondo mientras todos los demás estaban arrodillados. Se acurrucaron bien juntitos en el último banco, cogiditos de la mano. Cuando llegó el momento, se pusieron en pie y cantaron villancicos. Luego, antes de que terminara el oficio religioso, salieron sigilosamente antes de que llegara a verles nadie.

Luego la buena mujer y su niño de nieve regresaron corriendo por el campo nevado, riendo, gritando y lanzándose bolas de nieve.

Cuando por fin llegaron a la casita, les llegó un agradable olor procedente del horno de la anciana.

–Ahora tenemos que comernos el pudin de Navidad y pastelillos de frutos secos típicos de estas fechas –dijo ella–. Mucho me temo que no puedo ofrecerte ganso ni empanada de jamón.

Al niño de nieve, sin embargo, no pareció importarle. Los dos se sentaron a la mesa y disfrutaron de la comida de Navidad más feliz que recordaba la anciana desde las de su infancia.

Al terminar ya empezaba a caer la tarde, el niño de nieve estaba cansado y el resplandor que lo llenaba se había apagado un poco, pues lo cierto es que las luciérnagas tenían que ir a buscar luces nuevas.

La anciana miró con bastante tristeza a su niño de nieve.

–¿De verdad tienes que irte? –preguntó, y la criatura asintió con la cabecita–. Bueno, gracias por haberme hecho compañía esta Navidad. Ojalá pudieras haberte quedado más... pero así son las cosas...

Entonces sucedió la primera maravilla: el niño de nieve se levantó de la silla, se acercó a la anciana y le dio un beso.

Y luego otra maravilla: habló.

–Adiós –se despidió.

Salió por la puerta y la buena mujer vio desde la ventana cómo subía otra vez hasta lo alto del montón de nieve. Después salieron las luciérnagas de su interior, una a una, y se perdieron ya tenues en la noche, en busca de luces nuevas.

La anciana se durmió, asintiendo para sí misma al recordar todo lo que había hecho aquella Navidad con su niño de nieve.

Al día siguiente lucía el sol y las nieves habían desaparecido. La buena mujer encendió el fuego y se dedicó a ir de un lado a otro de su casita, muy ocupada. Cuando por fin reunió la valentía suficiente, se fue hasta la puerta y barrió los últimos restos de la nieve que había dado forma, aunque fuera durante poco tiempo, a su propio niño de nieve.

De cómo le salieron las rayas al tejón

En aquel tiempo lejano, el tejón tenía el cuerpo cubierto de un blanco inmaculado.

–Qué pena me da el oso, con ese pelo pardo tan soso –decía el tejón–. ¿Y a quién le gustaría ser como el leopardo, todo cubierto de manchas? ¿O, peor aún, como el tigre, con ese pelaje tan vulgar lleno de rayas? ¡Cómo me alegro de que el arquitecto de todas las cosas me diera este pelo de un blanco inmaculado sin una sola imperfección!

Así alardeaba el tejón mientras se paseaba por el bosque, hasta que llegó un momento en el que todas las demás criaturas acabaron de él hasta la coronilla.

–Siempre me mira por encima del hombro –dijo el conejo– porque sólo tengo la colita blanca.

–Pues conmigo se da aires –añadió el ratón de campo– porque soy de este color tierra.

–¡Y a mí me llama adefesio! –exclamó la cebra.

–Ya va siendo hora de poner remedio a esto –decidieron todos.

–En ese caso, ¿puedo proponer algo? –intervino el zorro, que expuso un plan con el que todos los demás animales estuvieron de acuerdo.

Algún tiempo después, el zorro fue a ver al tejón y le dijo:

–¡Ay, tejón, ayúdanos, por favor! Eres, sin lugar a dudas, la criatura más hermosa del bosque. No se trata sólo de tu pelo (que es de una belleza excepcional y sin una sola imperfección), sino también... esto...

de la forma en que caminas sobre las patas traseras... y de cómo mantienes la cabeza bien alta... y de esos excelentes modales y esas elegantes formas... ¿Por qué no nos ayudas a los animales más humildes dándonos clases para que estemos más guapos y nos comportemos con más educación?

Por descontado, el tejón se quedó encantado al escuchar aquellos cumplidos y contestó con distinción:

—Naturalmente, querido zorro. A ver qué puedo hacer.

Por consiguiente, el zorro reunió a todos los animales en el gran claro del bosque y anunció:

—Aquí el tejón ha sido tan amable de acceder a darnos clases para que estemos tan guapos como él. También va a enseñarnos etiqueta, porte y moda.

Los animales más pequeños soltaron una o dos risotadas llegado ese punto, pero el tejón no se enteró. Se colocó allí delante, sobre las patas traseras, hinchó el pecho orgulloso y empezó:

—Estoy encantado de estar en posición de ayudar a los animales menos afortunados que yo y, la verdad, las mejoras que podéis hacer son bastante numerosas. Tú, lobo, por ejemplo, tienes un pelo que da pena...

—¡Pero es el que me ha tocado! —se quejó el lobo.

—Y tú me das lástima, castor —prosiguió el tejón—, qué piel tan vulgar... Por no hablar de esa cola tan ridícula...

—Esto, tejón —interrumpió el zorro—, en lugar de ir repasando uno por uno nuestros defectos (por muy interesante e instructivo que sea ese repaso, sin duda alguna), ¿por qué no nos enseñas a andar con el morro levantado, de esa forma que a ti te da un aire tan distinguido y consigue resaltar tan bien ese pelo blanco inmaculado sin una sola imperfección?

—Cómo no —contestó el tejón.

—¿Por qué no andas hasta el otro extremo del claro, para que lo veamos? —propuso el zorro.

—Desde luego —respondió el tejón, y así, sin sospechar nada de nada, echó a andar hacia el otro extremo del claro del bosque.

Pues bien, si no hubiera estado tan cegado por su exceso de autosuficiencia el tejón se habría dado cuenta de que la rata, el armiño y la comadreja se tapaban el morro con las patas para que no se les viera reírse. Y si

hubiera prestado atención habría visto cómo les brillaban los ojos a muchos de los animales. Pero no. Él se fue con aire arrogante, caminando sobre las patas traseras, con el morro bien levantado, diciendo:

–Y así hay que andar... Fijaos en la elegancia con la que levanto las patas traseras... y en que siempre llevo cuidado de mantener la colita bien... ¡Uuuuuuuaaaaarrr-ggggguuuupp!

En ese momento descubrió el tejón el plan del zorro, que había puesto a todos los demás animales a cavar un pozo bien profundo en un extremo del gran claro del bosque. Luego lo habían llenado de agua fangosa y raíz de sangralengua y lo habían tapado con ramas y helechos.

Lógicamente, el tejón, que iba con el morro tan levantado, había caído en la trampa con los pies por delante... y se había hundido hasta el cuello.

–¡Socorro! –gritaba–. ¡Socorro! ¡Mi precioso pelo blanco! ¡Por favor, que alguien me saque! ¡Socorro!

Por supuesto, todos los animales reunidos en el claro se echaron a reír y señalaron al pobre tejón, que se las veía negras para mantener la cabeza fuera del barro. Al final tuvo que salir por sus propios medios.

Cuando, una vez fuera, se miró el precioso pelaje blanco, tan mancha-do de barro y de raíz de sangralengua, se avergonzó tanto que salió corriendo del bosque con un aullido lastimero. Corrió y corrió hasta lle-gar a un lago de aguas cristalinas donde trató de limpiarse la suciedad del pelo, pero la sangralengua es un tinte muy fuerte y, por mucho que lo intentaba, no lograba eliminarlo.

–¿Qué puedo hacer? –gemía–. Mi hermoso pelo blanco... de nada esta-ba tan orgulloso... y se ha quedado irrecuperable. ¿Cómo podré volver al bosque con la cabeza bien alta?

Para empeorar aún más las cosas, en aquel momento una criatura a la que el tejón no había visto jamás se le acercó nadando y le pre-guntó:

–Oye, pero ¿qué haces? ¡Mira que lavarte ese pelaje tan asqueroso y tan desgastado en nuestro lago de aguas cristalinas! ¡Fuera de aquí!

El tejón se quedó boquiabierto, no sólo porque no estaba acostumbra-do a que le hablaran así, sino también porque el animal era precioso, de un blanco inmaculado y sin una sola imperfección, como había sido él has-ta hacía poco.

–¿Tú quién eres? –preguntó.

–Pues el cisne, naturalmente –replicó el aludido–. ¡Y ahora fuera de aquí! ¡No queremos tener criaturas sucias como tú por estas aguas!

Entonces se alzo sobre las patas, empezó a batir sus potentes alas y el tejón se escabulló a toda prisa, con el rabo entre las piernas.

Durante el resto del día, el tejón se escondió en una arboleda desde la que se veía el lago cristalino y se dedicó a observar al blanco cisne, que se deslizaba orgulloso sobre las aguas. El tejón estaba tan cargado de resenti-miento y envidia que le pareció que iba a estallar.

Aquella misma noche se acercó sigilosamente al nido del cisne cuan-do éste estaba profundamente dormido y con mucha, mucha delicade-za le arrancó una pluma antes de escabullirse a toda prisa hasta su es-condite.

Hizo lo mismo la noche siguiente, y la otra, y la otra, y siempre regre-saba a la arboleda, donde dedicaba horas y horas a hacerse una buena capa de blancas plumas para tapar su pelaje manchado. Como lo hacía tan poquito a poco y tan sigilosamente, el cisne no se enteró hasta que un día hubieron desaparecido todas sus plumas menos una.

Aquella noche el cisne no podía dormir, porque, al haberse quedado casi sin plumas, nada le protegía del frío, de modo que vio al tejón acercarse muy silencioso para robarle la última. Cuando estaba en ello, el cisne se levantó con un terrible grito, le arrancó la cola de un buen picotazo, le dio un par de fuertes alazos y lo ahuyentó.

Después regresó al lago cristalino y se quedó allí sentado a llorar sus plumas perdidas.

Cuando el arquitecto de todas las cosas vio al cisne, al que había hecho tan hermoso, en aquel estado, calvo y desplumado, se sorprendió muchísimo, ¡pero más se sorprendió cuando se dirigió al bosque y vio al tejón pavoneándose por ahí (haciendo el ridículo, todo sea dicho) con el abrigo de plumas robadas!

–¡Tejón! –exclamó el arquitecto de todas las cosas–. ¡Ya sabía que eras vanidoso, pero no que también eras un ladrón!

En ese mismo instante le arrebató las plumas y se las devolvió al cisne.

–A partir de este día –anunció al tejón–, vas a vestir sólo el pelo manchado de raíz de sangralengua y, ya que eres amigo de lo ajeno, te voy a dar también una máscara de ladronzuelo.

Con esas palabras el arquitecto de todas las cosas pasó los dedos por los ojos del tejón y le dibujó dos rayas negras, como una máscara, desde las orejas hasta el morro.

El tejón se quedó tan avergonzado que se fue corriendo y se escondió, y hasta este día todos los tejones huyen de la compañía. Viven en soledad, roban un poco aquí y un poco allá, donde pueden, y en todo el mundo siguen llevando una máscara de rayas que les caen por encima de los ojos.

El probador nocturno

E L VIEJO PROBADOR NOCTURNO ronda las casas después del anochecer probándolo todo. Sacude una ventana por aquí y golpea una puerta por allá para ver si alguien se las ha dejado abiertas y, en caso de que sea así, lo que ocurre es lo siguiente:

El viejo probador nocturno se cuela dentro y se instala como si estuviera en su casa. Unta mermelada en el felpudo, coloca los pies sucios encima de la mesa de la cocina y se pone a merendar.

No es que se coma el felpudo entero; a decir verdad, casi ni se nota que le ha hincado el diente, porque sólo le da unos mordisquitos por las esquinas. Luego saca el azucarero y se echa una cucharadita por los pantalones, viejos y apestosos, para que crujan al sentarse. Le hace gracia. Después el viejo probador nocturno se da una vuelta sin hacer ruido y pone los dedazos sucios por aquí y deja huellas de barro por allá. Después, tras comprobar a ciencia cierta que todo el mundo esté profundamente dormido, ¿sabéis qué hace? ¡Pues sale de la casa y pega un buen portazo para que se despierten todos!

¡En efecto! Y además hace otra cosa, pero no recuerdo qué era...

En fin, que una noche un niño que se llamaba Tomás estaba tumbado en la cama cuando le pareció oír al viejo probador nocturno sacudir las puertas y las ventanas del piso de abajo. «¡Ya está bien de no dejar dormir!», se dijo, y se levantó de un brinco y bajó sigilosamente por la escalera.

Resulta que nadie había visto nunca al viejo probador nocturno, porque no soportaba que lo vieran con los chanclos viejos y sucios y el abrigo desgastado y deshilachado; siempre se esfumaba en cuanto alguien se despertaba.

Sin embargo, el joven Tomás era conocido por ser el más silencioso del colegio. Nunca hacía nada, nada de ruido. Y aquella noche, al bajar por la escalera despacito para tratar de pescar al viejo probador nocturno, Tomás hizo menos ruido que nunca en toda su vida.

Se movió con tanto sigilo que el viejo, que tenía tan buen oído, ni siquiera lo oyó.

Tomás se quedó quieto como una chimenea y miró por la puerta de la cocina. Desde allí vio al viejo probador nocturno mirar por la ventana de la cocina, sonreírse y sacudirla un poquito. Luego lo vio probar el pomo de la puerta trasera. La sacudió una vez. Y otra. Luego levantó la vista para ver si ya había despertado a alguien, pero no parecía que se hubiera levantado nadie. Mientras, el joven Tomás seguía oculto entre las sombras, quieto como una piedra.

El viejo probador nocturno se rió entre dientes haciendo una mueca y giró el pomo de la puerta trasera, que, para horror de Tomás, se abrió. ¡Su madre debía de haberse olvidado de echar la llave!

Tomás se quedó con el corazón en un puño al ver al viejo probador nocturno entrar en silencio y, una vez en la cocina, echar un vistazo con aquella mueca todavía en la cara y un pañuelo rojo, grande y sucio colgado del bolsillo del abrigo.

¡Tomás no tuvo ni tiempo de reaccionar y el viejo probador nocturno se dirigía ya hacia él sin hacer el más mínimo ruido! Durante un momento le pareció que lo había descubierto y que iba a ir a agarrarle con aquellas manos mugrientas y a taparle los ojos con aquel viejo pañuelo rojo y pringoso para que no viera nada, pero no, el viejo probador nocturno no se había percatado de su presencia, sencillamente iba a buscar la escoba que estaba en un rincón. Miró las sucias cerdas y se relamió. Luego fue, con el mismo sigilo de siempre, hasta la despensa y con aquellos dedos inmundos abrió un frasco de chocolate para untar, metió las escoba dentro y la sacó con un buen pegote de chocolate en las cerdas. Después se sentó, colocó aquellos chanclos viejos y asquerosos encima de la mesa de la cocina y se puso a dar mordisquitos a la escoba.

Sólo se detuvo para limpiarse la boca con la manga, que por supuesto también estaba bien sucia.

Mientras, Tomás seguía observando desde el otro lado de la puerta, quieto y callado como el reloj de pared de la cocina, que se había parado hacía nueve años, antes de que naciera el chico. «¡Esto pasa de castaño oscuro! —se dijo—. Una cosa es despertarnos por la noche con tanto traqueteo de ventanas y puertas, pero esto de mordisquear la mejor escoba de mi madre es de muy mala educación.» Así pues, entró de sopetón en la cocina diciendo:

—¡Eh, probador nocturno! ¡Deja eso!

Ni que decir tiene que el viejo probador nocturno se puso en pie de un respingo, soltó la escoba y se dio con la cabeza contra el armarito contra el cual el padre de Tomás se daba siempre (tenía intención de cambiarlo de sitio, que conste).

—¡Ay! —gritó el viejo, y se lanzó hacia la puerta trasera todo lo deprisa que le permitieron sus viejos chanclos fangosos, pero Tomás la alcanzó antes, giró la llave en la cerradura y la echó por el desagüe.

—¡No, por favor, déjame salir! —gimoteaba el viejo probador nocturno—. ¡Sólo estaba mordisqueando un poquito la escoba!

—Mira, escúchame bien, viejo probador nocturno —contestó muy firme Tomás—: estoy harto de que no me dejes dormir, con tanto traqueteo de puertas y ventanas. Si te dejo salir, tienes que prometerme que no volverás a las andadas.

—Te lo prometo, pero abre la puerta y déjame salir, porque no soporto que me vean con los chanclos viejos y sucios y el abrigo desgastado y deshilachado.

—Muy bien —accedió el joven Tomás—, pero mira cómo has dejado la cocina, hecha un asco. ¡Has puesto los dedazos mugrientos en la puerta de la despensa, has dejado huellas de barro en la mesa y has pringado la escoba de chocolate! Antes de dejarte salir quiero que lo limpies todo.

—De acuerdo —suspiró el viejo probador nocturno, y sacó su pañuelo rojo, desgastado y sucio, y se puso a restregar los dedazos marcados en la puerta de la despensa.

Sin embargo, por donde iba, los chanclos inmundos dejaban más huellas de barro por el suelo y, por donde limpiaba, el pañuelo rojo, desgastado y sucio sólo conseguía extender la roña y dejarlo todo el doble de mugriento.

—¡Estás dejando más suciedad de la que limpias! —exclamó Tomás.

–¡Lo hago lo mejor que puedo! –lloriqueó el viejo probador nocturno, y restregó la manga asquerosa por la puerta de la despensa, con lo que dejó un manchurrón de chocolate. Luego se arrodilló y trató de quitar las pisadas embarradas de los chanclos llenos de lodo, pero tenía las rodillas grasientas y las manos cubiertas de chocolate, por lo que el suelo empeoraba por momentos a su paso.

–¡Déjalo, déjalo! –chilló Tomás–. ¡Ya lo limpiaré yo!

Agarró un cubo de agua y un cepillo y fue detrás del viejo limpia que te limpiarás... Al cabo empezó a cansarse y a adormilarse... pero la cocina seguía cubierta de barro y chocolate, y cuanto más trataba de limpiarla el viejo probador nocturno, peor quedaba. Tomás no podía aguantar el ritmo con el cubo y el cepillo, y justo cuando empezaba a plantearse si no era mejor abrir la puerta y librarse del viejo probador nocturno de una vez, de repente todo quedó a oscuras; no veía nada de nada.

Se le heló la sangre, pues se dio cuenta de que el viejo se había colocado a su espalda a hurtadillas mientras estaba ocupado frotando y le había tapado los ojos anudándole el pañuelo rojo, desgastado y sucio...

–¡Esto es lo que te pasa por merodear por la casa en plena noche, cuando deberías estar dormido –le dijo el viejo probador nocturno–, que por la mañana ya no te despiertas!

Tomás se retorció y trató de quitarse el pañuelo rojo, desgastado y sucio de los ojos cuando de repente comprendió que lo que le impedía ver no era el pañuelo rojo, desgastado y sucio, sino las manos mugrientas del viejo probador nocturno. Logró zafarse de ellas y acto seguido se dio cuenta de algo muy extraño: ¡las manos del viejo probador nocturno no estaban nada sucias!

¡Entonces levantó la vista y comprobó que no se trataba del viejo probador nocturno! ¡Era su padre! La luz de la mañana entraba a raudales por la ventana de la habitación y Tomás estaba en su propia cama, a salvo.

–¿Lo ves? ¡Esto es lo que te pasa por merodear por la casa en plena noche, cuando deberías estar dormido –le decía su padre–, que por la mañana ya no te despiertas!

–Pero el viejo probador nocturno... –se quejó el chico–. ¡Ha dejado la cocina hecha un asco!

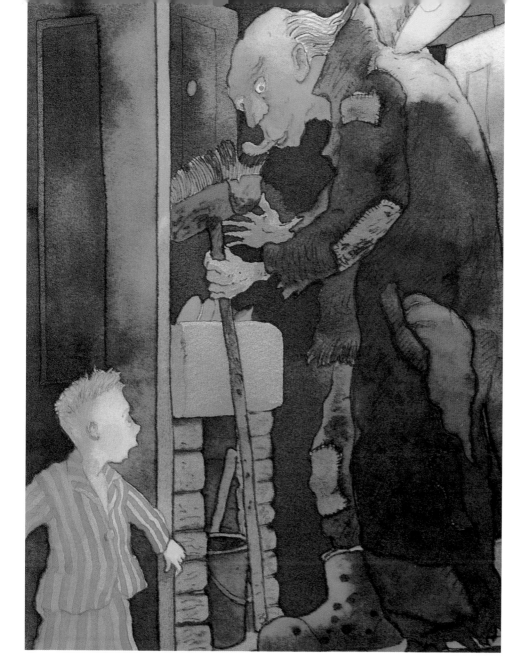

—Me parece que lo has soñado, Tomás —concluyó su padre.

¡En efecto! Ésa es la otra cosa que hace el viejo probador nocturno y que nunca recuerdo: después de despertar a todo el mundo con tanto sacudir ventanas y golpear puertas, saca el pañuelo rojo, desgastado y sucio, lo abre y dentro aparecen sueños de todo tipo. Antes de marcharse, el viejo probador nocturno elige uno o dos y nos los deja a la entrada de casa, para que nos hagan compañía durante la noche.

Coque Cosquillas

COQUE COSQUILLAS era un niño que sabía hacer cosquillas. Se le daba a las mil maravillas. Era capaz de encontrarle las cosquillas a cualquiera, incluso a la persona más descosquillada que no se riera ni a la de tres.

Pues bien, sucedía que su ilustrísima el sumo tesorero del reino era precisamente de ésos, de los descosquillados que no se reían ni a la de tres. En realidad, hacía veinte años que no soltaba una carcajada.

—¡Venga, hombre, haz el favor, Fermín! —le dijo un día el rey—. Da pena sólo mirarte, ¿por qué no sonríes de vez en cuando?

—Sonrío siempre que resulta necesario, ni más ni menos —contestó su ilustrísima el sumo tesorero del reino, y le hizo una demostración de sonrisa al monarca.

—¡Si eso es una sonrisa —repuso éste—, yo soy un sacacorchos zurdo!

—¿Cómo dice?

—Es que sonreír es como el oro —se explicó el rey—: es imposible gastarlo todo ni que se te acabe.

—No soy nada despilfarrador, majestad —replicó el sumo tesorero, y a continuación se fue a organizar los asuntos de la jornada.

A todo esto, en el preciso instante en que el sumo tesorero le decía esas palabras al rey, la madre de Coque Cosquillas le decía algo muy distinto a su hijo:

—Coque, hijo mío, te quiero todo lo que puede querer una madre a su retoño. Si el amor pudiera hacerte engordar, serías el niño más rechoncho de todo el reino, pero sólo hay que mirarte, estás en los huesos. No tengo suficiente dinero para darnos de comer. No llego ni siquiera a pagar el alquiler y, si no lo consigo, nos echarán de casa mañana por la mañana.

—No te preocupes, mamá —contestó Coque Cosquillas—, ¡voy a salir a ganar dinero!

—Pero ¿cómo? Eres demasiado chiquito y enclenque para trabajar. Lo único que se te da bien es encontrarle las cosquillas a la gente y hacer reír.

—Pues muy bien —contestó él—, voy a hacer reír a la gente, a ver si así me dan trabajo.

Dicho eso salió a las calles de la ciudad.

En primer lugar se fue a ver al ladrillero y le hizo cosquillas detrás de la oreja derecha. Cómo no, el hombre se echó a reír a mandíbula batiente. La verdad es que se rió con tantas ganas que se le cayeron los ladrillos, por lo que, cuando dejó de reír, se volvió hacia Coque Cosquillas y le dijo:

—¡Mira lo que has hecho! He roto los ladrillos. ¡Fuera de aquí!

El pobre Coque se fue entonces a ver al botero y le hizo cosquillas detrás de la oreja izquierda. El hombre soltó el martillo y los clavos y se echó a reír, y no pudo parar durante cuarenta minutos. Cuando por fin se controló se volvió hacia Coque Cosquillas y le dijo:

—¡Mira lo que has hecho! Me has hecho perder cuarenta minutos y el tiempo es oro. ¡No quiero que nadie me haga cosquillas!

Luego Coque se fue a ver al campanero y le hizo cosquillas en el cogote. El campanero se rió y se rió tanto que resquebrajó la campana que estaba fundiendo, así que le echó del taller con cajas destempladas, aunque aún seguía riéndose a carcajadas. Por fin, Coque se fue a las cocinas de palacio, donde se encontró al cocinero cortando tocino. Le pareció que lo mejor era no hacerle cosquillas y se limitó a pedirle:

—Déjeme trabajar aquí, por favor. Tengo que ganar dinero, porque si no nos echarán de casa a mi madre y a mí.

—El trabajo en las cocinas del rey es muy duro —contestó el hombre—, y tú estás en los huesos. ¡No durarías ni un día!

Y siguió cortando tocino.

Naturalmente, Coque vio los huevos que estaban hirviendo para el desayuno del rey y el pan que estaban untando con mantequilla y se le hizo la boca agua, pues recordó que hacía dos días que no comía nada de nada.

Trató de marcharse, pero no lograba apartar la vista de tanta comida. De repente notó una mano en el hombro. Levantó la vista y vio la cara de una de las doncellas, que exclamó:

–¡Válgame el cielo! Estás pálido como un cerdito y delgaducho como un colín. Será mejor que me acompañes y te metas algo entre pecho y espalda antes de irte, jovencito.

Le sentó a la mesa de la despensa y le sacó un plato de gachas y rebanadas de pan con un poquito de mermelada de fresa.

Resultó que el rincón preferido de la princesa en todo el palacio era la despensa, a la que bajaba todas las mañanas para pasar una hora con Rosaura, la doncella; evidentemente, al bajar aquel día en concreto se topó con Coque Cosquillas, que estaba lamiendo el plato de gachas hasta dejarlo reluciente.

–Desde luego, tienes que ganar dinero de alguna forma –reconoció la princesa cuando hubo escuchado la historia del chico–. ¿Se te da bien alguna cosa?

Desanimado, Coque negó con la cabeza y contestó:

–Sólo se me da bien una cosa, pero únicamente sirve para meterme en líos.

–¿Y sumar y restar? –insistió ella–. A lo mejor mi padre puede darte trabajo en la contaduría.

Dicho eso, la princesa le tomó de la mano y se lo llevó ante el rey, que aún estaba desayunando (actividad a la que dedicaba casi toda la mañana), pero el monarca le rechazó con un gesto.

–No pareces lo bastante serio para la contaduría, me temo –argumentó–. A su ilustrísima el sumo tesorero del reino no le parecería bien.

En aquel preciso instante entró el tesorero, con aire muy solemne.

–¡Majestad! –saludó con toda la seriedad del mundo.

–Hablando del rey de Roma... –comentó el rey–. Aquí llega la alegría de la huerta...

–Hay tres hombres esperando –prosiguió el tesorero del reino, cada vez más y más solemne– que desean que escuche sus quejas.

–Ay, no, ¿de verdad tengo que atenderlos? –suspiró el rey.

–¡Se trata de un asunto de la mayor seriedad! –dijo el tesorero del reino.

–No podía ser menos. Muy bien, que pasen.

El sumo tesorero del reino hizo pasar a los tres hombres, que eran el

ladrillero, el botero y el campanero. Nada más ver a Coque Cosquillas, por supuesto, los tres le señalaron al grito de:

—¡Ése es!

—¿Ése es el qué? —se sorprendió el rey.

—Me ha hecho reír —se quejó el ladrillero— con tanta fuerza que se me ha caído una bandeja entera de ladrillos recién hechos y se me han roto. Exijo un penique por ladrillo roto.

—Pues a mí me ha hecho reír con tantas ganas —intervino el botero— que he perdido cuarenta minutos, y el tiempo es oro. Exijo seis peniques de plata por las botas que podría haber hecho en ese rato.

—Y yo exijo una guinea de oro —terció el campanero—, por la campana que he resquebrajado cuando me ha hecho reír.

—¿Es eso cierto? —preguntó su ilustrísima el sumo tesorero del reino—. ¿Has hecho reír a todos estos señores?

—Es muy cierto y estoy muy arrepentido —respondió Coque Cosquillas.

—Pues entonces debes pagar por todo —afirmó el tesorero— o haré que te cojan de la oreja y te echen en un calabozo.

–No puedo pagar nada a nadie. Mi madre y yo no tenemos dinero ni para pagar el alquiler ni para comprar comida.

–¡Eso es problema tuyo! –gritó el tesorero del reino–. ¡Guardias, agarrad a este chico de la oreja y echadle en un calabozo!

Cuando los guardias se acercaban ya para arrestar a Coque, el tesorero del reino acercó la cara a la del niño y sentenció:

–A lo mejor así aprendes que tiene que haber un sitio y un momento para cada cosa.

Pues bien, no sé muy bien cómo fue aquello, pero lo cierto es que su ilustrísima el sumo tesorero del reino se había puesto tan serio y tan solemne que Coque Cosquillas no pudo aguantarse y... justo cuando le agarraban ya los guardias de la oreja, estiró el brazo e hizo cosquillas a su ilustrísima debajo de la barbilla. Por descontado, el hombre se echó a reír. La verdad es que se tiró al suelo y empezó a dar vueltas riendo, riendo y riendo.

–¡Impresionante! –exclamó el rey–. ¡En veinte años no le había visto reír ni una sola vez! Has sido tú, ¿no es cierto?

–Me temo que es lo único que se me da bien –se lamentó Coque Cosquillas mientras los guardias se lo llevaban a rastras.

–¡Estás contratado! –bramó el rey a su espalda–. Traed aquí a ese chico.

Los guardias, que ya habían sacado a Coque del salón de desayunos y estaban a mitad de la escalera de los calabozos, dieron media vuelta de inmediato y le llevaron otra vez al salón, todavía a rastras y todavía de la oreja (lo cual resultaba muy doloroso).

Al cabo de un rato, el rey le explicó sus deberes:

–Tiene que haber un sitio y un momento para cada cosa, desde luego, sobre todo para la risa. Tu cometido va a ser hacer sonreír a su ilustrísima el sumo tesorero del reino al menos treinta veces al día y soltar una buena carcajada al menos una vez.

Así fue cómo por fin encontró trabajo Coque Cosquillas y pudo evitar que los echaran de casa a su madre y a él.

En realidad, resultó que no se le daba mal sumar y restar, por lo que, cuando su ilustrísima el sumo tesorero del reino se jubiló, Coque le sustituyó, claro que por entonces no le hacía falta trabajar, pues se había casado ya con la hija del rey. Y es que a veces... ¡a la princesa también le gustaba que Coque le hiciera cosquillas!

Cuando los gatos tenían dos colas

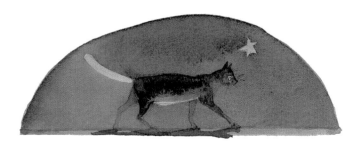

ANTAÑO TODOS LOS GATOS tenían dos colas, una para el día y otra para la noche. De día llevaban la larga y gruesa cola diurna enrollada en torno al cuerpo y dormían plácidamente, tan a gustito, pero cuando caía la noche, ¡ah!, entonces todos los gatos se iban a sus respectivos escondrijos y allí se hurgaban dentro de la pata y sacaban un fardo envuelto en piel de ratón. Luego esperaban hasta estar seguros... completamente seguros... de que no miraba nadie... pero nadie, nadie (pues los gatos, como ya sabréis, son muy zorros, más que los propios zorros)... y por fin desenvolvían el fardo de piel de ratón. En su interior estaba la cola nocturna, en cada fardo la de un gato concreto.

La cola nocturna era de longitud y grosor normales, pero se movía nerviosamente allí en el fardo de piel de ratón, pues, a pesar de ser de longitud y grosor normales, se trataba de una cola de lo más notable.

¿Os imagináis por qué? Bueno... os lo voy a contar. Resulta que resplandecía como la luz del sol. Así, todos los gatos podían desaparecer, ¡zas!, en un abrir y cerrar de ojos al ponerse la cola diurna y deslumbrar, ¡zas!, al sacar la resplandeciente cola nocturna. Levantaban las colas por encima de la cabeza, iluminaban la noche como si se hubiera hecho de día y los ratones temblaban en los rincones más oscuros de sus escondites.

Cuando salían los gatos, los tejones y los zorros dejaban lo que estuvieran haciendo para contemplarlos y aplaudir, pero todas las familias de ratones se apiñaban en lo más recóndito de sus escondites y les tiritaban los bigotes.

Cuando salían los gatos, las comadrejas y los armiños se subían unos a hombros de los otros para ver mejor, pero los ratoncitos se acurrucaban asustados en los brazos de sus madres.

En esto que un buen día cierto ratón dijo:

—¡Se acabó!

—Siempre tienes razón, por descontado, amor mío —contestó su esposa—, pero ¿qué es lo que se ha acabado? Hace días que no comemos nada.

—¡Pues a eso me refiero! No hemos comido nada porque esos gatos se pasan todo el día durmiendo a la entrada de nuestros escondites, bien arropados con esas colas diurnas largas y gruesas. Y luego por la noche, cuando parecería que ya no hay peligro y podemos salir de puntillas a robar un trocito de queso...

—¡Sólo un trocito de queso! —gorjearon todos sus hijitos al unísono.

—¡Esos gatos van y se ponen las colas nocturnas e iluminan la noche como si se hubiera hecho de día! —concluyó papá ratón.

—En la vida has dicho nada más cierto, amor mío —reconoció mamá ratón—. Esos gatos son unos zorros, mucho más incluso que los zorros...

—¡Por eso digo que se acabó! —exclamó el ratón, y se golpeó el pecho con las patitas. A sus hijos les entró mucho miedo, como siempre que su padre se ponía de mal humor—. ¡Aquí parece que nadie vaya a hacer nada, pero como me llamo Carlos Camilo Comequeso XLIV que voy a poner remedio a esta situación!

—Ay, lleva cuidado —pidió su esposa, que siempre se asustaba cuando Carlos Camilo recurría a su nombre completo—. ¡No te precipites, amor mío! ¡No dejes que tu fuerza y tu tamaño te lleven a hacer cosas de las que podrías arrepentirte!

Sin embargo, en menos de lo que desaparecen los agujeros del queso en presencia de un ratón, Carlos Camilo ya se había ido a ver al padre de todas las cosas para presentar una queja.

El padre de todas las cosas le escuchó con la cabeza ladeada hacia la derecha y luego la ladeó hacia la izquierda y siguió escuchando. Después se volvió hacia la madre de todos los gatos, que fingía dormir allí cerca, y preguntó:

—¿Y bien, madre de todos los gatos? No parece justo que tengáis dos colas cuando todas las demás criaturas tienen sólo una.

–Ay, no sé –replicó ella–. Algunas criaturas tienen dos patas y otras cuatro, algunas incluso seis y sé de quien tienen un centenar, como el desagradecido del ciempiés. En fin, que no veo por qué no vamos a tener dos colas los gatos.

–Pues porque no es justo, los ratones salimos perdiendo –se quejó Carlos Camilo–. ¡Nos veis de día y también de noche! Tenemos todas las de perder.

Así siguieron discutiendo todo el día, hasta que intervino el padre de todas las cosas:

–¡Basta! Todas las criaturas tienen una sola cabeza y lo mismo que sucede con la cabeza debe suceder con la cola.

Al escuchar eso todos los ratones presentes aplaudieron con entusiasmo, pero la madre de todos los gatos sacudió los bigotes zorrunos, sonrió y contestó lo siguiente:

–De acuerdo, a partir de ahora los gatos tendremos sólo una cola, pero ¿accedes a dejarnos elegir a nosotros mismos qué tipo de cola?

–¿Te parece bien? –preguntó el padre de todas las cosas al ratón.

–¡Sí! ¡Sí! –respondió éste–. ¡Pero que sea sólo una!

–Muy bien –dijo entonces el padre de todas las cosas a la madre de todos los gatos–, podéis elegir.

–En ese caso –contestó ella, con un buen golpe de cola–, sabed que los gatos elegimos una cola gruesa y larga para acurrucarnos con ella alrededor (como la diurna) y también resplandeciente para que ilumine la noche (como la nocturna), las dos cosas a la vez.

–Esa respuesta ha sido muy astuta. Los gatos sois unos zorros, mucho más incluso que los zorros... –comentó el padre de todas las cosas.

Todos los ratones presentes se volvieron hacia Carlos Camilo Comequeso XLIV y le espetaron:

–¡Toma ya! ¡Mira lo que has conseguido al ser tan entrometido! ¡Ahora las cosas van a empeorar aún más!

El ratón acercó los bigotes al suelo y gritó:

–¡Ay, por favor, padre de todas las cosas, no permitas que los gatos tengan colas que sean como sus colas diurnas y como las nocturnas a la vez, o mucho me temo que todos los ratones desapareceremos de la faz de la Tierra!

—No puedo retirar mi palabra —repuso el padre de todas las cosas, que se volvió hacia la madre de todos los gatos, que se había sentado muy elegante y con un aire muy zorruno, más incluso que el de los zorros, para añadir—: Madre de todos los gatos, ¿prometes quedarte satisfecha si os concedo colas que sean como vuestras colas diurnas y como las nocturnas a la vez?

La madre de todos los gatos se sonrió con gesto muy zorruno, más incluso que el de los zorros, y respondió:

—Lo prometo.

Entonces aplaudieron con entusiasmo todos los gatos, los armiños y las comadrejas, y los ratoncitos se acurrucaron aún más entre los brazos de sus madres y sus padres retorcieron las patas desesperados.

—Así pues, desde este día —anunció el padre de todas las cosas—, que las colas de todos los gatos sean como sus colas nocturnas (de tamaño normal, ni gruesas ni largas) y al mismo tiempo como las diurnas (es decir, que no brillen para iluminar la noche); así pues, tendrán colas normales y corrientes.

Apenas había acabado de pronunciar esas palabras se oyó un chasquido seguido de un zumbido y todas las colas de todos los gatos pasaron a ser normales y corrientes, más o menos como siguen siendo hoy.

Al ver eso, todos los ratones aplaudieron con entusiasmo y todos los gatos se soplaron los bigotes y se fueron hacia el bosque con la cola entre las piernas.

Ahora tengo que contaros algo terrible que demuestra que los gatos son unos zorros, mucho más incluso que los zorros.

Resulta que aquella misma noche Carlos Camilo le dijo a su esposa:

–Amor mío, ahora que ya ha anochecido, vamos a dar un paseíto, pues, gracias a mis esfuerzos, ya no corremos el más mínimo peligro una vez ha caído la noche, ya que los gatos no cuentan con colas resplandecientes que iluminen la noche y no lograrán vernos.

–Como siempre, cariño, tú eres el que lo sabe todo –respondió su esposa.

De ese modo, se pusieron los mejores abrigos veraniegos que tenían y salieron de su escondite, pero de inmediato se abalanzó sobre ellos un gato, ya que estos animales, como todo el mundo sabe, tienen unos ojos que les permiten ver de noche y siempre habían visto igual de bien hubiera luz o no, de día o de noche, con o sin las colas resplandecientes.

Desde luego, estos gatos son unos zorros, mucho más incluso que los zorros...

El rey volador

É RASE UNA VEZ UN DIABLO DEL INFIERNO que se llamaba Carnifex y que gustaba de zamparse niños pequeños. A veces los atrapaba vivos y les machacaba todos los huesos del cuerpo, a veces les arrancaba la cabeza y a veces les daba palizas tan fuertes que les partía la columna vertebral como una ramita seca. No, no tenían fin las atrocidades de las que era capaz, pero un buen día Carnifex se levantó de la cama en el infierno para encontrarse con que no le quedaba un solo niño.

«Lo que me hace falta es un servicio de distribución organizada», se dijo, así que, ni corto ni perezoso, se fue a un país que sabía que estaba gobernado por un rey terriblemente vanidoso. Se lo encontró en el baño (en el que había más de cien bañeras) y le preguntó:

–¿Te gustaría volar?

–Pues sí, mucho, la verdad –contestó el rey–, pero ¿qué deseas a cambio, Carnifex?

–Ah... No te creas que gran cosa. Te permitiré volar todo lo alto que quieras, todo lo deprisa que quieras, con sólo levantar los brazos así –explicó el diablo mientras le indicaba cómo volar.

«La verdad es que me gustaría mucho poder hacerlo», pensó el rey, y en voz alta repitió:

–Pero ¿qué es lo que quieres a cambio, Carnifex?

–¡Venga! ¡Pruébalo! –insistió el diablo–. Extiende los brazos, así, muy bien, ¡y ahora a volar!

El rey extendió los brazos y de inmediato empezó a flotar en el aire. Luego se elevó por encima de los tejados y las chimeneas de la ciudad. Subió

y subió más hasta quedar por encima de las nubes y volar como un pájaro en un día de verano. Después aterrizó junto al diablo e insistió:

–Pero ¿qué es lo que quieres a cambio, Carnifex?

–Ah, no te creas que gran cosa –contestó el diablo–. Tú dame un niño
pequeño cada día y podrás volar. Así, sin más.

Lo cierto es que el rey tenía muchas ganas de ser capaz de volar, así, sin
más, pero era consciente de las atrocidades que hacía Carnifex a los niños,
así que se negó con un gesto.

–Pero si en tu reino hay miles de niños –persistió el diablo–. Sólo coge-
ré uno cada día, tú gente casi ni se dará cuenta.

El rey lo pensó largo y tendido, pues sabía que era algo espantoso,
pero es que tener que ir andando a todas partes, cuando ya había probado las emociones del vuelo, le parecía algo tan aburrido y tan lento que al
final accedió. Y desde aquel día fue capaz de volar, así, sin más.

Al principio todos sus súbditos se quedaron impresionados. La primera vez
que alzó el vuelo se congregó una multitud en la plaza mayor que se quedó allí boquiabierta al ver a su rey extender los brazos, levantarse por los
aires y luego salir volando por encima de las nubes y desaparecer. Después
bajó en picado y voló bajo por encima de sus cabezas mientras todos le acla-
maban entre vítores y aplausos.

Sin embargo, al cabo de unos meses ya se había convertido en algo
tan habitual ver al rey volar por encima de la ciudad que dejaron de pres-
tarle atención. En realidad, a algunos incluso empezó a molestarles. Y cada
día una pobre familia descubría que uno de sus hijos había desaparecido a
manos de Carnifex el diablo.

A todo esto, la hija menor del rey tenía una muñeca que era tan realista que la quería y la trataba como si fuera un bebé de verdad. La niña tenía
la costumbre de colarse en el baño de su padre (cuando no la veía) y bañar
a la muñeca en una de sus múltiples bañeras. Por una de esas casualidades,
estaba haciendo precisamente eso el día en que el rey selló el pacto con
Carnifex, por lo que la totalidad de su conversación llegó a sus oídos.

Naturalmente, se quedó espantada al escuchar aquello, pero, dado que
las mujeres no estaban muy bien consideradas en aquel país por entonces,
y dado que era la menor de todas sus hijas y la más insignificante, no se atre-

vió a contarle a nadie lo sucedido. Un día, sin embargo, llegó Carnifex y se llevó al hijo predilecto del mismísimo rey.

El soberano se mantuvo ocupado en la contaduría y no dijo ni palabra. Luego, por la tarde, se fue a dar un largo vuelo y no regresó hasta que hubo caído la noche. La madre del chico, por su parte, estaba tan apesadumbrada que se metió en la cama, agonizante.

La hija menor decidió ir a verla, como siempre aferrando su muñeca preferida, y le contó todo lo que sabía.

De inmediato el dolor de la reina se transformó en cólera contra el rey, pero sabía que, si iba directamente a verle y se quejaba, tenía todos los puntos para que el monarca ordenara que le cortaran la cabeza antes de que pudiera decir una palabra más. Como era un mujer astuta, decidió vestirse de mendiga y, llevándose consigo a su hija menor, escapar de palacio en mitad de la noche.

Desde entonces recorrió el reino, de un extremo a otro, mendigando para comer. Allá donde iba, hacía que su hija menor se subiera de pie a un taburete, sin soltar su muñeca preferida (que a todo el mundo le parecía real), y contara su historia. De ese modo, todo el que la escuchaba decía:

–¡Claro! ¡Por eso puede volar el rey!

Y a todos les invadía la cólera contra su soberano.

Con el tiempo, todos los habitantes de todos los rincones del reino acudieron al rey a protestar. Se agolparon en la plaza mayor y el monarca los sobrevoló con cara de pocos amigos.

–¡No eres digno de ser nuestro rey! –gritaba la gente–. ¡Has sacrificado a nuestros hijos para poder volar!

El rey se elevó un poquito más, para quedar fuera del alcance de sus súbditos, y luego les ordenó a todos que se callaran y llamó al diablo:

–Carnifex, ¿dónde estás?

Hubo un fogonazo, se extendió un olor a cuerno chamuscado y apareció Carnifex el diablo, sentado encima de la fuente del centro de la plaza.

De inmediato la multitud profirió un gran grito que estaba entre el miedo y la furia, pero Carnifex vociferó:

–¡Escuchadme! ¡Sé muy bien cómo os sentís!

Los ciudadanos se quedaron bastante parados ante aquellas palabras y uno o dos de ellos empezaron a pensar que quizá Carnifex no era tan mala gente, al fin y al cabo. Algunas de las señoras se fijaron incluso en que era bastante atractivo, con aquel aire de diablillo suyo... Pero entonces la hija menor del rey se subió a su taburete y gritó:

–¡Es un diablo! ¡No le escuchéis!

–No, claro, claro –contestó Carnifex, relamiéndose nada más ver a aquella niñita aferrada a su muñeca preferida–, pero hasta yo puedo identificarme con el trágico sufrimiento de estos padres al ver cómo les arrebatan a sus queridísimos niños ante sus propios ojos.

–Vaya, mira por dónde –comentó más de un ciudadano a su vecino.

–¿Quién habría dicho que sería todo un caballero? –susurró más de un ama de casa a su mejor amiga.

–¡No escuchéis! –chilló la hija menor del rey.

–Bueno, voy a proponeros algo –prosiguió Carnifex, sin apartar aquellos ojillos brillantes de la niña que, según creía él, sostenía un bebé–. Voy a compensaros por tan trágicas pérdidas: voy a permitiros volar a todos, así, sin más.

Y señaló al rey, que subió y bajó un poco por los aires y luego hizo un bucle sólo a modo de demostración.

No quedó uno solo de aquellos buenos ciudadanos al que no embargara un deseo casi irrefrenable de unirse a él en el cielo.

–¡No le escuchéis! –gritaba todavía la niña–. ¡Os pedirá a vuestros hijos!

–Yo sólo quiero –terció Carnifex con el tono más adulador del que fue capaz– un niñito al día, nada, sólo uno. No es pedir demasiado, ¿verdad?

¿Y sabéis qué? Pues que quizá uno o dos de los presentes estaban tan consumidos por el deseo de volar que habrían accedido si no hubiera sucedido algo extraordinario: de repente la niña menor del rey se puso de puntillas y sostuvo su muñeca preferida en alto para que la viera la multitud, diciendo:

–¡Mirad! ¡Esto es lo que les hará a vuestros hijos!

Con esas palabras arrojó la muñeca, para ella tan querida, en brazos del mismísimo Carnifex.

Por supuesto, aquello fue demasiado para el diablo, que se creía que era un bebé de verdad y ya le había arrancado la cabeza y la había desmembrado por completo en menos de lo que canta un gallo.

Cuando la gente vio a Carnifex hacer pedazos a un bebé (pues nadie sabía que se trataba simplemente de una muñeca), todo el mundo entró en razón de golpe. La multitud emitió un grito de furia y se abalanzó sobre Carnifex, que estaba agachado encima de la fuente con la cara arrugada de asco y escupiendo trocitos de porcelana y relleno.

No sé qué le habrían hecho si le hubieran puesto la mano encima, pero antes de que le alcanzaran el diablo saltó de la fuente directamente a la espalda del rey volador y, con un grito de rabia y despecho, le arrastró con él hasta el infierno, que era donde debían estar los dos.

Después, la gente regaló a la hija menor de los reyes una muñeca igual de realista que la anterior y se le permitió bañarla en el baño del rey siempre que le viniera en gana.

En cuanto a Carnifex, regresó todos los años para tratar de convencer a la gente de que le entregaran apenas un niño diario, pero daba igual lo que les ofreciera, los habitantes del reino jamás olvidaron lo que le habían visto hacer aquel día, de modo que se negaban y el diablo tenía que irse con las manos vacías.

Todo esto sucedió hace cientos y cientos de años, y Carnifex nunca dio con nada que le sirviera para convencerlos.

¡Pero escuchad atentamente! Puede que os parezca que Carnifex era un diablo terrible y que el rey fue una malísima persona por entregarle a todos esos niños sólo para poder volar, pero voy a contaros algo aún más impresionante, y es que aún hoy en día, en esta misma Tierra en la que vivimos vosotros y yo, permitimos que no sólo a uno... ni a dos... ni a tres... sino a veinte niños les aplasten la cabeza o les rompan la columna vertebral o los aplasten vivos todos los días... y no lo permitimos ni siquiera para poder volar, sino sólo para poder circular en unas cosas que llamamos coches.

Si hubiera leído algo así en un cuento fantástico no me lo habría creído. ¿Y vosotros?

El caballo danzarín

UN BUEN DÍA iba paseando un granjero cuando vio algo de lo más extraordinario. Uno de sus caballos, que debería haber estado pastando como todos los demás, se había puesto a bailar.

El granjero se restregó los ojos y volvió a mirar, pero el caballo seguía brincando por la hierba sobre dos patas, haciendo piruetas, giros y reverencias de aquí para allá por todo el campo.

Al cabo de un rato, el granjero le gritó:

–¡Oye! ¿Qué te crees que haces?

–Oigo una música dentro de la cabeza que me da ganas de ponerme a bailar –explicó el animal.

Y así siguió, de aquí para allá por todo el campo.

«Bueno, la gente pagaría un dinero por ver algo tan extraordinario como un caballo danzarín», se dijo entonces el granjero.

Así pues, se lo llevó al mercado y se puso a cobrar a la gente un penique para verlo. Cuando se hubo reunido todo el mundo, el violinista del pueblo empezó a tocar una giga y el granjero soltó al caballo danzarín, pero el animal se quedó quieto y no bailó nada, no dio ni un solo paso.

Evidentemente, la gente lo abucheó y el granjero tuvo que devolver el dinero. Cuando se hubo ido todo el mundo, se volvió hacia el caballo y le preguntó:

–¿Qué pasa? ¿Por qué no has bailado?

–Es que no me apetecía –dijo el caballo–. No oía música dentro de la cabeza.

–¡No te apetecía! –exclamó el granjero–. Escúchame bien: has conseguido ponerme en ridículo y no voy a volver a darte de comer ni un solo brote de avena hasta que decidas bailar.

Entonces agarró un palo y se puso a pegarle.

Más adelante, el granjero reunió de nuevo a un grupo de personas que pagaron un penique por cabeza para ver al maravilloso caballo danzarín. Una vez más, el violinista tocó una giga, pero tampoco en esa ocasión bailó el caballo, ni un solo paso. Estaba tan deprimido que se quedó allí plantado todo el rato que estuvo tocando el violinista.

El granjero, por supuesto, se puso aún más furioso. Se volvió hacia el animal y le gritó:

—¡Escúchame bien! ¡O bailas o te vendo a la fábrica de pegamento, donde te hervirán para hacer contigo pegamento!

Evidentemente, ante eso el caballo se quedó aterrado, por lo que, cuando por tercera vez el granjero reunió a los espectadores, a un penique por cabeza, y el violinista se puso a tocar su giga, el pobre animal trató de bailar. Sin embargo, estaba tan apesadumbrado que se notaba el corazón de plomo y el ruido de la giga del violinista le impedía escuchar la música de dentro de la cabeza.

Al poco la gente empezó a abuchearlo otra vez:

—¿A eso llaman un caballo danzarín?

—¡Mi gato baila mejor! —gritaban, y pedían que les devolvieran el dinero.

El granjero se volvió hacia el caballo, blanco de furia, pues en la vida había tenido en las manos tanto dinero y se veía obligado a devolverlo.

—¡Criatura holgazana y desagradecida! —bramó, y en aquel mismo instante agarró al animal y lo vendió a la fábrica de pegamento.

A todo esto, como era domingo, la fábrica no funcionaba hasta el día siguiente, así que dejaron al caballo en un campo mientras tanto.

Cuando volvió a verse en un campo de hierba, el animal se sintió tan feliz por haberse alejado de todos aquellos ojos expectantes y de su cruel amo que empezó a oír música dentro de la cabeza de nuevo y una vez más se puso a bailar por el campo, con elegancia pero también con tristeza.

Allí, tengo entendido, sigue bailando hasta el día de hoy, pues el propietario de la fábrica de pegamento miró por casualidad por la ventana y vio al caballo danzar con tanto arte que se dijo: «Se trata, está claro, de un jamelgo que baila por amor, no por dinero». Y lo dejó bailar en aquel campo mientras siguiera viviendo y oyendo aquella música en la cabeza.

Teodoro y Doroteo

VIVIERON UNA VEZ DOS HERMANOS que no se ponían nunca de acuerdo en nada. Se peleaban para decidir qué iban a desayunar, se peleaban para decidir qué iban a comer e inclusos se peleaban para decidir en qué lado de la cama iba a dormir cada uno.

Un día, Teodoro le dijo a Doroteo:

—No soporto vivir contigo ni un día más. ¡Me largo!

—Que te crees tú eso —contestó Doroteo—. Soy yo el que no soporta vivir contigo ni un día más. ¡Soy yo el que se larga!

Y así discutieron largo y tendido cuál de los dos debía largarse, pero no llegaron a un acuerdo, de modo que, al final, se fueron los dos.

Iban avanzando por el camino que llevaba al ancho mundo cuando llegaron a un cruce. Doroteo se volvió hacia Teodoro y se despidió:

—Adiós, Teodoro. Me voy por este camino que lleva hasta el mar.

—Que te crees tú eso —gritó Teodoro—. ¡Ése camino es mío! ¡Vas a tener que coger el que lleva a las montañas!

Y así se quedaron allí plantados discutiendo durante una hora, pero no llegaron a un acuerdo sobre quién debía irse a las montañas, de modo que, al final, los dos cogieron el mismo camino. Muy pronto llegaron al mar.

—¡Ah! —exclamó Doroteo—. Qué ganas tengo de poner un océano entre tú y yo.

—Lo mismo digo.

Cuando llegaron al puerto, no obstante, se enteraron de que sólo zarpaba un barco. ¿Se pusieron de acuerdo en cuál de los dos debía irse en él? No, por supuesto que no.

–Yo he sido el primer en decir que tenía ganas de poner un océano entre los dos –argumentó Doroteo.

–¡Pero yo el sido el que primero ha dicho que quería largarse! –objetó Teodoro, así que allí se quedaron, en mitad del muelle, discutiendo y discutiendo y discutiendo, hasta que vieron que el barco levaba anclas y tuvieron que subir los dos de un salto para no perderlo.

En cuanto estuvieron a bordo se pusieron a discutir otra vez, no hacían más que pelearse sin parar y el resto de la tripulación se cansó enseguida de ellos.

–¿Os ponéis de acuerdo alguna vez en algo? –preguntaron los demás marineros.

–¡No! –contestaron Teodoro y Doroteo al unísono–. ¡Nunca!

Y siguieron discutiendo sobre cuál de los dos estaba más mareado.

Llegó un momento en que el capitán ya no pudo soportarlo más y los mandó a dormir en la bodega, lejos del resto de la tripulación, pero ni aún así dejaban de escucharse por todo el barco las discusiones eternas de Teodoro y Doroteo.

Tan mal se pusieron las cosas que el capitán los reunió en cubierta ante todos sus compañeros y declaró:

–Estamos todos hasta la coronilla de vuestras constantes peleas. Nos pasamos el día de los nervios y la noche en vela, así que he tomado una decisión: o dejáis de discutir u os echo del barco en la próxima isla desierta que veamos.

Teodoro se volvió de inmediato hacia Doroteo para gritarle:

–¿Lo ves? Todo esto es culpa tuya.

–Pero ¿qué dices? –exclamó su hermano–. Yo no discutiría si no fuera por ti. ¡Es todo culpa tuya!

Y así los bajaron a la bodega otra vez, enzarzados en una de sus constantes peleas.

A todo esto, el barco navegó durante siete días y siete noches hasta que una mañana el vigía gritó:

–¡Tierra a la vista!

El capitán miró por el catalejo y vio una isla desierta en el horizonte. De nuevo reunió a Teodoro y Doroteo en cubierta ante toda la tripulación y anunció:

—Voy a daros una última oportunidad. Si lográis manteneros sin discutir mientras esa isla desierta esté a la vista, podréis quedaros en el barco, pero si tenéis el más mínimo altercado os echo por la borda y tendréis que pasar ahí el resto de vuestras vidas.

En esto que Teodoro miró a Doroteo y Doroteo a Teodoro, y por fin el primero dijo:

—Bueno, Doroteo, si alguien empieza una discusión serás tú.

—¡Tiene gracia la cosa, Teodoro! —exclamó su hermano—. ¡Es mucho más probable que la empieces tú!

Con eso, naturalmente, se enzarzaron otra vez, y ya no pararon hasta que el barco llegó a la isla desierta, los echaron por la borda a los dos y tuvieron que alcanzar la costa a nado.

Los hermanos se quedaron en la orilla viendo alejarse el barco por el horizonte.

—No, si en el fondo la cosa tiene gracia... —comentó Teodoro—. Tratamos de alejarnos el uno del otro...

—Y acabamos abandonados juntos en una isla desierta —concluyó Doroteo.

—Eso mismo.

En la isla no había gran cosa que comer. Para desayunar lograron encontrar dos almejas, así que se comieron una cada uno. Para comer lograron cazar un pájaro dodo (mucho me temo que era el último) y por lo general se habrían pelado para decidir si lo asaban o lo guisaban, pero, como no tenían ni sartenes, ni ollas, no hubo elección: lo ensartaron en un palo y lo colocaron encima de una fogata. Les quedó bastante bueno.

Cuando empezó a caer la noche, rompieron ramas de un árbol y se hicieron un refugio bastante precario al lado de la playa. Se sentaron allí juntos a mirar el mar a la luz de la luna, con la esperanza de que regresara el barco para recogerlos, pero no volvió. Se durmieron, pues, tratando de recordar cómo se llamaban las flores que creían en el jardín de su casa.

Al día siguiente, exploraron la isla y encontraron un arroyo junto al cual decidieron levantar una cabaña. Luego hicieron una fogata en lo alto de una colina cercana para llamar la atención de los barcos que pudieran pasar por allí.

—Tenemos que estar atentos y conseguir que esté siempre encendida —observó Doroteo.

–Día y noche –añadió Teodoro.

Por la tarde, cuando se sentaron a comerse un pescado bien fresco, notaron que el viento empezaba a soplar.

–Parece que va a haber tormenta –comentó Doroteo.

–Tienes razón –reconoció Teodoro–. Será mejor que atemos el techo.

Así pues, lo ataron con enredaderas del bosque, mientras el viento iba cobrando fuerza. Entonces la lluvia empezó a azotar la isla y Teodoro y Doroteo acabaron encogidos dentro de su cabañita de troncos, oyendo cómo resonaban los truenos sobre sus cabezas y viendo los relámpagos surgir de los cielos como latigazos.

De repente se escuchó un gran estrépito, seguido del ruido de ramas al romperse.

–¡Corre! –gritó Doroteo.

–¡Ya corro! –contestó Teodoro.

Corrieron con todas sus fuerzas bajo la fuerte lluvia y se salvaron por los pelos del enorme árbol que se desplomó sobre la cabaña y la dejó destrozada.

El viento seguía arreciando, la lluvia les fustigaba la espalda y les caía el agua como mares de lágrimas por la cara.

–¡Tenemos que encontrar refugio! –dijo Doroteo.

–¡Allí! –gritó Teodoro, y echaron a correr hacia una cueva.

La alcanzaron justo cuando el viento empezaba a convertirse en un huracán y se llevaba por delante los restos de la cabaña como si fueran cerillas.

Los rayos caían sobre un árbol y sobre el siguiente y el fuego arrasó la isla. Teodoro y Doroteo temblaban, bien abrazados el uno al otro en el interior de la cueva.

Al amanecer, la tormenta amainó, pero los problemas de los hermanos no habían hecho más que empezar, pues se despertaron con un rugido que les heló la sangre.

Se incorporaron los dos de golpe y clavaron la vista, horrorizados, en el enorme monstruo que estaba a la entrada de la cueva, con una cabeza tan grande como el resto del cuerpo. Cuando abrió las fauces y rugió de nuevo, tanto Teodoro como Doroteo creyeron que iban a caerse dentro, de lo vasta y profunda que parecía aquella garganta.

El monstruo dio un par de pasos hacia el interior de la cueva y miró a Teodoro y a Doroteo y luego a Doroteo y a Teodoro.

El primero echó a andar de espaldas hacia un lado y su hermano hizo lo propio hacia el otro mientras la espantosa criatura se adentraba un poco más en la cueva. Primero se volvió hacia Doroteo y le mostró unos dientes afiladísimos, luego miró a Teodoro y también le mostró la mortífera dentadura.

—¡No se decide, será que no sabe cuál de los dos es más apetitoso! —gritó Doroteo.

—¡Bueno, mejor no dejar que lo descubra! —chilló su hermano.

—¿Listo? —preguntó Doroteo.

—¡Listo!

Los dos salieron disparados hacia la entrada de la cueva a toda prisa, impulsados por el miedo. El monstruo se lanzó primero hacia Doroteo y luego hacia Teodoro, ¡pero para entonces el primero ya había salido al exterior y el segundo también!

–¡Nos vemos en el otro extremo de la isla! –propuso Doroteo.

–¡Perfecto! –respondió Teodoro, y siguieron corriendo en dirección opuesta.

El monstruo se quedó rugiendo en la entrada de la cueva, saltando de una pata a otra, incapaz de decidirse por perseguir a Doroteo o a Teodoro.

De ese modo, cada hermano acabó rodeando un lado de la isla. Teodoro se encontró con arenas movedizas y oscuras profundas ciénagas que casi fueron su perdición en varias ocasiones... hasta que se le ocurrió atarse ramas a los pies para no hundirse.

Doroteo, por su parte, se encontró en un bosque sombrío infestado de lobos salvajes. Se armó lo mejor que pudo con un palo robusto y una navaja y echó a andar, pero oía que los lobos le seguían y veía sus ojos brillar en la negrura del bosque.

Le habría gustado tener a Teodoro a su lado para que le infundiera valor, y a éste que Doroteo estuviera con él para ayudarle cada vez que se caía en una ciénaga.

Al cabo se reencontraron en el extremo opuesto de la isla.

—¡Gracias al cielo! —exclamó Doroteo.

—¡Cuánto me alegro de verte! —reconoció Teodoro.

Sin embargo, apenas se habían abrazado y habían hecho un bailecito de alegría cuando les sucedió una calamidad aún peor.

Oyeron una tremenda explosión en la alturas y, al levantar la vista, vieron cómo saltaba por los aires la cima del volcán del centro de la isla y empezaba a escupir fuego hacia los cielos. Una enorme nube de hollín salió disparada hacia las nubes y cubrió el sol. Al cabo de un minuto, vieron que la roca fundida borboteaba por el borde del cráter y empezaba a descender por la ladera hacia ellos.

—¡Al mar! —gritó Teodoro.

—¡Es el cuento de nunca acabar! —chilló Doroteo, y los dos se tiraron al agua y empezaron a nadar... mientras la lava candente se acercaba ya a la orilla.

Apenas habían nadado más que la sombra del volcán a media mañana cuando la lava llegó al mar, el aire se llenó de un silbido terriblemente estridente y la isla desapareció en mitad de una nube de vapor mientras el agua empezaba a burbujear.

—¡Socorro! —chilló Doroteo—. ¡El mar está hirviendo!

—¡Vamos a morir hervidos y bien hervidos, como el ogro del cuento siguiente! —gritó Teodoro.

Los dos siguieron nadando con todas sus fuerzas hasta que, según quiso el destino, alcanzaron aguas más frías, pero la sonrisa se les borró enseguida de la cara al mirar a su alrededor...

—¡Tiburones! —vociferó Doroteo.

—¡Esto es demasiado! —dijo su hermano, pero, en efecto, los tiburones los rodeaban—. ¡Cuidado, ahí viene uno!

—¡Qué forma de morir, después de todo lo que hemos pasado!

Sin embargo, en ese preciso instante empezaron a caer de los cielos cenizas candentes.

—¡Sumérgete! —ordenó Doroteo, y los dos hermanos metieron la cabeza dentro del agua mientras las cenizas candentes caían sobre los tiburones, que se quedaron tan confundidos que dieron coletazos, giraron en redondo y se alejaron de allí.

Al cabo de un rato, Teodoro y Doroteo lograron aferrarse a un tronco con el que fueron a la deriva durante dos días y dos noches. Al tercero, sin embargo, la brisa los llevó hasta una islita rodeada de playas y con dos árboles en el centro.

Llegaron con la respiración entrecortada y se pusieron a pensar qué más podía pasarles, hasta que los dos se quedaron dormidos de agotamiento.

No se despertaron hasta el día siguiente, y al abrir los ojos parpadearon y volvieron a mirar, porque, en efecto, se veía algo en el horizonte.

–¡Es una vela! –exclamó Doroteo.

–¡Estamos salvados! –exclamó Teodoro, y los dos se pusieron a dar saltos de alegría por la isla de puro contento.

Sin embargo, cuando la vela empezó a acercarse se dieron cuenta de que era pero que muy extraña. En primer lugar era muy grande, más que ninguna de las que habían visto los hermanos en la vida. El segundo punto extraño era que parecía estar hecha de pieles de pescado, pues un lado era liso y el otro estaba cubierto de escamas plateadas. De todos modos, y sin la más mínima duda, lo más extraño de todo era que la vela no tenía barco alguno debajo, era simplemente una vela gigante de pieles de pescado que volaba sobre el agua.

Cuando por fin alcanzó la isla, sucedió algo aún más extraño: pasó por encima de las cabezas de Teodoro y Doroteo hasta llegar hasta la mitad de la islita y allí los dos árboles la atraparon con sus ramas, como si fueran manos, y la detuvieron.

La vela de pieles de pescado se hinchó cuando volvió a soplar el viento y entonces sucedió lo que de verdad fue lo más extraño de todo, pero una cosa extrañísima: la isla entera empezó a moverse y fue deslizándose sobre el agua como un barco, empujada por el viento que inflaba su vela de pieles de pescado.

Teodoro y Doroteo se quedaron tan sorprendidos y tan aterrados, todo a la vez, que sólo fueron capaces de abrazarse con fuerza.

El viento siguió empujando la vela y la isla surcó los mares hasta que por fin vieron por delante la costa de su propio país. Cuando se acercaban el viento amainó y la islita empezó a hundirse bajo las olas, por lo que tanto Teodoro como Doroteo tuvieron que ponerse a nadar hasta alcanzar el puerto desde el que habían zarpado.

Los hermanos llegaron, pues, a la costa, y una vez allí oyeron una voz. Subido a una roca estaba el capitán del barco en el que habían navegado.

–¿Y bien? –les preguntó– ¿Qué os ha pasado?

Teodoro y Doroteo se miraron y contestaron al unísono:

–¡Nos hemos aburrido como ostras!

Luego procedieron a contarle al capitán sus aventuras.

–¡Vaya! –exclamó éste cuando hubieron terminado–. ¡Un tifón os destrozó la casa! ¡Os atacó un monstruo! ¡Quedasteis a merced de arenas movedizas y lobos salvajes! ¡Os pilló la erupción de un volcán! ¡Os rodearon los tiburones! ¡Y al final os ha devuelto a casa una vela mágica! ¿Cómo podéis decir que eso ha sido aburrido?

–Díselo –ordenó Teodoro.

–No, díselo tú –insistió Doroteo.

–Bueno –contestaron los dos a una–, ¡estábamos tan ocupados que no nos ha dado tiempo de pelearnos ni una sola vez!

–¡Pero eso es maravilloso! –se alegró el capitán.

–¡No, qué va! –replicaron Teodoro y Doroteo–. ¡Lo que hemos descubierto es que nos gusta discutir!

Con esas palabras los hermanos se despidieron del capitán y regresaron a su casa, donde siguieron peleándose todo lo que les vino en gana.

Al fin y al cabo, el mundo sería un sitio de lo más soporífero si todos estuviéramos de acuerdo en absolutamente todo, ¿verdad?

El ogro requetelento

En esto que existió un ogro al que le encantaba comer... ¡COLES! Y también... ¡SALCHICHAS! Y también... ¡RÁBANOS! Pero sobre todo... por encima de todo, todo, todo... le encantaba comer... ¡GENTE!

La verdad es que tampoco era una cosa tan rara, porque, básicamente, a eso se dedican los ogros. Lo que pasaba en su caso era algo desde luego extraordinario que ahora mismo voy a contaros. Resultaba que el ogro era muy... muy... muy... pero que muy... ¡LENTO!

Cuando se despertaba de buena mañana, tardaba ocho horas en levantarse de la cama. Después le costaba nueve horas bajar la escalera y diez más hervir el desayuno de cabezas humanas y calcetines de señor. Luego dedicaba quince horas a comérselo y veinte más a levantarse de la mesa y ponerse las botas de ogro (que, por cierto, son una cosa carísima). Seguidamente se entretenía otras veintitrés horas en andar hasta la puerta de casa.

A todo esto, como seguro que sabéis, un día sólo tiene veinticuatro horas, de modo que para realizar esas actividades tardaba ya tres días, y eso que lo único que había hecho era levantarse y desayunar.

Era, como ha quedado claro, un ogro requetelento.

Ser tan lento suponía un pequeño problema a la hora de ir a los huertos de la gente a robar... ¡COLES!

Además, ser tan lento suponía un pequeño problema a la hora de ir a las carnicerías a llevarse... ¡SALCHICHAS! Y ser tan lento también ponía las cosas bastante difíciles a la hora de acercarse a los platos de ensalada de la gente a sustraer... ¡RÁBANOS! Pero seguro que ante todo os preguntáis cómo ogros... cómo ogros en vinagre... podía llegar un ogro tan lentorro... ni en un día ni en mil años... a atrapar gente para echarla en el estofado del desayuno.

Veamos. Un buen día se levantó el ogro en cuestión y, claro, dedicó en total seis días en ponerse el abrigo y salir de su guarida. Luego tardó tres semanas en recorrer un trozo de calle y por fin llegó a casa de un señor muy ricachón.

Le costó medio día llamar a la puerta. Mientras, claro, no entró ni salió nadie de casa, porque... bueno, como que no apetece salir ni entrar cuando se tiene un ogro alto como tres hombres delante de la puerta de casa, ¿verdad?

Por fin el guarda gritó por el agujero del buzón:

–¡Fuera! No queremos ningún ogro por aquí, muchas gracias de todas formas.

–Ay, no, si yo no soy un ogro –contestó el ogro–. Lo que soy es un pobre hombre que se ha puesto enorme de tanto comer... ¡COLES! Y de tanto comer... ¡SALCHICHAS! Y de tanto comer... ¡RÁBANOS!

–¿Y? –preguntó el guarda.

–Y ya está.

–No me lo creo.

–Pues mírame bien –propuso el ogro–. Soy requetelento, ¿cómo quieres que sea un ogro?

El guarda miró por la ventana y vio lo lento que se movía el ogro... muy, pero que muy, pero que muy lento... de manera que casi ni se notaba que se movía.

–Cualquiera saldría corriendo –añadió el ogro– y yo jamás llegaría a atrapar a nadie para arrancarle la cabeza y hervirla para preparar un estofado delicioso para el desayuno... Quiero decir un estofado asqueroso, claro.

–Eso va a ser verdad –reconoció el buen hombre–. A lo mejor sí que te abro.

Pero entonces la hija del guarda chilló:

–¡Papi, no le dejes entrar!

Así pues, el guarda le gritó al visitante:

–Antes de abrirte, dime qué quieres.

–No, nada–contestó el ogro–, sólo pido trabajar honradamente a cambio de una buena cena de... ¡COLES! Y también de... ¡SALCHICHAS! Y de... ¡RÁBANOS! Y...

–¿Y?

–Y de nada más. Pero nada de nada.

–¿De verdad? –insistió el guarda.

–De verdad.

–Bueno, pues en ese caso a lo mejor te abro la puerta –cedió el guarda–. Nos vendrá bien alguien tan grande como tú para colocar la decoración navideña.

Pero entonces su hija chilló:

–¡Papi, no le dejes entrar!

–¿Sabes qué? –intervino el ogro–. Voy a colocar la decoración navideña y también a organizar una función para todos los niños.

–Pues sería todo un detalle –reconoció el guarda–, aunque quizá debería consultar al señor de la casa.

Así pues, fue a ver al señor de la casa, que afirmó:

–A mí me parece un ogro, por lo que dices.

–Pero se ofrece a colocar la decoración navideña y también a organizar una función para los niños.

–Ah, pues sería todo un detalle –comentó el señor de la casa–. A lo mejor sí que deberíamos dejarle entrar.

Pero entonces la hija del guarda chilló:

–¡Parece un ogro y es un ogro! ¡Papi, no le dejes entrar!

–¿Qué hace esta niña aquí? –preguntó el señor de la casa–. ¡No me gusta que me digan qué puedo hacer y qué no en mi propia casa!

Y entonces ordenó que ataran a la hija del guarda como a un pavo y la encerraran en el alto torreón. A continuación el guarda y él se fueron hasta la puerta y miraron por el agujero del buzón.

–Hum, a lo mejor sí que puede organizar una función estupenda para los niños, pero es alto como tres hombres y tiene dientes de ogro afiladísimos –observó el señor de la casa–. A lo mejor no deberíamos dejarle entrar.

–Huy, no –terció el ogro–, si soy tan grandullón es porque como... ¡COLES! Y también... ¡SALCHICHAS! Y... ¡RÁBANOS! Y...

–¿Y? –preguntó el señor de la casa.

–Y nada más. Pero nada de nada –apuntó el guarda.

–Eso. Y si tengo los dientes afiladísimos es porque me gusta silbar –dijo el ogro, y se puso a silbar una melodía.

–Bueno, pues en ese caso te dejamos entrar –concedió el señor de la casa.

Pero entonces la hija del guarda se asomó a la ventana del alto torreón y chilló:

–¡Papi, no le dejes entrar!

Mientras, la señora de la casa, que había salido a ver a qué venía tanto griterío, miró por el agujero del buzón y comentó:

–No sé, puede que organice una función estupenda para los niños y que coloque la decoración navideña con un gusto excelente, pero a mí me parece un ogro.

–Pero si es requetelento –apuntó el señor de la casa.

–Sería imposible que atrapara a nadie –observó el guarda.

–Eso, eso –dijo el ogro.

–Bueno, pues en ese caso a lo mejor sí que puede entrar –consintió la señora de la casa.

Pero entonces, desde lo más alto del alto torreón, llegó la voz de la hija del guarda:

–¡PAPI, NO LE DEJES ENTRAR!

Sin embargo, su padre ya había empezado a correr el primer pestillo de la puerta. Como estaba en lo más alto del alto torreón, la hija del guarda veía al ogro, que, al otro lado de la puerta, había empezado ya a relamerse, así que chilló:

–¡Va a hervir vuestras cabezas para hacerse un estofado para el desayuno!

–¡Tralará! –disimuló el ogro.

–¡Tralará! –canturreó el señor de la casa.

–¡Tralará! –tarareó la señora de la casa.

Entonces el guarda descorrió el segundo pestillo.

Su hija ya veía al ogro babear, pues se le hacía la boca agua de pensar en el estofado.

–¡Os va a atrapar a todos y os va a arrancar las cabezas! –chilló.

–¡Ay, que se calle esa niña de una vez! –exclamó la señora de la casa–. Aunque fuera un ogro, jamás lograría atrapar a nadie.

–Eso, eso –dijo el ogro.

–Eso, eso –repitió el guarda, y mientras abría el tercer pestillo añadió–: Me apetece mucho ver una buena función navideña.

Todo lo que los separaba ya del ogro requetelento era un pequeño pasador, pero la hija del guarda no podía chillar nada, porque alguien le había tapado la boca atándole un pañuelo. Eso sí, seguía pensando: «¡Papi, no le dejes entrar!».

Mientras, el ogro se relamía y babeaba al pensar en el estofado y el guarda estaba ya a punto de levantar el pasador cuando se detuvo y comentó:

–Un momento, mi hija es una niña muy espabilada y casi siempre tiene razón en todo.

–Pero si no es más que una niña –señaló el señor de la casa.

–Y aún lleva trenzas –añadió la señora de la casa.

–Es verdad –reconoció el guarda, y levantó el pasador, con lo que el ogro entró en la casa y atrapó a todo el mundo, menos a la hija del guarda, ya que estaba encerrada en el alto torreón, y los metió en la enorme bolsa negra que llevaba siempre y regresó a toda prisa a su guarida, pues os interesará saber que el ogro podía moverse a una velocidad de vértigo cuando estaba en juego el estofado del desayuno.

La hija del guarda seguía atada como un pavo, pero retorciéndose logró zafarse de sus ataduras, se quitó el pañuelo que le tapaba la boca y después cogió la cuerda con la que la habían sujetado, la echó por la ventana y se descolgó hasta el suelo. Después entró corriendo en el dormitorio de su padre, metió todos sus calcetines viejos y malolientes en una funda de almohada y echó a correr en dirección a la guarida del ogro.

La criatura ya tenía un caldero con agua a punto de hervir y a todas sus presas encerradas en una enorme fresquera metálica. Todos gimoteaban y lloriqueaban y se echaban las culpas por no haber hecho caso a la hija del guarda. La niña, mientras, había llegado ya a la puerta de la guarida del ogro y llamó (lo cual requería mucho valor, pero digo yo que no lo habría hecho si no hubiera tenido un plan muy bueno).

El ogro estaba pensando: «Hum, el agua ya casi hierve, voy a ir echando unas cuantas cabezas, pero antes tengo que sazonar el caldo con algo, si no va a quedar muy soso. Voy a coger unos cuantos calcetines de señor...». (Espero que no os hayáis olvidado de que le gustaba echar siempre calcetines de señor en el estofado del desayuno, cuanto más malolientes mejor.)

Estaba ya a punto de abrir la fresquera para agarrar a todos los señores y ver quién tenía los calcetines más hediondos cuando se percató de que alguien llamaba a la puerta.

«¡Qué raro! —pensó—. No le caigo bien a nadie y nadie viene nunca a visitarme. Nadie llama nunca a la puerta.» No obstante, fue a abrir (claro que tardó más o menos una hora, porque ya estaba poniéndose requetelento otra vez) y se encontró con la hija del guarda, que llevaba la funda de almohada llena de los calcetines más fétidos de su padre.

—¡Qué bien huele! —exclamó el ogro, y ya estaba a punto de coger a la hija del guarda y echársela al gaznate como aperitivo del desayuno cuando la niña abrió la funda y el ogro no pudo resistirse y metió la cabeza dentro, puesto que los calcetines del guarda olían a gloria.

Entonces, veloz como el rayo, ella le ató la funda al cuello con la cuerda y el ogro se puso a dar tumbos diciendo:

—¡Ay, no veo nada! ¡Se ha vuelto todo negro! ¡Pero qué bien huele aquí dentro! Es que huele a... a... a gloria... ñam, ñam, ñam...

Mientras daba bandazos y recuperaba poco a poco su lentitud habitual, incapaz de decidirse entre quitarse la funda de almohada de la cabeza para ver o dejársela puesta para seguir oliendo los calcetines, la hija del guarda, velocísima, abrió la fresquera y liberó a todos los prisioneros, que salieron por la puerta y se alejaron corriendo de la guarida del ogro.

Éste, mientras tanto, había decidido sentarse cómodamente en su silla preferida a quitarse la funda, pero ya se movía mucho más despacio. La hija del guarda vio lo que iba a hacer y, como el ogro ya estaba requetelento otra vez, ¡tuvo tiempo de cambiarle su silla preferida por el caldero de agua hirviendo!

Cuando el ogro se dio cuenta de lo que había sucedido, sin tiempo de quitarse la funda de almohada de la cabeza y salir del agua, ya estaba hervido y bien hervido, lo mismo que los calcetines.

Cuando la hija del guarda llegó a casa, su padre la recibió con mucha ceremonia, diciendo:

—De ahora en adelante, Beatriz, voy a escucharte siempre.

Los señores de la casa asintieron para demostrar que estaban de acuerdo y Beatriz los miró a todos, que no dejaban de sonreírle, y pensó: «Hum, no sé yo si lo vais a cumplir».

El camino rápido

Había una vez un camino que te llevaba adonde quisieras ir mucho más rápido que cualquier otro. Parecía un camino normal y corriente, eso sí, pero en cuanto echabas a andar por él llegabas adonde quisieras ir... Bueno, si es que sabías adónde querías ir, claro. Por desgracia, la mayoría de la gente no estaba demasiado segura. Les hacía tanta gracia la idea de ir a algún sitio que a menudo echaban a andar por el camino antes de haber decidido bien adónde querían llegar.

Y cuando alguien hacía eso lo que sucedía era lo siguiente.

Una persona echaba a andar por el camino. Por un momento parecía que caminaba por un camino normal y corriente, pero, de repente, al avanzar un poquito, veía que el campo pasaba a toda prisa por los lados, como si estuviera corriendo, aunque en realidad seguía andando. Al cabo de un momento, el campo ya pasaba rapidísimo, como si fuera galopando, y sin comerlo ni beberlo la persona se encontraba con que se ponía todo borroso a los dos lados, como si el mundo fuera pasando tan deprisa que el ojo no tuviera tiempo de verlo...

Entonces, si la persona no sabía adónde quería ir, la cosa seguía avanzando cada vez más y más deprisa hasta que... muy de repente... todo se detenía.

Luego miraba a su alrededor y sólo veía una cosa: nada.

No había nada a la izquierda y nada a la derecha, nada por delante y nada por detrás. Nada... Nada, claro, menos un montón de gente que daba vueltas perdidísima.

Pues bien, aquí empieza la historia de Elena, una niña que echó a andar por el camino rápido sin tener la más remota idea de adónde se dirigía.

En cuanto puso el pie en el camino rápido, se dio cuenta de que iba a suceder algo, pero no lograba imaginarse qué.

Al empezar, naturalmente, aquello era como andar por cualquier otro camino, pero muy pronto empezó a ver que el campo pasaba por los lados más deprisa de lo normal. Luego, antes de tener oportunidad de descubrir qué sucedía, vio que el campo pasaba ya a velocidad de vértigo, como si fuera al galope. Y al cabo de un momento se puso todo borroso a los dos lados de lo rápido que pasaba, y ya no pudo distinguir nada. Los campos eran simples manchurrones de verde y las vacas y las ovejas, como rayas de marrón y blanco. Luego la cosa siguió avanzando cada vez más y más deprisa hasta que... muy de repente... todo se detuvo.

Elenita casi se cayó de bruces de lo súbito que fue todo. Sacudió la cabeza, echó un vistazo y ¿sabéis qué vio? Exacto: nada.

No había nada a la izquierda y nada a la derecha, nada por delante y nada por detrás. Sólo vio a un montón de gente que daba vueltas, pero se dio cuenta de que estaban perdidísimos.

La niña se serenó y se dijo: «Bueno, a saber dónde estoy.» Luego salió del camino y echó a andar por aquella nada plana hacia el horizonte.

Al cabo de un rato distinguió algo a lo lejos y, al ir acercándose, comprobó que se trataba de un extraño edificio. Era alto como una montaña y estaba lleno de gente, pero lo más extraordinario de todo era que no tenía nada dentro, no había interior, ¡sólo exterior!

Al pie del edificio había un señor sentado a un escritorio.

–¿Puede decirme dónde estoy? –preguntó Elena.

–En Ningún Sitio en Particular –contestó el señor–. ¿Te apetece firmar en el libro de visitas?

–Pues no, porque no voy a quedarme, pero ¿le importa si echo un vistazo?

–Tú misma. Por aquí no hay nada en particular.

A continuación, Elena subió por la escalera que rodeaba todo el exterior del edificio y, en el primer piso, vio a una familia sentada en unos taburetes que miraba una piedra.

–Pero ¿qué están haciendo? –les preguntó.

–Pues mirando una piedra –respondió toda la familia, sin despegar los ojos de la piedra.

–¿Mirando una piedra? –repitió Elena–. No había oído una cosa así en la vida. ¿No resulta aburridísimo?

–¡Qué va! –contestó el padre.

–Pero es que las piedras no hacen nada –observó Elena.

–¡Pero ésta a lo mejor se decide y hace algo! –contestó la madre.

–¡Y seremos los primeros en verlo! –exclamaron los niños–. ¿Por qué no te sientas con nosotros a mirar?

Elena negó con la cabeza y replicó:

–Puede que no sepa adónde voy, ¡pero de ahí a mirar piedras hay un trecho!

Siguió subiendo por la escalera que rodeaba todo el exterior del extraño edificio y, un poco más arriba, se encontró a un hombre que barría el suelo con mucho afán.

–Perdone –le dijo ella–, ¿puede decirme adónde voy por aquí?

–Te lo digo en cuanto termine de limpiar esta habitación –contestó él, sin levantar en ningún momento la cabeza.

–¡Pero si ya está como los chorros del oro! –exclamó Elena.

–¡Huy, qué va! ¡Mira, ahí hay otra mota de polvo!

–Bueno, no puedo quedarme a esperar eternamente a que termine de limpiar una habitación que ya está limpia.

–¡Un momento! –exclamó el hombre–. ¡Si coges esa otra escoba y me ayudas, terminaremos en la mitad de tiempo!

–Lo siento, pero la mitad de una eternidad sigue siendo una eternidad.

Dichas esas palabras, siguió subiendo por la escalera que rodeaba el extraño edificio.

Subió y subió hasta que por fin llegó a un sitio lleno de gente tumbada boca arriba y boquiabierta.

–Perdón, estoy tratando de enterarme de adónde voy. ¿Pueden ayudarme? –pidió Elena.

Sin embargo, la gente se quedó allí tumbada y no cerró la boca ni un momento.

–O poeo auate, o iento –dijo por fin uno de ellos.

–¿«O poeo auate»? –repitió Elena–. ¡Ah! ¡Quiere decir: «No podemos ayudarte»!

–I, i –asintió el hombre.

–Bueno, pero díganme qué están haciendo y ya me voy.

–Amo a eogé aua e lluia –explicó él.

–¿«Aua e lluia»? ¡Ah! ¡Agua de lluvia! ¡Pero si no está lloviendo!

–Ya lloeá.

–No será hoy –observó Elena.

–Ta u uea –aseguró el hombre.

–No, si seguro que está muy buena, pero yo me voy de aquí.

Mucho más no tuvo que subir Elenita para encontrarse de repente en lo alto del extraño edificio. Desde allí veía kilómetros y kilómetros a la redonda, y a lo lejos, muy a lo lejos, distinguió una casita en la que una mujer trabajaba en la cocina.

–¡Un momento! ¡Ahí es adonde voy yo!

Bajó corriendo la escalera del edificio tan deprisa como pudo, pasó junto a los boquiabiertos, junto al barrendero, junto a los mirapiedras y junto al recepcionista, pero siguió corriendo y no se detuvo hasta llegar al camino rápido.

–¡Me voy a casa! –gritó, y echó a andar.

Entonces, cuando no había dado ni un par de pasos... ¡llegó a su casa!

–Bueno –comentó luego la niña mientras ayudaba a su mamá a preparar la cena–, al menos ya sé adónde voy a ir de ahora en adelante: sólo a sitios en los que pueda hacer algo útil. Y otra cosa tengo clara, también sé adónde no voy a ir. Además, he decidido que no voy a coger el camino rápido en ninguno de los dos casos.

La canción
que daba la felicidad

UN JUGLAR AMBULANTE compuso una vez una canción mágica que daba la felicidad a todo el que la escuchaba. No importaba cuántas preocupaciones los abrumaran, aquella canción les hacía olvidarlas. No importaba lo desgraciadas que fueran sus vidas, todos los que la escuchaban volvían a ser felices. Sin embargo, la felicidad duraba sólo lo que duraba la canción y, en cuanto cesaba la música, regresaban todas las preocupaciones.

El juglar viajaba de país en país, cantando la canción mágica y dando la felicidad a la gente mientras la interpretaba. Un buen día, no obstante, la cantó en la corte de un rey malvado que había conseguido que todos sus súbditos fueran tan desgraciados como él. Pues bien, en cuanto el juglar se puso a cantar la canción mágica fue como si se retirase una sombra que se había cernido sobre toda la corte. Todo el mundo se olvidó de las injusticias del rey malvado y sintió una felicidad que nadie recordaba. Hasta el mismísimo rey empezó a sonreír a quienes estaban a su alrededor y, por vez primera en muchos años, sintió paz en aquel viejo corazón marchito.

Sin embargo, en cuanto terminó la canción las más espantosas tinieblas regresaron a palacio.

El juglar hizo una reverencia y se disponía ya a marcharse cuando el malvado rey le detuvo.

–¡Vuelve a tocar esa canción! –ordenó.

–Perdonad, majestad –se excusó el juglar–. Nada me daría mayor placer,

pero tengo por norma tocar mis canciones sólo una vez, para no abusar de la hospitalidad ajena.

—Te ordeno que vuelvas a tocar esa canción. En caso contrario te meteré entre rejas.

El juglar no tuvo, pues, más remedio que tocar la canción de nuevo, y de nuevo se esfumaron las tinieblas de palacio y todo el mundo volvió a ser feliz.

Cuando terminó, el juglar se dispuso una vez más a marcharse, pero el rey le detuvo de nuevo.

—¡Sigue cantando! —ordenó—. Ya te diré yo cuándo puedes parar.

De ese modo, el juglar se vio obligado a seguir cantando la canción mágica que daba la felicidad a todo el mundo, una y otra vez, hasta que los presentes empezaron a adormilarse. A la gente se le caía la cabeza encima de la mesa y por fin incluso el propio rey se quedó dormido encima del plato de la cena.

En ese momento el juglar trató de marcharse una vez más, pero los guardas le bloquearon el paso.

—El rey aún no ha dicho cuándo puedes parar —argumentaron, mostrándoles las afiladas hojas de sus espadas.

Así pues, de nuevo tuvo que cantar el juglar la canción mágica, una y otra vez, y siguió y siguió (aunque ya estaba cansando también él) hasta que se hubo dormido todo el mundo en palacio. Entonces trató de salir del gran salón a hurtadillas.

Por una de esas funestas casualidades, en el preciso momento en que estaba cerrando la puerta tras de sí se despertó el malvado rey.

—¡Vuelve aquí! —bramó—. ¡No quiero ser desgraciado nunca jamás! ¡Tienes que seguir cantando esa canción mágica para mí, día y noche!

Y asignó unos guardas para que se colocaran a su lado y vigilaran todos sus movimientos.

De esa forma, el juglar ambulante se vio obligado a permanecer en palacio, cantando continuamente la canción mágica que daba la felicidad a todo el mundo.

Él, sin embargo, no era feliz. «No puedo seguir cantando esta misma canción una y otra vez —se decía—. Tengo que parar para comer... Además, me

voy a quedar afónico.» Pero los guardas le vigilaban día y noche y no tenía más remedio que seguir cantando.

La situación se prolongó durante tres días y tres noches hasta que, al llegar el cuarto, se le rompió una cuerda del arpa.

–No puedo seguir cantando la canción –le dijo al rey–, pues no puedo tocar todas las notas.

–¡Tú sigue! –ordenó el monarca.

Al quinto día, el juglar se quedó afónico y la canción perdió toda su magia.

–Majestad –susurró el pobre juglar–, ahora sin duda me permitiréis parar.

–¡Sigue! –gruñó el soberano.

El pobre juglar continuó tocando, aunque ya no podía interpretar todas las notas ni cantar la canción, y todo el mundo acabó hartísimo del ruido insoportable que hacía. Sin embargo, el rey se negaba en redondo a dejarle parar.

Al final, el juglar ya no pudo soportarlo más y le tiró el arpa al rey a la cabeza. Le alcanzó justo en la sien, de modo que cayó muerto en el acto. En ese mismo momento, por supuesto, los guardas desenvainaron las espadas y cortaron al pobre juglar en pedacitos, con lo que la canción mágica se perdió para siempre.

Así fue como la canción que daba la felicidad acabó provocando mucho sufrimiento, todo ello por culpa de la maldad de un hombre.

Llegar a tocar la Luna

Hace mucho, mucho tiempo, un rey decidió un buen día construir una torre.

—Voy a levantar una torre tan alta —anunció— que desde sus almenas más elevadas quien se ponga de puntillas podrá tocar la Luna.

—Me temo —interrumpió el arquitecto jefe— que no habrá suficiente piedra en todo el país para construir tan alta torre.

—¡Tonterías! —contestó el rey—. Empezad a trabajar.

—Me temo —interrumpió el canciller de palacio— que no habrá suficiente oro en el tesoro para pagar por un edificio de esas características.

—¡Tonterías! —respondió el rey—. Empezad a subir los impuestos.

—¿Qué sentido tiene llegar a tocar la Luna? —preguntó la hija del monarca, pero su padre no la oyó, ya que estaba muy ocupado organizando la cimentación, recaudando financiación y derribando la mitad de su capital para hacer sitio para la torre.

La ciudad en sí estaba dividida al cincuenta por ciento respecto a la construcción de la atalaya. A la mitad de sus habitantes les parecía un proyecto estupendo.

—Es fundamental —decían— llegar a tocar la Luna antes que cualquiera de nuestros rivales.

Sin embargo, la otra mitad de los ciudadanos (los que iban a perder su casa y sus tiendas para hacer sitio para la torre) se mostraban, lógicamente, mucho menos entusiastas, y eso que tampoco estaban en contra del proyecto, sólo les molestaba que se hiciera en su mitad de la ciudad.

—Desde luego, será maravilloso llegar a tocar la Luna con sólo ponerse de puntillas —decían—, pero tendría mucho más sentido construir la torre en la otra mitad de la ciudad, donde, para empezar, el terreno es más elevado.

–Pero ¿qué sentido tiene tocar la Luna? –volvió a preguntar la hija del rey, pero era como si hablara con un tablón de madera. Bueno, a ver, en realidad sí que hablaba con un tablón, porque la princesa tenía un secreto... Lo que pasa es que no puedo contaros de qué se trataba. Todavía.

En fin, que derribaron la mitad de la ciudad y, en su lugar, empezaron a construir la gigantesca torre. Los ciudadanos que habían perdido su casa tuvieron que acampar fuera de las murallas y lo pasaron mal durante el frío invierno, pero ninguno pudo hacerse otra casa, ya que se necesitaba toda la piedra para la torre.

Se ordenó a todas las canteras del reino enviar hasta la última piedra que sacaran para contribuir al levantamiento de la torre y los albañiles del rey trabajaron día y noche durante todo aquel invierno y durante todo el verano, de manera que cuando llegó el siguiente invierno ya habían terminado el primer piso.

–¡Tenéis que ir más deprisa! –exclamó el rey–. Si no, nunca llegaremos a tocar la Luna, ni siquiera poniéndonos de puntillas.

En consecuencia, ordenó que los trabajos avanzaran el doble de rápido. Nadie podía parar para comer ni para tomar café, y las mulas que tiraban de los carros debían doblar la velocidad.

Siguieron construyendo todo el invierno y pronto las canteras se quedaron sin piedra, de modo que se pusieron a cavar nuevas canteras en campos en los que antes pastaban animales. Construyeron y construyeron hasta que, a finales de aquel año, terminaron el segundo piso.

–¡Haraganes! ¡Vagos! ¡Maltrabajas! ¡Granjeros de media tarde! –chillaba el rey–. ¡A este ritmo jamás llegaremos a tocar la Luna!

Entonces dio órdenes de que la mitad de sus súbditos abandonara sus ocupaciones habituales y se pusiera a trabajar en la torre. Y prosiguió la construcción.

El campo empezó a desaparecer, ya que las canteras ocupaban el lugar de las granjas, y la comida fue escaseando, por lo que todos los habitantes del reino sufrieron las consecuencias.

–¡Esto es UNA LOCURA! –gritaba la hija del rey–. ¡Mi padre ha perdido la chaveta! Está acabando con su reino y ¿para qué? ¡Simplemente para que unos idiotas puedan ponerse de puntillas y tocar la Luna!

Pero los tablones a los que se dirigía no contestaron, se limitaron a quedarse inmóviles. Lo normal tratándose de tablones, claro.

—¡Tenéis más sentido común que mi padre! —les decía—. ¡Y eso que sólo sois dos tablones cortitos!

Mientras, proseguía la construcción de la torre. Los ciudadanos sufrían cada vez más las consecuencias, a diario, pero se animaban entre ellos diciendo que al final valdría la pena, cuando llegaran a tocar la Luna.

Con el tiempo terminaron el tercer piso, pero las arcas del rey estaban ya vacías, apenas había comida y la vida era muy dura.

Cuando se acabó el cuarto piso, casi todo el reino había desaparecido, convertido en piedra para la torre. Los campos eran cosa del pasado, los bosques se habían talado en su totalidad y lo único que quedaba era la torre.

Por aquel entonces los ciudadanos comenzaron a quejarse. Enviaron a unos representantes al rey que se pusieron de rodillas ante él y rogaron:

—Oh, rey, por descontado que todos somos conscientes de la vital importancia que para nuestro país tiene llegar a tocar la Luna, pero es que casi no nos queda nada para comer, el reino entero se ha convertido en una enorme cantera y la vida se ha vuelto intolerable. ¿Podemos parar, por favor?

El rey se puso furioso al escucharlos y ordenó a su ejército que obligara a todos y cada uno de los habitantes del reino a trabajar en la torre.

Y así lograron construir el quinto piso.

Fue entonces cuando la hija del rey, que era ya una guapa jovencita de dieciséis años, anunció:

—Voy a poner fin a esta estupidez de una vez por todas.

Ha llegado el momento de que os cuente el secreto de la princesa. Sobre todo, no se lo repitáis a nadie, porque… bueno… Resulta que le gustaba algo que en teoría no debe gustarles a las princesas. De hecho, era algo que sólo hacía si estaba segura, pero muy, muy segura, de que no había por allí nadie más, excepto su doncella más fiel. ¿Seríais capaces de adivinar de qué se trataba? En fin… Supongo que mejor os lo cuento… La princesa era muy aficionada… pero mucho, mucho… ¡a la carpintería!

Lo cierto es que, por entonces, los únicos que por lo general se dedicaban a la carpintería eran los carpinteros, y su oficio estaba considerado bastante humilde. Sin embargo, a la princesa le encantaba la madera de roble, de castaño y de boj. Disfrutaba como loca serrándola, cepillándola y creando cosas con ella.

Por descontado si su padre su hubiera enterado lo más probable habría sido que se tirara por el agujero de su propia corona de rabia, pues se trataba de una actividad nada propia de una princesa. Pero nunca lo descubrió, hasta que... ¡No, esperad! No es cuestión de desvelar ahora el final del cuento.

En fin, que la princesa no sólo era muy aficionada a la carpintería, sino que además se le daba muy bien, así que se construyó un barco volador al que ató seis cisnes de cuello blanco. Luego se fue a la plaza del mercado disfrazada de lunática y se puso a gritar:

—¿Quién quiere llegar a tocar la Luna?

Por supuesto, al poco la rodeó una buena multitud, todos riendo, burlándose de ella y fingiendo que querían que les ayudara a tocar la Luna. Ella los invitó a subir a su barco volador y se metieron todos como pudieron, sin dejar de hacer bromas, ni de sonreírse, ni de pensar que la princesa era una pobre lunática.

Entonces, para sorpresa de todos, la hija del rey restalló el látigo y los cisnes salieron volando y tiraron del barco volador. Subieron y subieron hacia los cielos hasta llegar a la altura de la Luna, momento en el que todos estiraron el brazo y la tocaron. Así de fácil.

A su regreso a la Tierra se encontraron al rey de un humor de mil demonios, rodeado de sus guardas.

—¡Arresten a esa lunática! —chilló el monarca.

Sin embargo, la princesa salió volando por encima de ellos y le dijo:

—¿Qué pasa? Creía que queríais llegar a tocar la Luna. ¡Subid y os llevo volando!

—¡Sólo hay una forma de llegar a tocar la Luna! —bramaba el rey, colérico—. Hay que subir a las almenas de mi torre y ponerse de puntillas.

—Pero si nosotros ya la hemos tocado —argumentaron los ciudadanos que habían viajado a bordo del barco volador—. ¡Mirad! ¡Se ven las huellas que hemos dejado por todas partes!

El rey levantó la vista y, en efecto, vio las huellas que habían dejado por toda la Luna, como borrones. (Y es que debéis saber que, hasta entonces, la Luna había sido completamente blanca, sin manchas de ningún tipo.)

–¡Volad con ella! –rogaron todos los ciudadanos–. ¡Tocad la Luna y entonces podremos dejar todos de construir esa maldita torre que ha destruido nuestro reino!

El rey, no obstante, se puso morado de rabia.

–¡Nadie me impedirá levantar mi torre! –gritaba, y ordenó a sus arqueros matar a los seis cisnes de cuello blanco, de modo que el barco volador se estrelló y la hija del rey con él.

Cuando los ciudadanos corrieron hasta ella vieron que se le había caído el disfraz y reconocieron a la princesa, con lo cual se volvieron hacia el soberano y le dijeron:

–¡Ved lo que habéis hecho ahora! ¡Habéis matado a vuestra propia hija!

En ese momento el rey se arrodilló a su lado y el dolor se apoderó de él como un huracán al cernirse sobre el mar.

–¡He sido un loco! Me he obsesionado no sólo con llegar a tocar la Luna, sino con el poder y la gloria personales.

En ese mismo instante ordenó a sus obreros destruir la torre y empezar a reconstruir su reino y las casas de sus súbditos.

Entonces se movió la princesa (pues no estaba muerta, sólo atontada por la caída) y murmuró:

–¿Por qué llegar a tocar la Luna? Es mucho más bonita desde aquí.

Desde aquel día, nadie en todo el reino volvió a pensar en llegar a tocar la Luna, pero ¿sabéis qué?, allí se quedaron las huellas de los dedos de los ciudadanos de aquel reino, por todas partes, y si la miráis en una noche clara las veréis; forman una especie de cara que grita:

–¡No me toquéis!

Tomás y el dinosaurio

É RASE UNA VEZ UN NIÑO que se llamaba Tomás y que un día oyó unos ruidos muy raros procedentes de una cabaña que estaba al fondo del jardín de su casa y que hacía mucho se había utilizado para guardar leña. Uno de los ruidos era un poco como la respiración de su tía abuela Natalia aumentada mediante un megáfono. Había también una especie de raspadura con tembleque de fondo, un poquito como si alguien estuviera restregando dos tableros de parchís. Además se oía una especie de ruido sordo que podría haber sido un volcán muy chiquito al entrar en erupción dentro de un buzón. Luego había como un chirrido, algo así como un ratón del tamaño de un rinoceronte tratando de no asustar a un gato.

«Si no supiera que es imposible –se dijo Tomás–, llegaría a la conclusión de que se trata exactamente de los ruidos que haría un dinosaurio si viviera en la cabaña de nuestro jardín.» A continuación se subió a un cajón y miró por la ventana. Pues bien, ¿sabéis qué vio dentro?

–¡Recórcholis! –exclamó–. ¡Si es un estegosaurio!

Estaba bastante seguro de haberlo reconocido, y también sabía que, aunque parecía feroz, aquel dinosaurio en concreto era vegetariano. Sin embargo, para no correr riesgos, se fue corriendo a su habitación y buscó la palabra «estegosaurio» en uno de sus libros de dinosaurios.

–¡Ya decía yo! –dijo al encontrarlo.

Luego leyó el párrafo en el que explicaba que sólo comía plantas y comprobó las pruebas arqueológicas de ese dato. Le parecieron muy convincentes.

–Espero que no se hayan equivocado –murmuró Tomás para sus adentros mientras le daba la vuelta a la llave de la cerradura de la cabaña–. No sé, después de sesenta millones de años sería superfácil confundir a un monstruo herbívoro con otro carnívoro.

Abrió la puerta con muchísimo cuidado y metió la cabeza.

El estegosaurio parecía feroz, eso desde luego. Tenía una hilera de anchas placas óseas por la espalda y temibles púas al final de la cola. Por otro lado, no tenía muy buena cara: había apoyado la cabeza en el suelo y de la boca le salía una rama con hojas de forma extraña y bayas rojas. El ruido sordo (como de volcán chiquito dentro de un buzón) procedía de su vientre. De vez en cuando, el estegosaurio eructaba y soltaba un ligero gruñido.

«Tiene indigestión –pensó Tomás–. ¡Pobrecito!» Entró en la cabaña y le dio unas palmaditas cariñosas en la cabeza.

Fue un error.

Puede que el estegosaurio fuera un simple herbívoro, pero también medía casi diez metros, de modo que, en cuanto Tomás lo tocó y el animal se incorporó sobre las patas traseras, se llevó por delante casi toda la cabaña.

Si estando tumbado con la cabeza en el suelo ya daba bastante miedo, imaginaos lo aterrador que debió de resultar cuando se puso en pie y se alzó casi diez metros por encima de Tomás.

–No te asustes –le dijo el chico–. No voy a hacerte daño.

El estegosaurio emitió un rugido... Bueno, en realidad no fue un rugido, sino más bien una especie de balido fortísimo:

–¡Baaa, baaa, baaa!

Acto seguido cayó de cuatro patas. Tomás se apartó justo a tiempo, ya que la mitad de la leñera se estrelló contra el suelo a la vez y se hizo mil astillas en torno al estegosaurio. Además, la tierra tembló cuando la cabeza de la enorme criatura fue a dar contra el suelo.

Tomás trató de acariciarlo de nuevo y el estegosaurio ya no se movió, aunque un ojo como de lagarto le observó atentamente y su vientre emitió otro ruido volcánico.

–Será que algo te ha sentado mal –aventuró Tomás, mientras cogía la rama que había estado en la boca del dinosaurio–. No había visto nunca bayas así.

El estegosaurio miró la rama torvamente.

–¿Es esto lo que te ha dado el dolor de tripa? –preguntó el niño.

El animal apartó la cara cuando vio que le acercaba la rama.

–No te gusta, ¿verdad? No tengo ni idea de a qué sabe.

Mientras Tomás examinaba las extrañas bayas rojas, pensó: «Nadie ha probado estas frutas desde hace sesenta millones de años... Seguro que no las ha comido ningún ser humano».

De repente, la tentación de probar una baya resultó abrumadora, pero Tomás se dijo que no podía hacer tonterías. Si habían provocado una indigestión a una criatura gigantesca como el estegosaurio, perfectísimamente podrían resultar mortales para un animal pequeño como Tomás. Y, sin embargo... qué buena pinta tenían...

El estegosaurio emitió un gruñido grave y movió la cabeza para ver a Tomás.

–Bueno, a ver qué tal te sientan las plantas de este siglo –dijo Tomás mientras arrancaba un nabo del huerto de su padre que ofreció al dinosaurio, pero éste apartó la cabeza y luego, muy repentinamente y sin motivo aparente, mordió la otra mano de Tomás.

–¡Ay! –se quejó el chico, y le dio en la nariz con el nabo.

–¡Baaa! –rugió el animal, y le pegó un mordisco al nabo.

Al encontrarse un trozo de aquella raíz en la boca, se puso a masticarlo. Luego, de repente, lo escupió.

–No, claro –comentó Tomás–, si es lo que tenéis los dinosaurios, que como no aprendáis a adaptaros... no sé yo...

Se puso a mirar aquellas extrañas bayas rojas otra vez y añadió:

–¿Sabes qué pasa? Que los seres humanos estamos preparados para cambiar de hábitos, por eso nos van tan bien las cosas... Probamos distintos alimentos y en realidad... Me intriga descubrir a qué sabrá una fruta de hace sesenta millones de años... ¡Eh! ¡Estate quieto!

El estegosaurio había empezado a darle golpes en el brazo con el morro.

–¿Quieres probar otra cosa? –le propuso, y arrancó una chirivía del huerto, pero antes de que pudiera regresar junto al dinosaurio se encontró con que éste se había puesto en pie con dificultad y había empezado a mordisquear los preciados rosales de su padre.

–¡Oye, deja eso! ¡Mi padre se va a poner hecho un basilisco! –gritó Tomás, pero el estegosaurio se los estaba zampando a toda prisa y ya no había quien lo parase.

Tomás le pegó un golpe en la pata, pero el dinosaurio se limitó a dar un

coletazo y el niño tuvo suerte de no acabar malparado, ya que las púas le pasaron rozando.

–¡Tienes una cola que es un arma mortífera! –exclamó, pensado que lo mejor sería mantener una distancia prudencial entre el monstruo y su cuerpo.

En ese preciso instante fue cuando Tomás hizo la mayor locura de toda su vida. Le habría sido imposible explicar por qué fue, sencillamente no pudo contenerse. No debería haberlo hecho, pero lo hizo... Lo cierto es que arrancó una de las bayas rojas y se la metió en la boca.

Por supuesto, eso no se debe hacer jamás si no se conoce bien la baya, puesto que hay algunas, como la belladona, que son muy, muy venenosas.

Y, sin embargo, Tomás arrancó una de las bayas de sesenta millones de años de antigüedad y se la comió. Era muy amarga y ya estaba a punto de escupirla cuando se dio cuenta de que algo no marchaba bien...

El jardín había empezado a dar vueltas. Tomás seguía quieto y bien quieto, pero el jardín... en realidad, por lo que parecía, el mundo entero... se había puesto a dar vueltas y más vueltas, despacito en un principio y luego cada vez más deprisa... hasta que todo giró alrededor del chico como un torbellino, a una velocidad endiablada que lo volvía todo borroso. Al mismo tiempo, se oía un estruendo tremendo, como si todos los ruidos del mundo se hubieran hecho un lío, y el sonido fue aumentando y acelerándose hasta convertirse en un chirrido. Luego, de repente, se detuvo todo y Tomás volvió a ver dónde estaba... o, más bien, dónde no. Y es que lo primero que descubrió fue que no seguía en el jardín de su casa... o como mínimo no veía por ningún lado los restos de la cabaña, ni el huerto de su padre ni su casa. Y menos al estegosaurio.

Donde deberían haber estado los rosales había una charca de barro caliente que borboteaba, y en lugar de la casa tenía un bosque con los árboles más altos que había visto en la vida. A la derecha, donde hasta hacía nada colgaba la ropa de los vecinos, había un pantano que daba paso a una jungla tropical.

Sin embargo, para Tomás lo más interesante de todo, con diferencia, fue lo que descubrió bajo sus pies. Era una especie de cráter excavado en la tierra y rodeado de aproximadamente una docena de huevos de forma extraña.

«¡Recórcholis! –pensó–. ¡He regresado al Jurásico! ¡A hace ciento cincuenta millones de años! Y por lo que parece me he metido de lleno en un nido de dinosaurio.»

En ese preciso instante oyó un chillido ensordecedor y un lagarto descomunal salió corriendo del bosque sobre las patas traseras. ¡Iba directo hacia Tomás! Bueno, el pobre chico no se quedó a preguntarle la hora, sino que dio media vuelta y salió pitando, pero en cuanto empezó a correr se dio cuenta de que no servía de nada. Tenías más o menos las mismas posibilidades de correr más deprisa que aquella criatura que de enseñarle latín (lo cual, dado que ni siquiera lo hablaba, habría sido bastante difícil de por sí).

Apenas había corrido unos doscientos metros cuando el lagartón alcanzó el nido. Tomás cerró los ojos. Sabía que al cabo de un segundo iba a sentir las garras en forma de gancho de aquel bicho en torno al cuello, pero aun así siguió corriendo... y corriendo... y no pasó nada.

Al final dio media vuelta y comprobó que su perseguidor se había detenido en el nido y estaba muy ocupado.

–¡Está comiéndose los huevos! –exclamó Tomás–. Claro, es... es un ovirraptor, un dinosaurio que se dedica a robar huevos. ¡Tendría que haberlo reconocido antes!

No obstante, antes de poder reaccionar notó que se le hundían los pies y que una sensación de calor desagradable le subía por las piernas. Bajó la vista y se dio cuenta de que se había metido en la ciénaga.

–¡Socorro! –gritó Tomás, pero, evidentemente, el ovirraptor no sólo no sabía latín, sino ningún otro idioma humano (ni ganas).

El pobre chico notaba que se le hundían las piernas más y más en el barro burbujeante cuando miró hacia arriba y vio unas criaturas que le parecieron lagartos voladores y que planeaban por encima de su cabeza. Se dijo que ojalá pudiera agarrarse a una de sus largas colas para salir de la ciénaga, pero entonces se le hundieron las piernas ya hasta la rodilla y de repente se dio cuenta de que el barro no sólo estaba caliente, ¡estaba hirviendo!

La única posibilidad era agarrarse a un helecho. Con el último rastro de fuerza que le quedaba, se inclinó hacia las hojas y logró aferrar una por el extremo. Se trataba de un helecho más grueso y más resistente que los modernos, para también le picó en las manos. Sin embargo, soportó el

dolor y, poco a poco y con gran esfuerzo, centímetro a centímetro, logró trepar por él y finalmente salir del barro que se lo estaba tragando.

–¡Este sitio no me conviene nada! –gritó, y en ese mismo instante el cielo enrojeció, como si hubiera entrado en erupción un lejano volcán–. ¡Mira por dónde! ¡Ojalá hubiera una forma de salir pitando!

A pesar de todo, en cuanto lo dijo le dieron ganas de retirarlo, pues sucedió algo de lo más maravilloso, o al menos a él se lo pareció, ya que tenía que ver con una de sus grandes aficiones: se oyó un alboroto tremendo en el bosque, hubo un gran estrépito, rugidos, gorjeos y gimoteos y salió volando de entre los árboles toda una manada de pterodáctilos acompañada de unos chillidos espantosos. El ovirraptor dejó de comer huevos y se volvió para mirar.

De las profundidades del bosque surgió el rugido más terrible que había oído Tomás en la vida. La tierra tembló. El ovirraptor gritó, soltó el huevo que estaba devorando y salió corriendo como alma que lleva el diablo. Entonces salió del bosque otro dinosaurio, seguido de otro, de otro y de

otro. Los había grandes y pequeños, los había que corrían a cuatro patas y a dos, pero todos parecían muertos de miedo, todos chillaban y todos daban alaridos.

Tomás trepó a un árbol cercano para quitarse de en medio y exclamó:

—¡Ésos son anquilosaurios! ¡Y ésos, pterosaurios! ¡Triceratops! ¡Iguanodontes! ¡Ay, mira, un plateosaurio!

Casi ni se creía la suerte que estaba teniendo. «¡Qué maravilla poder ver tantos tipos distintos de dinosaurios a la vez! ¿Adónde irán?», se dijo, pero antes de acabar de pensarlo ya lo había descubierto.

¡PUMBA! Casi se cayó del árbol. ¡PUMBA! Tembló el suelo y, de repente, emergió del bosque la criatura más terrible que había visto Tomás o que probablemente llegaría a ver.

—¡Recontracórcholis! —exclamó—. ¡Tenía que habérmelo imaginado! ¡Un tyrannosaurus rex, mi dinosaurio preferido!

El monstruo salió al claro. Era mayor que una casa y avanzaba posado sobre dos patas como columnas. Sus temibles dientes brillaban con un tono rojizo debido a la luz inflamada de los cielos.

Lo más curioso fue que a Tomás prácticamente se le olvidó el miedo. Estaba tan sobrecogido por la visión del rey de los dinosaurios que le parecía que todo lo demás era insignificante, incluido él mismo.

Al cabo de un momento, sin embargo, regresó todo su miedo multiplicado por mil, ya que el tyrannosaurus rex se detuvo al llegar a la altura del árbol en el que se escondía Tomás. Su enorme cabeza se inclinó hacia el chico y el tronco, y ambos se pusieron a temblar.

Al cabo de un instante se dio cuenta de que el monstruo estaba tirando del árbol hacia sí con sus tremendas garras y que había arrancado la rama a la que estaba aferrado y se la llevaba, a más de diez metros del suelo. ¡Estaba atrapado entre las garras de un tyrannosaurus rex! Estaba tan aterrado que ni se daba cuenta de que pasaba miedo; le invadió una especie de calma cuando la criatura le dio la vuelta y le olisqueó, como si no estuviera muy segura de si Tomás era comestible.

«¡Enseguida va a salir de dudas! –pensó el pobre, que ya notaba que el dinosaurio se lo llevaba hacia sus feroces mandíbulas–. Seguro que soy el único de todo el cole al que ha devorado su dinosaurio preferido.»

Ya notaba el aliento del monstruo en la piel, veía sus ojos resplandecientes clavados en él y notaba que sus mandíbulas se abrían para empezar a desmembrarle cuando... se oyó un ruido sordo.

El tyrannosaurus rex volvió la cabeza hacia arriba y luego hacia atrás y Tomás salió volando por los aires.

La rama amortiguó la caída. Cuando se puso de pie vio que algo descomunal había aterrizado sobre la espalda del tyrannosaurus, que se había vuelto de un brinco, sorprendido, y estaba lanzando manotazos a lo que llevaba colgado.

Entonces, cuando Tomás recuperó por fin los sentidos, se dio cuenta de qué era lo que, al parecer, había salido de la nada y había caído sobre el monstruo carnívoro. ¿Os lo imagináis ya? Era un viejo amigo de Tomás, el estegosaurio, que aún llevaba trocitos de la cabaña pegados a las placas óseas y la rama de bayas rojas colgando de la boca.

–¡Será que se ha cansado de comerse los rosales de mi padre y ha vuelto a masticar bayas! –exclamó el chico, que en ese preciso instante se dio cuenta de lo poco observador que había sido y gritó–: ¡Qué tonto!

Resulta que el árbol al que se había subido no era otro que el mismísimo árbol mágico, con sus hojas de forma extraña y sus bayas de un rojo intenso. Cuando ya estaba estirando el brazo para coger una fruta mágica que le devolviera a su propia época, salió disparado por los aires, ya que la cola del tyrannosaurus le había alcanzado por detrás.

–¡Baaa! –rugió el estegosaurio cuando el monstruo le clavó las garras en el costado y empezó a manar sangre de la herida.

–¡Raaaa! –bramó el tyrannosaurus cuando su contrincante le alcanzó con las afiladas púas de la cola.

Los monstruos se apoyaron sobre las patas traseras y lucharon con dientes, huesos y garras y siguieron balanceándose y tambaleándose por encima de la cabeza de Tomás hasta que el tyrannosaurus se lanzó al ataque con sus fieras mandíbulas y le arrancó un buen pedazo de carne del costado al estegosaurio, que empezó a perder el equilibrio... casi a cámara lenta... y fue a caer precisamente donde estaba Tomás, bien agachado.

El chico habría quedado aplastado bajo la criatura, sin lugar a dudas, si no se hubiera dado cuenta, en aquel preciso instante, de que llevaba aferrados los restos de un ramillete de bayas rojas. Cuando ya se abalanzaba sobre él el cuerpo del monstruo, se metió una en la boca y la mordió.

Una vez más empezó a girar el mundo a su alrededor. Los dinosaurios combatientes, el bosque, la ciénaga con su barro borboteante, el cielo inflamado y todo lo demás se pusieron a dar vueltas a toda velocidad, cada vez con más ruido, hasta que... ¡Puf! Tomás reapareció en el jardín de su casa. La ropa de los vecinos seguía secándose al sol, su casa estaba donde siempre y su padre se le acercaba por el sendero con cara de pocos amigos.

–¡Papá! –gritó Tomás–. ¡Ni te imaginas lo que me ha sucedido!

Su padre miró la cabaña destrozada, el huerto medio arrancado y sus preciadas rosas desparramadas por todas partes y después se volvió hacia su hijo:

–Pues no, chaval –le dijo–, me parece que no me lo imagino. Eso sí, ¡más te vale que sea una historia muy, pero que muy convincente!

*   *   *

NOTA: En caso de que os preguntéis por qué nadie ha vuelto a saber nada del árbol mágico de las bayas rojas, bueno, resulta que el estegosaurio se desplomó encima y lo aplastó. Y mucho me temo que era el único existente.

Ah, ¿y qué le pasó al estegosaurio? Bueno, estoy en disposición de daros la buena noticia de que al final ganó la batalla al tyrannosaurus rex. En realidad, fue la única vez que un estegosaurio venció a un tyrannosaurus. El motivo principal es que aquel tyrannosaurus en concreto sufrió de repente un fuerte ataque de mamitis y tuvo que salir corriendo en busca de su mamá (resulta que en realidad, era un tyrannosaurus muy jovencito y muy mimado). Y así el estegosaurio sobrevivió y acabó teniendo seis estegosauritos, todos ellos bien sanotes, y haciéndose con el título de campeón de supercoletazos jurásicos en lo que hoy es Manchester.

Nicobobino
y el dux de Venecia

É STA ES LA HISTORIA del chico más extraordinario que se haya atrevido jamás a sacarle la lengua a un primer ministro. Se llamaba Nicobobino, vivió hace mucho tiempo en la ciudad de Venecia y era capaz de cualquier cosa. Evidentemente, no todo el mundo sabía que Nicobobino era capaz de cualquier cosa. En realidad, sólo estaba al corriente su mejor amiga, Rosita, y además nadie prestaba nunca atención a nada de lo que decía la pobre, porque tenía siempre unas ideas de lo más descabelladas.

Un día, por ejemplo, Rosita le dijo a Nicobobino:

–¡Vamos a meterle un conejo en los pantalones al dux!

–No digas tonterías –contestó él–. El dux no lleva pantalones.

–Pues claro que sí. Y además deberíamos hervirle el sombrero y echárselo luego a las palomas.

–Además, ¿quién es el dux ese? –preguntó entonces Nicobobino.

–¿Cómo sabes que no lleva pantalones si no tienes ni idea de quién es? –exclamó Rosita (y no le faltaba razón, en mi opinión).

Nicobobino miró hacia el otro lado del canal y musitó:

–¿No vivirá en el palacio del dux, por casualidad?

–¡Santo cielo! –respondió ella–. ¡Es la primera vez que salgo a pescar con un genio de primera!

–¡Pero entonces se trata del hombre más importante de toda Venecia!

–La gente como tú debería estar en la universidad, amigo mío –comentó Rosita con ironía, y de un buen tirón sacó una carpa del canal.

–¿Qué tienes contra él? –preguntó Nicobobino mientras la veía extraer el anzuelo con un giro que se le daba muy bien.

–Pues que acaba de hacer ampliaciones en su palacio –comentó ella mientras miraba el pez, que medía unos veintidós centímetros.

—¿Y? —replicó Nicobobino, preguntándose por qué él nunca pescaba nada más largo que su nariz, que tampoco es que fuera muy larga.

—¡Pues que lo ha ampliado donde estaba la casa de mi abuela! ¿Te parece poco?

—¿Y ahora tu pobre abuelita no tiene un sitio donde vivir? —aventuró él con gesto de compasión.

—¡No, claro que lo tiene! ¡Está viviendo con nosotros y yo ya no aguanto más!

Nicobobino fingió, durante un instante, que algo había picado. Luego siguió preguntando:

—¿Y meterle un conejo en los pantalones al dux de qué va a servir?

—De nada —contestó Rosita—, pero me subirá mucho la moral. ¡Vamos!

—Pero ¿lo del conejo lo dices en serio?

—No, hombre, no tenemos ningún conejo. Va a tener que ser un pez.

—¡Pero si es nuestra cena! —exclamó Nicobobino—. Además, hay guardias, centinelas y perros por todo el palacio del dux. No podríamos entrar.

Rosita le miró fijamente a los ojos y contestó:

—¡Venga, Nicobobino! ¡Ya verás lo mucho que nos divertimos!

Pasó un rato y estaban ya escondidos debajo de las redes de una de las barquitas de pesca que llevaban a la gente desde la Giudecca hasta la plaza de San Marcos cuando hacía mal tiempo y no se podía pescar, pero Nicobobino seguía sin tenerlo muy claro.

—Dice mi abuela que donde ella tenía la cocina han construido un balcón muy elegante —susurraba Rosita— por el que podría trepar y entrar cualquier ladrón de día o de noche.

—A los ladrones los ahogan en el Gran Canal a medianoche —gruñó Nicobobino.

—No nos van a pillar —le tranquilizó ella.

—¿Quién hay debajo de mis redes? —gritó entonces una voz.

—¡Corre! —chilló Rosita, y Nicobobino y ella se tiraron por la borda de un salto.

—¡Qué suerte que ya habíamos llegado a este lado del canal! —jadeó el pobre Nicobobino mientras cruzaban la plaza de San Marcos a la carrera.

—¡Eh, vosotros dos! —berreaba el pescador, que salió a la carrera tras ellos.

Pasó otro rato y Nicobobino estaba ya subido a los hombros de Rosita trepando por el balcón del palacio del dux, pero aún tenía más dudas.

–¿Llevas el pez? –preguntó Rosita mientras él, que ya estaba arriba, tiraba de ella para subirla.

Nicobobino notaba cómo el animal se retorcía dentro del jubón.

–No –contestó–, lo he visto tan tristón que lo he soltado. Me ha dicho que no le apetecía que lo pescaran los centinelas del dux en compañía de dos tontos de remate como...

–¡Mira! –le interrumpió ella–. ¿Ves dónde estamos?

Nicobobino echó un vistazo y se le cortó la respiración. Era una habitación magnífica, con muebles de oro lacado y elegantes cuadros colgados de las paredes, pero eso no fue lo que llamó la atención de los dos amigos.

–¿Lo ves? –exclamó Rosita.

–¡Juguetes! –susurró él.

–¡Estamos en el cuarto de los niños! –dijo ella, y en efecto ya estaba allí, pues acababa de saltar la baranda.

En su casa, Nicobobino tenía un único juguete que le había hecho su tío y, la verdad, era más bien un trozo de madera que no un juguete. Tenía cuatro ruedas también de madera, pero en esencia era un tablón. Rosita pensó en los dos juguetes que había dejado en la habitación casi vacía de muebles en la que dormía con sus hermanas, sus padres y, desde hacía poco, su abuela. Uno estaba apolillado (era la muñeca de trapo que había ido pasando de hermana en hermana) y el otro, roto (una jarra que ella se imaginaba que era un caldero de oro). Los hijos del dux, en cambio, tenían: aros, peonzas, caballitos, casitas de muñecas, muñecas, muebles de juguete, máscaras, molinetes, zancos (para diversas alturas), sonajeros, cubos para amontonar, cajas, pelotas y un columpio.

–Hay algo que no encaja –musitó Rosita.

–¿El qué? –preguntó Nicobobino mientras cogía uno de los aros.

–Pues que el dux no tiene hijos –afirmó ella, pero antes de que pudiera añadir nada entró una niña por la puerta.

–¿Ah, no?

–Bueno, yo creía que no.

Mientras intercambiaban esas dos últimas frases, la niña se puso blanca como el papel, dio media vuelta y por fin salió disparada por donde había llegado como una bala de cañón humana.

–¡Corre! –gritó Rosita. –¡Va a dar la voz de alarma!

Antes de que Nicobobino pudiera detenerla, su amiga salió corriendo tras la niña, de modo que él la siguió... Qué remedio.

No habían ni cruzado la mitad de la habitación contigua cuando los dos se fijaron en que estaba, la verdad, bastante llena de gente.

–¡Hola a todos! –saludó Nicobobino. No se le ocurrió nada mejor que decir.

–¡Buena la hemos hecho! –dijo Rosita entre dientes, y salieron pitando hacia la siguiente sala.

El dux, que era precisamente una de las personas que llenaban la habitación, se incorporó (pues estaba tumbado en la cama) y preguntó:

–¿Y ésos quiénes son?

–Voy a ejecutarlos de inmediato –aseguró el primer ministro.

–¡No, no! ¡Capturarlos! –ordenó el dux.

–¡En el acto! –dijo el jefe de los centinelas.

–¡Mi ropa! –pidió el dux, y en un instante dieciséis personas se le acercaron con dieciséis prendas distintas. Para la persona más importante de toda Venecia en 1545, levantarse de la cama era bastante más entretenido que para vosotros o para mí hoy en día... Bueno, a ver, era más entretenido que para mí, porque en realidad no tengo ni idea de cómo os levantáis vosotros.

En fin, que Nicobobino y Rosita llevaban ya recorridas seis habitaciones más, habían bajado un tramo de escaleras y se habían encerrado en un armario.

–¡Por los pelos! –exclamó ella–. Oye, lo siento.

–No pasa nada –dijo Nicobobino.

–No me hagáis daño, os lo ruego –pidió una tercera voz.

Los dos amigos se miraron con cara de sorpresa (claro que, como el interior del armario estaba oscuro como la boca del lobo, ninguno de los dos vio la cara del otro).

–¿Quién anda ahí? –preguntó él.

–No me dejan jugar con otros niños –explicó la voz–. Dice mi niñera que podrían hacerme daño o raptarme.

–¡Qué tontería! –exclamó Rosita–. Los niños no se raptan entre ellos.

–¿Ah, no? –se sorprendió la tercera ocupante del armario.

–Pues no y, oye, que no vamos a hacerte daño –afirmó Nicobobino.

–Entonces, ¿a qué habéis venido?

–A gastar una broma –explicó Rosita.

–¿Y eso qué es? –preguntó la niña.

–Pues, no sé, una cosa que se hacer para divertirse –terció Nicobobino.

–¿Divertirse? ¿Y eso qué es? –siguió preguntando la niña.

–¡Pero, bueno! –soltó Rosita.

–Tú quédate con nosotros y te enterarás –recomendó Nicobobino.

–¡De acuerdo! Por cierto, me llamo Beatriz.

Sin embargo, antes de que ni Nicobobino ni Rosita pudieran decirle a Beatriz cómo se llamaban, se oyó un gran estruendo cuando docenas de personas pasaron en estampida ante el armario, montando un buen escándalo y gritando: «¡Ahí están!», «¡No! ¡No son!», «¡Ay! Sácame la lanza de la oreja, anda», «¡Corred! ¡Por aquí!», «¡Mirad ahí dentro!», «¡Socorro, que me he caído!» y cosas por el estilo. Cuando por fin pasaron de largo y se hizo el silencio de nuevo, Nicobobino, Rosita y su nueva amiga sacaron las cabecitas del armario. No había moros en la costa, excepto el centinela que se había caído.

—Echadme una mano, por favor —pidió—. Es que la armadura pesa tanto que, cuando te caes, cuesta un horror ponerse de pie.

—En ese caso, tiene que ser muy poco práctica para luchar, ¿no? —comentó Nicobobino mientras le ayudaban a levantarse.

—Sí, claro —reconoció el centinela—, pero es que cuesta carísima. En fin, ¿habéis visto pasar a dos niños?

—¡Sí! ¡Se han ido por ahí! —contestó Beatriz, y señaló un pasillo.

—¡Gracias! —respondió el centinela a su vez antes de salir corriendo todo lo deprisa que le permitía su carísima armadura. Ya había doblado la esquina cuando debió de caer en la cuenta de que había metido la pata, porque se oyó un estrépito seguido de una maldición entre dientes mientras trataba de detenerse y dar la vuelta, pero sólo consiguió caerse otra vez.

—¡Vámonos! —gritó Rosita.

—¿Esto es divertirse? —preguntó Beatriz tras subir corriendo por otra escalera y salir a un balcón alargado que daba a una callejuela.

—¿A ti te gusta? —quiso saber Nicobobino.

—Peché, peché —contestó ella, muy sincera.

—Pues sí que debe de ser divertirse —dijo él.

—Eh, dejad de darle a la sin hueso y echadme una mano, ¿no? —solicitó Rosita, que ya había empezado a subirse a la barandilla para descolgarse por fuera.

—¡Está muy alto! —se asustó Beatriz.

—Tú tranquila —se sonrió Nicobobino—, que ya tenemos experiencia.

Se quitó el cinturón de un tirón y en menos de lo que se tarda en decir «Venecia está mojada», Rosita ya colgaba de un extremo y bajaba de esa guisa hasta una callejuela.

—¡Huy, huy, huy! —exclamó Beatriz.

—Venga —la animó Rosita mientras Nicobobino subía ya el cinturón—, que no pasa nada.

—¿Seguro que esto es divertirse? —susurró la asustada niña.

—¡Ya verás como le coges el tranquillo! —gritó Nicobobino mientras aparecían varios centinelas por el otro extremo del balcón—. ¡Corre!

Y le entregó un extremo del cinturón.

—¡Ahí están! —anunció uno de los guardias, y sin pensárselo más Beatriz siguió los pasos de Rosita hasta una callejuela.

–Nicobobino, ¿tú cómo vas a bajar? –preguntó Rosita a pleno pulmón.

–No te preocupes –contestó él, aunque en realidad lo que pensó mientras se metía por una ventana para evitar las lanzas de los centinelas que cargaban contra él fue: «¡Qué mala pata!».

–Oye, pero ¿no teníais experiencia? –preguntaba Beatriz en una callejuela mientras las dos nuevas amigas salían de allí por patas.

–Bueno... Puede que desde un balcón tan alto no –confesó la otra, y doblaron la esquina y desaparecieron.

Mientras, Nicobobino había hecho un descubrimiento: la ventana que daba al largo balcón que daba a la callejuela de San Marcos correspondía al despacho del primer ministro. Hizo, asimismo, otro descubrimiento: era horario de trabajo. El primer ministro estaba sentado en una especie de trono y mantenía audiencia con una serie de individuos bastante desaliñados que tenían pinta de estar muertos de miedo.

–... Y luego cortadles la cabeza –decía el primer ministro en el momento en que Nicobobino saltaba por la ventana y aterrizaba en el suelo ante él.

–¡Vaya! –se sonrió el primer ministro antes de hacer un gesto a uno de sus guardias y añadir–: Otro candidato.

Al poco rato, ya le habían puesto las cadenas y los grilletes y le metían a rastras en el gran salón de audiencias del mismísimo dux de Venecia. Era una habitación de una elegancia extrema en la que, en la actualidad, turistas de todo el mundo contemplan el techo ricamente decorado y el excelente mobiliario mientras un guía habla a toda pastilla en un idioma que no entienden y les cuenta de todos los hombres y mujeres pomposos y aburridos de nombre famoso que entraron y salieron por las puertas de tan célebre palacio, pero una historia que no narran jamás (y no sé por qué) es la que estoy contándoos yo en este momento.

En fin, resultaba que en aquel preciso instante a Nicobobino no le interesaba para nada la magnífica decoración del gran salón de audiencias. Su única preocupación era cómo salir de allí lo antes posible (claro que, ahora que lo pienso, ¡seguramente es lo mismo que se preguntan casi todos los turistas de la actualidad!).

–Traed al chico –bostezó el dux (al que, en el fondo, lo que le apetecía era volverse a la cama).

–Podríamos empezar con algo sencillo, como cortarle los pies, y luego ya pasar a las rodillas –iba susurrando el primer ministro al oído del dux mientras echaban a Nicobobino en el suelo ante ellos.

Todos los ojos se clavaron en él y se oyeron murmullos de emoción por todo el salón. El dux se lo quedó mirando un rato y por fin preguntó:

–¿Cuáles son tus exigencias?

Nicobobino se imaginó que no lo había entendido bien, así que repuso:

–¿Cómo dice, alteza?

–¿Dónde la tenéis? –chilló el primer ministro, y de repente todos los presentes se pusieron a cuchichear y gritar lo mismo.

–¡Silencio! –ordenó el dux, y luego se volvió de nuevo hacia el pobre Nicobobino y le dijo–: Habéis raptado a mi hija. Os daré lo que pidáis, siempre que me la devolváis de inmediato, ilesa.

Nicobobino estaba ya a punto de contestar: «¡No! ¡Yo no he raptado a su hija!», pero se detuvo. En lugar de eso, miró a su alrededor las caras encapotadas y amenazadoras, con narices enrojecidas por el vino y ojos hundidos, de todas las personas importantes y pomposas de Venecia y declaró:

–Deseo una cosa.

–¿Sí? –dijo el dux.

–Pero no es para mí.

–Es para tu amo –supuso el dux, con la voz cargada de preocupación por su hija y desprecio por Nicobobino.

–No, es para su hija de usted –contestó éste, y se oyeron gritos ahogados por todo el salón–. Es algo que deberá darle a Beatriz.

El dux se quedó sin habla durante un momento, pero por fin acertó a preguntar:

–¿Y de qué se trata?

–De diversión.

–¿Diversión? –repitió el dux.

–¿Diversión? –repitieron todas las personas importantes y pomposas de Venecia.

–¡Diversión! –exclamó otra voz. Era Beatriz, la hija del dux, que acababa de aparecer en el umbral del gran salón de audiencias, de la mano de Rosita–. ¡Vengo de divertirme mucho!

Bueno, resumiendo: el primer ministro seguía empeñado en cortarles la cabeza a Nicobobino y a Rosita y ahogarlos en el Gran Canal a medianoche, hasta que por fin el gran abogado ducal señaló (tras consultar con varias autoridades médicas) que resultaba imposible ahogar a alguien después de haberle cortado la cabeza.

–¡Pues entonces que los ahoguen como las ratas que son y punto! –bramó el primer ministro.

–Pero si no son más que niños –apuntó la madre del dux.

–¿Y eso qué tiene que ver? –replicó el primer ministro–. ¡Lo que cuenta es no sentar precedente! Si no los ahogamos, dentro de nada tendremos a toda la chusma de Venecia trepando por los balcones de palacio y planteando exigencias.

Sin embargo, el dux se había dormido y su madre ordenó que fuera Beatriz quien decidiera el destino de Nicobobino y de Rosita. La niña estableció que fueran a jugar con ella todos los lunes y así acabó la cosa.

Aquella noche, cuando el dux se metía por fin en la cama y todos sus ayudantes se habían ido ya, le comentó a su mujer:

–Me ha pasado algo de lo más extraordinario, amor mío... Ahora mismo... ¿Sabes qué me he encontrado en los pantalones?

Más o menos a la misma hora, Nicobobino y su amiga Rosita estaban sentados a la puerta de la casa del primero riéndose a mandíbula batiente mientras él contaba cómo había logrado meter el pez vivito y coleando por la cintura del dux y se lo había soltado dentro de los pantalones mientras su señora madre le daba un beso para despedirse.

–Pero hay una cosa que no acabo de entender –comentó Rosita–: ¿cuándo le has sacado la lengua al primer ministro?

–Es que no se la he sacado. Eso fue en otra aventura que no tiene nada que ver con ésta.

–¿Fue en aquella en la que partimos en busca de la tierra de los dragones?

–¡Ah! –exclamó Nicobobino–. Ya te gustaría a ti saberlo...